笃行

我与大北农三十年

邱玉文 著

人民东方出版传媒
People's Oriental Publishing & Media
东方出版社
The Oriental Press

2010年4月8日大北农集团上市答谢酒会

作者全家福

1984年1月作者参加全国商业机械博览会期间在人民大会堂前留影

1994年大北农早期创业团队与杨胜先生（前排左三）等合影

1994年第一届北农饲料人才培训班合影

1996年9月8日作者在江西泰和与养殖大户（左一）交流

2000年6月作者与大北农集团董事长邵根伙博士（中）、湖南事业部湘潭办事处主任谈松林（右）在湖南湘潭砂子岭的大北农湘潭办事处

2003年1月大北农集团华南本部贯透企业文化签字仪式

2003年12月28日大北农集团10周年大会团队展示

2004年11月8日作者为家乡捐修第一条路竣工剪彩

2006年8月2日福州大北农生物通过国家兽药GMP验收庆典仪式

祝贺 湖南大北农竣工投产：

依靠科技与人才，

创建国际一流农业科技企业。

杨胜
2006年12月8日

杨胜先生为湖南大北农开业题词

2006年12月28日作者在湖南大北农竣工开业典礼上致辞

2008年12月28日大北农集团创业15周年纪念大会

2010年12月6日湖南农大"大北农"助学金颁奖大会暨第二届"大北农"班开班典礼

2011年10月18日作者在大北农(漳州)科技园开业庆典上致辞

2013年12月28日大北农创业20周年年会，集团管理团队在"创业新征程 激情奔向2020"启动仪式上

2014年9月11日，大北农集团董事长邵博士（左四），大北农联合创始人邱玉文（本书作者，左二），大北农集团农牧产业高级副总裁、大北农（华南）总裁周业军（左五）到茂名大北农指导工作

2017年4月12日大北农（武汉）科技园开业庆典

2017年8月18日大北农（福泉）科技园开业庆典

2017年12月18日大北农（江山）科技园开业庆典

2023年9月24日作者代表大北农集团参加韶山市"百家名企进韶山"招商推介会集中签约仪式

推荐序

强农之路，盛于笃行

我与老邱相识已有34年之久，现在大北农也已至而立之年。想当初，中关村万泉庄的那场瑞雪，仿佛是命运的启示，开启了大北农的创业征程。老邱作为大北农的创业元老，与我一道见证了大北农30年间的风风雨雨，我们共同经历了时代的伟大变革，时代也见证了我与老邱之间深厚的情谊。

"窗外日光弹指过，席间花影坐前移。"翻阅本书，三十年的创业场景如电影般在眼前闪现，我心中涌动着无尽的感慨与激动。回首往事，我们何其有幸，得遇恩师，得蒙专家鼓励，得受国家关怀。而伙伴们的志同道合，员工们的齐心协力，更是让集团繁荣昌盛，我们对此，都心怀感激。

老邱说我是他的"贵人"，他又何尝不是我和大北农的"贵人"呢！大北农三十载创业征途中，贵人的无私相助、能人的有力相帮、员工的勇敢相扶，成了我们战胜艰难险阻的坚实力量。今天，书稿已就，通览全书，我看到一位位大北农人栉风沐雨的奋斗拼搏，看到大北农筚路蓝缕的前行跋涉，看到行业的蓬勃大势和时代大潮汹涌前行的壮阔磅礴……心中的感动与感激久久萦绕，难以言表。

回首三十年，"两个人，两万元，两间房"的艰苦开端，却蕴含着强农报国的伟大使命与情怀。行程万里，初心如一。如今，世界级农业科技企业规模初现——2022年12月可容纳6000研发人员的大北农凤凰国际创新园启用，公司被国家列入重点培育的9家科技型民营企业之列，荷兰分公司设立，南美获得种植许可,万人研发团队建设、与中国农业大学双一流战略合作、"黑龙江十年双千亿工程"等计划正全面推进。斐然成绩在"强农报国"的不变初心下直指奔赴 2035 全球第一农业科技企业的高峰。

"雄关漫道真如铁,而今迈步从头越。""强国必先强农,农强方能国强""推进中国式现代化,必须坚持不懈夯实农业基础,全面推进乡村振兴"的战略赋予每一位农业人无限的前景和重大的责任。在农业强国建设的要求日益紧迫的新时代,既已许得世界第一的壮志宏愿,更需要我们秉持初心,久久为功,奋楫笃行。

30 年的创业历程是顺应行业发展趋势、融入时代潮流的一个缩影。本书融萃了大北农卅载精华,深刻展现了公司"强农报国"的风雨历程,是创业的激情与坚持的生动呈现,让我仿佛看到了创业的一幕幕往事,其中的苦乐交织、坚持不懈,必将激励着每一代大北农人,也将激励着每一位读者从中汲取力量与智慧,获得动力与信心。

"初心不与年俱老,奋斗永似少年时。"三十载峥嵘岁月已过,再书传奇继往开来。愿未来,大北农事业如雄鹰展翅,翱翔天际,无往不胜;愿此书,能够启迪大北农创业者们迈出更坚实的步伐,迈向更璀璨的未来!

最后,祝愿每一位读者身体龙马精神、事业龙腾虎跃、生活龙凤呈祥!

北京大北农科技集团股份有限公司党委书记、董事长

目　录

序言 /001

第一章　缘起春天 /001

学生时代 /002

结缘饲料 /008

春天的遇见 /012

论文写在猪场里 /016

信心满满，却落选 /021

北京来信 /024

下海北上 /027

第二章　笃定初心 /031

瑞雪兆丰年 /032

我的第一单 /037

说梦话 /041

两千块钱 /045

如鱼得水 /050

事业的"赌注" /054

世界冠军的启迪 /057

大北农模式 /061

共同的导师 /065

第三章　一场"革命" /071

挑战与机遇 /072

不平等条约 /076

四个文弱书生 /080

大刀阔斧 /087

第一篇誓词 /100

脱胎换骨 /104

坐"老虎凳" /109

扭亏为盈 /113

第四章　精神力量 /119

遭遇车祸 /120

一只胳膊要不要无所谓 /124

心在泰和 /127

峥嵘岁月 /129

严字当头 /132

市场！市场！ /136

一部电话机 /141

共同发展 /144

868 万成交 /148

远学邯钢，近学大北农 /152

第五章　开疆拓土 /157

进军湖南 /158

"我们要加入大北农" /163

破例配股 /167

一支小分队 /172

白袍小将闯八闽 /176

韶山情结 /180

拓展基础产业 /184

把握趋势上猪配合料 /189

水产版图形成 /193

攻城略地 /196

第六章　顶天立地 /201

坦然自从容 /202

三区会战 /206

临危不惧 /209

工厂保卫战 /212

文化长征 /216

上市敲钟的前夕 /222

第七章　诚信之道 /225

走沧州，下武汉 /226

"这也是个江湖" /231

三条共勉 /235

因为信念，选择投资 /239

强强联合 /243

你们是我的贵人 /246

第八章　一往情深 /251

递交辞呈 /252

风雨同舟 /255

阳光使者 /259

回报乡梓 /262

遗憾亦美好 /266

快步行，乒乓情 /270

尾声 /273

后记 /275

序　言

作为中国改革开放后的第一批大学生，我大专毕业后被分配到国有企业工作，有幸结缘饲料行业。

那是个伟大的变革时代。社会形态日新月异，新的思想照亮前路。人们不再满足于端"铁饭碗"、过安稳日子打发时光。

30年前那个冬天异常寒冷，北京下了一场大雪。我怀着激情与创业梦想，来到了大北农创业之初的两间房。其实就是靠马路的一栋简易建筑，是海淀区万泉庄饲料厂免费借给我们的。这也成了我们最初的办公之地。

中午时候，邵根伙博士款待我："湖南人不是爱吃辣吗，请你吃水煮牛肉。"于是，我就从一碗"水煮牛肉"开始了自己的下海创业。

在这里，我与邵博士等人创建了大北农。我们一起睡上下铺，一起创业打拼，相互之间很投缘，平时有说有笑，非常开心。那时我们都很年轻，风华正茂、热情似火。邵博士比我小5岁，他叫我"邱厂长"，我叫他"邵博士"。

不知不觉一晃30年过去了。我庆幸自己身处在一个好时代，遇上了人生难得的机遇。特别是与大北农的同事们结识相知、共同奋斗，是我一辈子的荣幸！

大北农给了我们创新创业、奋斗拼搏的平台，既让我们得到历练成长，也收获了人生的精彩和喜悦。一路走来，我们有欢笑，有泪水，有祝福，也有希望。

这30年里,大北农人用知识、汗水和热血浇灌耕耘,大北农从30年前的"小不点儿"长成了今天的"参天大树",书写了一段颇具传奇色彩的时代故事。

蓦然回首,30年的峥嵘岁月,激情澎湃、"争创第一"的凌云壮志,依然久久回荡;风雨兼程、艰苦卓绝的创业历程,又一幕幕如昨浮现。

第一章

缘起春天

学生时代

万里长江出三峡，经三口流经湖南，汇入浩荡洞庭。

在松滋河口与澧水合流的松澧洪道，冲积出一片开阔的平原。处于南县西部、常德安乡之间的南县武圣宫，是湘北航运要埠。这里绿满田野、水天一色、风光旖旎。

这是一片肥沃的土地，鱼丰水美。百里芦苇绿色葱郁，万顷田畴稻花飘香。我在这里度过了快乐童年和青葱岁月。每个人的青少年时期和学生时代记忆，都历久而深刻，有的会烙印在心里一辈子。

我出生在一个特殊的家庭，既不是农村家庭，也不是工人家庭。我的家庭是一个"半边户"。父亲是基层干部，母亲是农村妇女。我的学生时代，也就同别人不太一样。

父亲邱竹庭在外工作，母亲罗小春和我们这些儿女们，住在农村。那时，生产队为了执行国家的政策，给我们分配平价粮食指标。

记得小时候，妈妈身体不是很好，她也硬挺着尽量去出工。有一天，我刚好放学回家，看到妈妈收工回来的时候，累得一下倒在了地上。我连忙去扶起她："妈，怎么了？你身体不好，就不要去出工。"

"没事，妈妈休息一会就好了。"妈妈说话的力气都比平常小了很多。我含泪心疼地说："妈妈，我们家又不是没有饭吃，你这么拼命出工为什么？"

"伢儿，我们是'半边户'，吃着生产队的照顾。"妈妈用手摸着我的头说，

"我们要争口气,不能让别人看不起!"

当时社会上流行这种说法:"半边户,吃照顾!"这也说明有的人,看不起我们"半边户"。

妈妈这种自强争气的品格,不仅影响了我的学生时代,也深深地烙印在我以后的人生之中。我上中学的时候,特别是农村搞"双抢"①的时候,烈日如炽,高温酷暑,我都坚持要去出工。我就是要为妈妈争口气,也为自己争口气。

伴随着自己的长大,我更加懂得了妈妈说的"争口气",这朴素话语中蕴含的人生道理。放暑假的时候,农村的孩子出工,我也一样出工,但是我回来以后还要做家务。因为母亲的身体不太好,家务事有相当一部分她都做不了。我是家里的主力,有责任挑起家务担子。

每天早上,我都起得很早,挑水、漂洗衣服、洗被子,样样都做;逢年过节,还要杀鸡、腌腊肉、做甜酒、打豆腐、炸油坨。别人背书包上学走了,我还要做许多家务活儿。

听父母说,他们刚结婚的时候,就在水上跑运输。常年在船上生活,母亲生产落下了月子病,患有筋骨痛、眩晕症。

我家后面有个坡,在家洗了头遍的衣服,要爬坡拿到水桥上面再去漂洗。母亲她不能去,因为一旦头晕,就有可能摔到水里面被淹死。平常,母亲一早起来就把饭菜做好。洗衣服的时候,我就帮母亲搭把手。她在家里面用脚盆将衣服洗头道,洗好后,我就赶快拿着桶子装上,提到水桥上面去漂洗好,然后再去赶路上学。

南县是个湖区县,上学路上沟渠纵横。为了抄近路,我不管三七二十一,从田间跨过水渠。遇上汛期涨水,不但要脱掉鞋子,有时还要冒着齐胸深的水,脱去裤子、撩起上衣游行过去,然后甩干脚上的水继续前行。

---

① 抢收和抢种。一般指水稻两熟地区为了不误农时,一边抢收早稻,一边抢栽晚稻。

我的中学时代，吃了不少苦。但我把这种苦深深地埋藏在心里。我虽生活在农村，可平常上学衣服穿得干干净净、整整齐齐。同学们不知道我做的事、吃的苦，都认为邱经理的儿子，在家肯定不会做事的。

父亲是土改干部，虽然大字不识一个，但敢担当、能吃苦、肯奋斗，性格耿直，为人正派，说话也是直来直去的"大炮筒"。他的这种品性遗传给了我，我的为人处事甚至说话都很像他。

在我的记忆里，父亲的印象模糊而刻板，时常绷着一张严肃的脸。他在外面工作，很久难得回家。我们见到他，对他很敬畏。

有一天，父亲回来把我叫过去说："玉文，找你有个事儿。"从没见过他这么客气，还堆着一脸的笑。他说："我的印鉴是有了，现在既要盖章，又要签字。我就是不会写字。你教我一下。"

我知道是怎么回事后，拿上纸和笔，当场比画着写了几遍。他就像一个学生一般，认认真真跟着我学写起来。于是，他第一次写出了自己的名字和几个他经常要签写的字："同意报销，邱竹庭。"

尽管父亲不识字，是个地地道道的文盲，但骨子里却透着智慧。父亲初次带队到上海，却会认路，而同行的人中，有的人会迷路找不到回去的路；他平时在单位开会做报告，讲一两个小时，没有一句重复的话。

我没有问过父亲，他是怎么做到的。我想可能是他很单纯、很专注、很用心的原因。人家说心记不如笔记。父亲在一些事上，那种用心专注的程度，又岂是笔记能够比得了的？

这种专注甚至进入到父亲的骨髓里。父亲认定的事情，他会百分之百地专注用心，甚至舍得拼命。

因为吃过很多没文化的亏，父亲深知"唯有读书高"的道理，于是经常教导我们"用知识改变命运"。

我一边读书，一边做了很多家务事。父亲总是心疼地叮嘱我："你现在正是长身体的时候，要少干些重活，努力读好书。"

我没有辜负父亲的期望。记得上初中的时候，有一次，我的物理习题本上的作业，全部做对了，连标点符号全都正确，且卷面干净，一个墨坨坨也没有。学校把我这个作业本，贴到最醒目的宣传栏上面，作为全校学习标杆。

1977年国家恢复高考，拉开了中国伟大改革开放的历史序曲，一个国家与时代的重大拐点上，许许多多人的命运由此改变。眼看距离高考仅有两三个月时间了，又没有教科书，只好临时抱佛脚加紧复习。我姐姐邱凤娥帮我从外面买来了油印复习资料，我当时如获至宝。

当年参加高考要经过初选程序。我作为应届高中生参加了初选，也是三个公社（武圣宫、厂窖、麻河口）里唯一一个选上的。高考放榜，我名落孙山。中学时期，我们文化知识学习少，大多时间在学工学农。没有考上是预料之中的事情，我只当练了一下兵。我没有气馁，参加复读继续再考。

公社中学没有寄宿条件。我复读之初，杨上仁是班主任老师，教我们的物理课。他把房子腾一间出来临时让我住。

第二年，我终于被大学录取。在益阳读大学期间，我从学校回家往返有两种路径可走，一是从益阳坐汽车到茅草街，二是从益阳乘轮船到茅草街。到茅草街后，都要再转轮船到武圣宫，最后走路回家。

从益阳到茅草街，坐汽车是1块8毛钱，乘轮船是1块钱。为了节省这8毛钱，我读大学三年没有坐过1次汽车，都选择乘船。第一个学期放暑假回家，从茅草街到武圣宫的船我没赶上，还挑着三四十斤重的行李，只好步行20多公里回家，到家时天都黑了，大腿内侧都磨破了。

当时听说武圣宫供销社冰棒厂开张有冰棒批发，第二天天一亮我就用自行车驮着两个木箱，箱子里面裹了棉絮，装上冰棒一路骑着叫卖。一个冰棒赚两分钱，一天卖了400多个，赚了八块多钱。

1975年春，作者在家乡河滩上骑自己组装的自行车

当时我家里负担比较重，我在学校享受每月18.5元的甲等助学金。父亲怕我不够用，给了我一些粮票和钱，我都是放在箱里面基本上不用。一角钱的香干炒肉，我也舍不得吃。我生活十分节省，加上读书用眼较多，第二个学年开学时体检，发现眼睛近视了。得知此事，父亲哭了。他对人说："我家玉文，太懂事、太节省了！"

在学生时代，父母的一言一行，深深地影响着我，令我刻骨铭心。我永远也不会忘记，我被大学录取的那一天。

1978年8月初，参加完高考，我回太白洲。有一天，白天在生产队出工，晚上收工回家还没有吃晚饭，我和妈妈就因为家务事发生了争执。

当时妈妈不理解我，我晚饭也没吃，就去挖土，一边挖土，一边流眼泪。

"邱玉文，公社通知你，明天去填志愿，后天到县里面去体检。"这时，村支书蔺腊秋从我家前面的大堤上走过来了。

突然听到这个好消息,我知道读大学有希望了,一扫心中怨气。我把锄头一丢,大声喊道:"妈、妈……"

我告诉妈妈后,她高兴极了:"饭菜都做好了,赶快吃饭!"我仿佛这么久吃的苦都变成了蜜一样!

我的血液里流淌着父母的基因。它蕴含着一种不怕苦、求上进、争口气的不屈灵魂,将我的人生之路照亮如炬。

结缘饲料

20世纪80年代初，改革开放春风拂面，神州大地气象一新。

我们这一代人赶上了好时代。人生路上迎来新的黎明，处处是美丽风景。大学一毕业，我就被分配到南县粮食局的南县茅草街大米厂。当时该大米厂还是国家二级企业。

我这个"半边户"子弟吃上了"国家粮"，而且在当时很吃香的粮食系统工作。那份幸运与荣耀，许多人投以羡慕的目光，着实有点令我庆幸与陶醉。

当年全县粮食系统就两个大学毕业生，我是其中之一。我也是厂里唯一的大学生，他们喜欢叫我"邱大学"。在大米厂维修车间工作不到一个月，就春节放假了，节后一上班我被调到县粮食局工业饲料公司筹建饲料厂。

那时农村已经分田到户，寻常百姓几乎家家养猪，饲料的需求量陡然大增。看着农村形势一片大好，大家都摩拳擦掌、跃跃欲试。

早春的汨罗江畔，三湘大地各路粮食企业代表，纷纷汇聚于此，参加全省饲料厂建设大会。湖南省粮食厅紧锣密鼓地排阵布局，当年计划在全省建34家饲料厂。我参加了这个会议，带着建饲料厂的任务回到南县。县粮食局确定从油脂厂划出11亩地建饲料厂。领导负责技术把关，我具体负责图纸完善、现场施工放样、各种设备预埋等。

我大学学的是机械制造专业，与饲料不沾边儿。这是我走向社会遇到的人生第一个难题。对于当代大学生来说，也许很多人与我一样，学的专业与从事的工作没有半点关系。

在干中学，在学中干。白天我在现场对接和落实设备与技术上的事，晚上就在油脂厂宿舍琢磨图纸。遇到不懂的问题，我就翻阅专业书籍，或请教雷年生、章新敏两位来指导我。

当时筹建饲料厂是由县工业饲料公司的经理肖维政牵头，我是专职技术员，雷年生、章新敏两位协作技术把关。他们一个是油脂厂的副厂长，一个是大米厂的技术员，两个都是学本专业的，而且有工作经验。

在一片荒地、一张白纸上，经过10个月的紧张奋战，饲料厂终于建成投产了。

这是南县的第一个饲料厂。那时候，饲料厂采用先配料后粉碎工艺，并且是容积式配料器配料。配料的准确度很难把握，完全靠在生产实际中摸索。玉米、节米、糠饼粉、统糠、棉粕、菜粕等各种原料的容重是多少？调配料器一个齿会下多重的料？

当时，厂里量筒和天秤（小台秤）都没有。我叫生产班长一起协助，用提升机的畚斗当量筒，在普通规格的台秤上称重，确定各种原料的容重。在配料器调齿后，经多次现场称重测试，最后确定下来的配料调齿参数，再经过生产车间的原料消耗盘存，其配料准确度达到94%，这在当时很高了。

参加工作的第二年，恰好赶上县里搞机构改革，要求干部革命化、年轻化、知识化、专业化。当时我才二十出头，风华正茂，又是大学生，就被提拔为油脂厂副厂长。当时油脂厂就我一个副厂长，主持全面工作。

在油脂厂，夏天收菜籽，冬天收棉籽，我沉浸在浓浓的芳香中。

我的人生也收获了爱情、甜蜜与幸福。在我担任油脂厂副厂长前夕，我与南县商业局副食品公司龚丽君相识相爱，情投意合。在亲人朋友的祝福声中，我们喜结连理。一年后，女儿邱杰出生，家的港湾又增添了一抹喜庆，一缕温馨。

到年底，粮食局会对有关下属单位做班子调整，我主动打报告申请调回饲料厂。我没有选择继续在油脂厂当唯一的副厂长，而选择了到饲料厂当副厂长。这是为什么？

第一次抽调去建饲料厂，客观上讲是上面安排、我服从。第二次选择去饲料厂，是出于我的主观原因。我在饲料厂干了两年多，学了很多东西，产生了很大的兴趣。从建饲料厂开始，我就爱上了饲料这一行业。

我主动要求再次去饲料厂，职位没有提升，福利待遇和工资也没增加，新建的企业还面临着未知的风险。所以对我从油脂厂去饲料厂，当时有些人很不理解："邱玉文脑壳是进了水！"似乎这一举动没有一点好处可沾。我想这一辈子与饲料结缘，同两进饲料厂分不开，也让我从蓦然闯入这个陌生的行业，到熟悉爱上以致后来的执着痴迷。

再次回到饲料厂，作为业务厂长，我既管技术和生产，又管采购和销售。我从一般的技术员成长为工程师，后来在大北农又评了高级工程师。

1989年饲料厂搞技术改造，我是技术总负责人。在主车间设备改造中，我大胆进行创新。以前混合机在一楼，我把混合机提上二楼，混合后直接下来进行成品打包。这么一改进，避免了混合好的成品二次分级。

这次成功的改造再一次证明，创新来源于生产实际，创新来源于基层一线。我到饲料厂后，天天与工人在车间摸爬滚打。我觉得苦干实干带头干，才能在实践中摸索，在实践中发现，在实践中解决问题。

更为幸运的是，我们遇到了饲料行业发展的大好时机。老百姓从以养年猪为主，转变为养商品猪。饲料需求量也越来越大。全国各地饲料企业像雨后春笋般多了起来。

我们干得高高兴兴，也干得轰轰烈烈。

那个时候是混合饲料的天下。混合饲料基本上是不愁销的。粮食部门的平价副产品内部计划调拨，我们把原料加工一下，就变成可以对外销售的所谓饲料。一车副产品开进来，一车混合料开出厂，在市场一卖，赚了大把大把的票子。

紧俏之时，饲料厂门口车水马龙、人声鼎沸，买饲料的人群排起了长队。除了南县本县的，还有安乡、桃江、宁乡等外县的，开着大汽车排队等两三天，找我们开后门购买。这是多好的生意啊！这种兴旺的景象饲料厂的职工做梦也没有想到，心里无比兴奋和陶醉。如果按眼前这种形势，饲料厂发展下去不得了啊！我也感叹："干饲料这一行，是我的幸运，看来是对路了！"

然而，世事难料。这种火爆情形持续一段之后，伴随政策的放开，粮食局内部计划调拨给饲料厂平价或低价的粮油副产品逐步减少甚至被取消，饲料厂的销售市场也慢慢平淡下来。

饲料厂与油脂厂在一个大院子。有一天，只见一车一车的棉粕、菜粕从油脂厂拉出去。我走上前问："买棉粕、菜粕是哪里的？"他们回答说："是正虹饲料厂的，拿去做浓缩料。"

浓缩料？！

我感到特别新奇，像哥伦布发现了"新大陆"似的高兴不已，仿佛一轮新的太阳迎头而照。经过打听了解到，最初中国市场第一个浓缩料产品，就是深圳蛇口正大和康地合资生产的正大康地800。当初，人家不知道、不会用，像推销老鼠药一样的，很难打开市场。后来通过县畜牧局分配给部分乡镇，找了些养猪场和养殖户作推广试验。

正虹饲料是湖南第一家浓缩料生产企业，研发的"正虹QF-001"猪高蛋白浓缩饲料，让其一跃成为全国饲料行业国有控股第一家上市公司。两个研发者，一个吴明夏，一个楼盛涛，还获得了岳阳市政府特别科技奖，每人奖励了一台30万元左右小车的使用权。

浓缩料是个什么东西？正虹饲料厂的人说："浓缩料是个新的概念，是动物营养研究的最新成果，科技含量高，利润相当可观。一吨浓缩料要赚1500多元。"而那时一吨混合料，也就赚个不到200元。

他们进一步解释说，浓缩料说白了，就是一种半成品，不能直接饲喂，必须添加玉米、麦麸、稻谷、米糠等能量原料混合均匀，成为符合生猪养殖需要的全价配合饲料后才能使用。

"你们技术从哪里来的？"我又悄悄地问道。他们压低声音说："我们聘请了北京的专家教授，请他们当技术顾问。"

春天的遇见

"砰，砰！"我们轻轻地敲着杨教授的家门。

门一打开，露出一张老人微笑的脸。老人正是杨教授，个头不高，身体单瘦，头发花白，儒雅温和，穿着一件灰色的夹克。

"杨教授您好！我们是湖南南县粮食局的，特意过来拜访您！"我们轻声地自报家门。

我们这一行不速之客，来的路上都在琢磨怎么去见北京的大教授。

"稀客，稀客，赶快进来坐！"听说我们是毛主席家乡湖南来的，杨教授显得十分热情，用略带江浙口音的话语把我们迎进了门。

杨教授何许人也？

他名叫杨胜，北京农大大名鼎鼎的教授。那个时候的北京农大，现在叫中国农大。杨教授长期从事动物营养、饲料科学研究，是我国著名动物营养学家、现代动物营养学的奠基人之一。杨教授与东北农大教授许振英、中国农科院畜牧研究所教授王和民，当时在国内动物营养学研究方面，都是非常厉害的专家，声名如雷贯耳。

找到杨教授这么顺利，我们的心情格外兴奋。此刻的北京春意正浓，杨柳枝头新绿绽放。

这是1990年的春天。春天的到来带给人们的是新的希望与崭新的天地。

全国饲料行业会议在北京召开。各地抢抓机遇，满怀信心地赶赴盛会。

"这是个难得的好机会！"去北京前，我们向县粮食局分管工业的副局长雷年生汇报此行的目的，"想借参会之际，找顶尖的动物营养学专家教授，请他们来厂里当技术顾问。"

那时，我们正在为寻找专家顾问犯愁，恰好遇上这个由农业部门组织的全国饲料行业学习交流会。我和县粮食局饲料公司经理宴玉华、三仙湖大米厂会计余顺奇一行三人进京参会。

当年我刚好30岁，人生处于而立之年，是南县粮食局饲料厂副厂长，也叫业务厂长或经营厂长，分管技术、生产、采购和销售，在新兴的饲料行业一线摸爬滚打，遇到太多的难题与挑战，因此对专家教授是由衷地崇拜和渴盼。

在学习交流会期间，我们一边开会，一边打听起专家教授。

"北京农大有一个叫杨胜的教授，长期从事动物营养、饲料科学专业与猪营养研究，非常厉害。"北京市粮食局饲料处处长，是位热心的女同志，她得知我们正在找专家教授，主动地向我们介绍起来。

"杨教授？！"我一时有些惊喜。

"你认识他？"饲料处处长用疑惑的眼光望着我。

"不认识，不认识！"我笑着摇头如实说道，"但我听说过杨教授。"

"杨教授是动物营养界的权威，而且为人也很谦逊，对钱不是很看重。你们要聘请他，他不会斤斤计较，费用不会高。"饲料处处长的一番介绍，也打消了我们"在北京请大教授请不起"的顾虑。她还帮我们往杨胜教授家里打了电话。

我们三人打个出租车，从会场一路直奔北京农大。北京农大位于北京圆明园附近。这里是我国现代农业高等教育的发源地。它于1905年在京师大学堂创办，是一所农科大学。杨教授住在北京农大教授楼三楼。这是计划经济时代分配的房子。

"家里太乱，让你们见笑了。"杨教授家很简朴，没有高档家具。他尽管是知名的专家，却没有一点架子，和蔼可亲、平易近人，拉着我们径直往他的书房走去。

书房不大，十来个平方。一张桌子，桌子后有两个书柜，还有几张凳子，上面全是一摞摞厚厚的书。刚一坐定，他夫人端来热气腾腾的茶水招待我们。他夫人姓金，也是一名教师，后来我们都称她为金老师。

"杨教授，我们有个不情之请。"我麻着胆子，说明了来意，"我们想请您当我们饲料厂的技术顾问。"

"好的，好的，没问题！"杨教授听了我们的情况介绍和盛情邀请，欣然同意，"只要关乎我国农业发展，应该全力支持。"

听到杨教授答应得干脆利落，看着他笑容可掬的样子，我和同事高兴得互相握起手来。我们说想请求他帮忙，帮助开发浓缩料。他当时说："我们的动物营养研究水平不比国外差。我就有学生在美国、英国，现在还在这个行业很知名。"

"正虹饲料，我还是他们的顾问呢。"他说。

"正虹饲料是我们湖南的，经济效益好，社会效益也很显著。"我接过话头，拉起近乎，"前段时间，我专门了解过正虹饲料。听说他们的两个发明者还获得了岳阳市政府的特别科技奖。其中有一个发明者叫楼胜涛，就是北京农大毕业的，好像也还是您带过的学生。这既是巧合，也是机缘。"

我们一起说得很投缘。杨教授一辈子从事农业教育工作，桃李满天下。他培养的学生，有三人当选为中国工程院院士，有的已成为蜚声中外的企业家。虽然他没有在农村，但一直没有离开农业。从20世纪70年代末以来，他编写的饲养学教材和动物营养学相关资料，有力促进和提高了我国动物营养学教学科研水平。

让我们大开眼界的是，他还说到最先在国内引入理想蛋白质的概念，建立猪的理想蛋白质氨基酸平衡模式。这让我们仿佛看到了一片希望的绿色海洋。

"我们一起到农大的实验室看看吧！"在杨教授家坐了一个多小时后，他提议说。

实验室不大，也非常简陋，摆放着各种实验设备。

"这是我学生邵根伙，是硕博连读，现在是博士第二年。"杨教授指着旁边一个正在弯腰忙碌的年轻人，非常自豪地向我们介绍。

小伙子高高瘦瘦，戴着眼镜，身着牛仔服，脚穿白色运动鞋，很有朝气，用现在的话说，属于典型的"阳光男孩"。

邵博士站了起来，微笑着与大家打招呼。

"博士好！"我与邵博士握手。

"你好！"邵博士露出青涩的笑容。

第一次见到邵博士，虽然没有很多交流，但我从他脸上的笑容、手上的温暖，感受到了力量与希望。

在这个春天里，在饲料行业面临转型升级、充满着蓬勃生机的发展时期，与杨教授、邵博士匆匆一见、短暂相遇，似乎是一种偶遇，也是一种缘分、一种必然。冥冥之中它又在预示着人生的某种走向。

春天的遇见，对我而言，杨教授、邵博士是我有幸遇到的"贵人"，也是我人生中的一次重大机遇与转折。这才有了我与大北农一生的情缘。

论文写在猪场里

北京参会归来20多天后,一个博士、一个硕士来到了南县。他们两位"专家"是受杨教授指派如约而至。

这件事在位于洞庭之滨的南县小县城,成了一件"轰动新闻"。那个时候,不要说博士,就是硕士也是凤毛麟角,十分稀罕。不像现在,硕士、博士随处可见。

北京来的两位"专家",一个是我在北京农大实验室见过的邵根伙博士,另一个是正在读硕的衡阳人刘钧贻。他们都是学动物营养的,这次专门到我们饲料厂进行技术指导。

听说北京的"专家"来指导,县里领导非常重视,反复叮嘱:"一定要做好接待和服务保障工作。"饲料厂当时没有小车,也从来没有接待过这样的"重量级客人"。我们就租了一辆吉普车,从南县驱车170多公里赶往长沙火车站。接到邵根伙和刘钧贻两位"专家"后,我们就往南县赶。

一路上,我们聊得最多的还是农业,还是养猪,还是饲料。邵博士虽然话不算多,但话语中,无不透露着他的先进理念和有关动物营养的一些知识点。

第二天晚上,我们在南县最好的酒店摆了一桌,为两位"专家"接风洗尘。

"欢迎来我们南县指导!"县里五大班子主要负责人出席,用当地最高的规格设宴接待,席上上了最有名的当家菜"清蒸甲鱼",表现出对"专家"的特别敬意与真诚期待。

两位"专家"一到南县,就开始了深入调查。他们了解饲料厂的经营情况,更多的时间走访调查了南县的大小猪场和养猪户十多家,为研发生产猪用浓缩饲料收集了基础数据资料。

那几天,我带路和他们一起调研。他们分析说,当时主要就是观念落后,科技上不来,产学研脱节。他们给我们灌输新的理念,说我们国家的动物营养技术不比国外差,他们肯定也能够帮助我们做好。

在南县待了五天,他们带着第一手资料回北京了。过了不久,邵博士从北京来到南县,把浓缩料配方给了厂长袁展武和我。

邵博士神秘而悄声地对我说:"保密!只有我们三个知道。"

在食堂上面二楼的化验室,我和邵博士两个人关着门,开始照着配方搞超级预混物。这个超级预混物,就是超微量元素添加,要用天平称,再用水稀释喷雾到载体上(次粉),用手工在塑料脚盆里拌匀。

其时正值火热夏天,我们一人拿一条毛巾,一边做一边擦汗水,有时一待就是一两个小时。

当时观念落后,信息闭塞,看到我们神神秘秘的,有人说:"博士和搞技术的厂长,关着门造'核武器'。"我们把搞成的超级预混物,放到预混料车间生产出预混料,再到生产车间,添加鱼粉、豆粕、棉菜粕、食盐和钙磷等,就生产出了浓缩料。这是我们日思夜盼、梦寐以求的浓缩料啊!

"我们成功了!"

我们高兴得欢呼雀跃,工厂里一片沸腾。

这么快的速度,这么高科技的产品,大大超出了我们的预想和期盼。我们马上趁热打铁,在一起设计商标,设计标签,设计包装。

"就叫'智能牌711猪用高蛋白超级浓缩料'。"我们一合计,给它取了这个名字,我和邵博士都很满意。这个牌子虽然很长,但是我们觉得很高级。

紧接着,我们又马不停蹄搞示范试验。在南县周边找了10多个猪场和养猪专业户，做试验的猪有5000多头。

做示范和推广试验，需要对试验猪进行空腹称重。那时条件很差很辛苦，我们靠人工赶猪在栏里面拿个磅秤称重。现在就简单了，都是自动化，有个通道进去称重。

以严谨认真、一丝不苟的态度，我们严格按标准进行了大量的示范推广试验。养殖户和猪场的厂长也出来现身说法，用数据说话，都说浓缩料好。我们又请来南县电视台拍成专题片，天天打广告推介。这种浓缩料很快在南县周边铺天盖地销开了。但我们并不满足取得的成绩，把目光转向更广阔的市场。

湖北沙洋农场有10个分场，每个分场都养猪上万头。当时他们也用浓缩料，用的是某知名外企浓缩料。我们去找了各个分场长，他们对我们的"711"产品不了解，一开始不太相信。找到农场管理局农业处处长，经过软磨硬泡后，他同意试一试："你们的产品说得这么好，那就先到我们畜禽特产科研所搞个对比试验。"

一听这话，我真的欣喜不已！

此时快过年了，我们确定了对比试验方案。80头猪，对比组和试验组各4个组，每组养20头。

农历大年初二，新春佳节阖家团聚。顾不上年节，我和一个技术员，从南县去沙洋农场，都是坐公交车，中途还要转车。路上的大店小店都没有开门，大过年的，我们只吃了一点儿干粮，当天傍晚才赶到沙洋农场。

因为试验不能耽误。整个试验我们都派了一个技术员蹲在那里，后来我自己又去了几次。在对比试验和屠宰测定中，我们杀了8头猪，对照组和试验组各杀了4头。

屠宰测试结果显示，我们的"711"产品优于某知名外企浓缩料，第一就是出肉率高，第二是肉的品质颜色好。

"肉质鲜嫩，味道不错！"我们还现场烹饪和试吃，在场的人都赞不绝口。

自此而后，我们的"711"产品热销起来，从南县走出湖南，走向周边省。

在这近3年中，杨教授当技术顾问，邵博士做现场指导。每隔一两个月，最长不会超过四个月，邵博士来一次南县，一次待上五六天。

杨教授也来过一次南县，那是1991年夏天。他到饲料厂试养场看了一遍说："你们搞得好！'711'这个产品大有希望。"他的肯定对我们是莫大鼓舞，让我们更加充满信心。

我与邵博士在北京有一面之缘，真正地交往始自他到南县之后。我和邵博士一起到农村调研，找养猪示范户，做示范试验。他还鼓励饲料厂做试验。我们探索出了"楼上养鸡、楼下养猪"的模式。

在与杨教授、邵博士的合作中，以杨教授为首，邵博士具体实施。我们一起共同战斗，从技术配方落地，到变成企业有竞争力的产品，我们为之做了大量的工作。最终产品扩大了销量，提高了市场占有率，也产生了较好的经济效益和社会效益。

从他们的身上，我学到了不少新观念和新知识。虽然我不是学畜牧兽医专业的，也不是学动物营养与饲料加工专业的，但我因为热爱和勤奋钻研，也渐渐从一知半解变成行家里手。

人们常说，论文写在大地上。在这里，我可以自豪骄傲地说，我们的论文写在"猪场里"。从科技成果研发到推广应用，从企业产品生产到打开市场，我们做的无疑是从理论到实践的"双论文"，可谓一举两得。

第一篇论文，就是企业实践的论文。

南县饲料厂从北京聘请专家，开展技术创新，开发推广新产品。在研发生产推广"711"浓缩料的过程中，通过大量的示范推广试验，让科技成果落地见效，为当时南县饲料厂打开市场起到了关键的作用。

产品搞得好，养殖户有效益，猪场有效益，南县饲料厂也有了更好的效益。这是看得见、摸得着的，也是实实在在的企业科技创新发展的一篇大论文。

第二篇论文，就是科学研究的论文。

邵博士到南县后，我们一起调查研究，我们一起关着门"造核武器"，一起做示范推广，为企业创造了生机，打开了市场，产生了轰动效应。

特别是在技术合作中，我们做了大量的试喂试验。邵博士把实践成果上升到理论的高度，运用了我们一起实践提供的大量试验推广数据，写就了《理想蛋白质氨基酸平衡理论》论文。

这是一篇科学研究的论文，也是邵博士的博士毕业论文。后来邵博士开玩笑地说，他的博士论文有一半是我写的。

虽然这只是一句玩笑话，但不可否认的是，他博士论文的实验数据、推广经验，确实凝聚着我们共同的心血和汗水。

信心满满,却落选

1992年年底,南县粮食局公开竞聘饲料厂厂长。我报了名,也做了充分准备,去参加应聘。

当时的饲料厂厂长袁展武,不知什么原因没有参加这次应聘竞选。与我一同参加应聘的只有三仙湖大米厂会计余顺奇。在这种情况下,我对此次应聘信心满满。这位姓余的会计,他对饲料厂不太了解,也没有搞过饲料生产和经营。

在饲料厂工作期间,从前期建设开始,到后面技术改造,方方面面的工作我都做过,所有的业务也都涉及。而且,我在副厂长的位置上已经干了整整9年,陪了四届厂长。

于是我心里暗自盘算着,这个厂长铁定是我,非我莫属。参加这次竞聘,我不仅仅是有信心,也是基于两个方面的考虑。

第一个是体制机制问题。

20世纪90年代初,我国改革开放进入一个历史发展的关键期。1993年中国粮食市场放开价格、放开经营。国有企业在市场经济新形势下,面临着体制机制的挑战与许多矛盾,必须对现在的格局有所改变,打破长期以来"干多干少一个样,干好干坏一个样"的境况。

如果观念机制落后,再好的产品也是白搭。我们研发的产品,后来由于体制机制等种种原因,市场发展一直受阻。

我印象很深的是,1993年春天的一天,厂里准备配预混料。我事先检查发现盐比较湿，就要求厂里的餐馆承包人，把灶让出来，给生产预混料的工人将盐炒干一下。他坚决不干。当时我生气地跟厂长讲了，厂长睁一只眼闭一只眼，也没有批评他。盐硬是没炒成！这事气得我不行，干脆在家休息了好几天，影响了产品质量谁也不管。

第二个是与其让别人干，不如自己来干。

一次，邵博士给我们饲料厂厂长打电话，说湖北的一供港猪场——天门马湾合营猪场给杨教授写信，要寻求好的浓缩料，杨教授推荐了我们的产品。当时的厂长没有把邵博士的话当回事，更没有与湖北的那个猪场主动联系。

半个月后，邵博士再次打电话问厂长。厂长同我是一个办公室，我们是桌子拼着桌子、面对面坐着。他拿起话筒说："我们去了，没有找到人。"当着我的面，对邵博士扯了个谎。

后来，我把这个事情告诉了邵博士。邵博士劝我说："不行的话，邱厂长我们一起到湖北去建一个浓缩饲料车间。"我没有答应邵博士。我是国家培养的大学生。当时，我舍不得离开饲料厂自己去搞，也不敢迈开"跳出体制"这一步。

我对饲料厂确实有很深的感情。我们在一块空地上建厂，从图纸到工艺流程、设备安装，到研发生产、推广销售，哪方面我都很熟悉。我们同杨教授、邵博士他们合作，产品也搞得这么好。说实在话，那时即使心里再矛盾，有再多的无奈和不满意，真的要离开饲料厂，也是很难下这个决心的。

"只要我当厂长，我完全可以甩开膀子，带领大家大干一场，一定会把饲料厂搞得红红火火，为南县粮食局争光，为饲料行业添彩！"

在竞聘现场，我志在必得的演讲，充满了无限激情和美好愿景。我觉得不只是我发言讲得好，更主要是我认为自己找到了能把企业做好的方法。只是因为一把手的问题和体制机制的原因，企业发展得不理想。如果我是一把手，我想是能够把企业做好的。

这次竞聘厂长，在南县粮食局会议室进行，局领导坐成一排当考官。公开竞聘演讲、回答问题以后，局领导说休息一下，他们碰了个头就宣布了结果。

三仙湖大米厂的会计当选了。

落选这件事，像一根刺扎在我的心里。新当选的厂长找到我家里来了，要我和他搭班子，我就死活不干了。

当时我对继续留在饲料厂，已经没有兴趣了。不是我瞧不起他，我当了这么多年副厂长，我还在这里当，我都对不起自己。再说，我下面的员工又怎么看我呢？事隔多年以后，还有饲料厂的老职工说："当年要是邱玉文当厂长就好了。"

当时，广西北海房地产一时火爆起来。湖南都去了好多公司，其中就有湖南国际信托投资公司。

1992年年底，南县粮食局在北海和当地合作，投资几十万元，成立了一家合资公司，从事化工建材贸易，倒卖印尼的夹板、俄罗斯的钢材，在当时这是合法经营。我落选厂长后，从饲料厂被调到北海这个"南北化工建材贸易公司"。我们一起去了4个人。我是业务副经理，上面还有一把手，他是经理。

此时，全国实行银根紧缩政策，北海房地产不再火了，贸易不好做。搞了几个月，公司搞不下去了，我们就从福建买了几车皮菠萝罐头、荔枝罐头发到岳阳搞批发。

人生于世难免失败，却不知道在何时。而我却偏偏遇到，又是如此猛烈、接踵而至。竞选与"闯海"接连失败，两次重击令我几乎怀疑人生。我一个人走向空旷的大地仰首问苍天："人生的路啊，该走向何方？"

北京来信

1993年10月底，我从北海回到南县，首次"闯海"的失意与洞庭深秋的寒气，像狂风一般袭来，心潮波澜起伏。

北海这段"闯海"经历，以失败告终。这只是体制内的一次"闯海"，不是真正意义上的"下海"。北海之行，最终在海边只下了一只脚。在北海转了一圈，心里也曾萌生过"下海"的想法，可真正面对扑面而来的汹涌大潮，又缺乏了敢闯的勇气与足够的胆量。

一天，我忽然收到了一封来自北京的信件。信是杨胜教授寄的，因此感到格外亲切。杨教授与我之前有过书信往来。杨教授写得一手好字，如行云流水，非常漂亮。读他的信，常常被其书法所陶冶。

那个年代，尽管中国改革开放已经十数载，但书信依然是人们交流的主要工具。尽管电话也开始兴起，但还没有普及，不仅费用高，而且要有一定级别的人在单位和家庭才能安装电话。手机通信那是后来的事了。

我迫不及待地打开杨教授的来信，那一行行熟悉的字迹映入眼帘。读罢信，不知是激动惊喜，还是忐忑惶恐，我的内心久久不安、无比纠结。

我和家人原来住在南县粮食局饲料厂分配的宿舍里，68平方米、三室一厅。1988年，县里鼓励干部建私房，我花了1000块钱在南洲镇火箭村，买了块200平方米左右的宅基地，起了一栋二层小楼。小楼后面起了个小三间，两旁是围墙，中间是个小天井。小三间，一半用来做饭，一半用来养猪。

第二年春节，我们欢天喜地住进新房过年。我从街上买来大红对联，在小三间做饭的厨房和养猪的猪圈门的上方墙上，分别贴上"寿""丰"两个大幅红字，寓意人增福寿，养猪丰收。

之后，每到过年，我都要在小三间换上新的"寿""丰"红字，祈盼新的一年"人寿猪丰"。也许我一直从事饲料行业，与养猪结下了不解之缘。过年贴"寿""丰"红字，这个习惯一直延续了很多年。

在南县这个小县城，有班上，有房住，日子过得安稳。当时，我在饲料厂上班，厂里经济效益好，一年工资差不多有2000来块钱。妻子在商业局下属的副食大楼上班，卖一些烟、酒、糖果，工资一年也有1000多块钱。

然而，人生有称心得意的光景，也有不如意甚至尴尬落寞的时候。现在回想我走过的路，又何尝不是如此？当时，我对现状极不满意，眼前已是一片迷茫彷徨。

"邵博士要搞饲料合作项目，希望你到北京一起搞这个项目。"

杨教授在从北京寄来的信中说，邵博士认为我对饲料厂的方方面面都比较懂行，又有多年的管理经验，是比较合适的人选。在我人生处于低谷、职业发展陷入迷途之际，杨教授的来信，又使我在人生旅途最昏暗的日子看到了一缕曙光。

那个时候，粮价放开了，饲料行业全面进入市场竞争，并且空间会越来越大。以前计划经济受限，现在饲料企业纷纷抓住机遇，八仙过海，各显神通，但也面临新的挑战。在市场竞争大门打开之后，由于缺理念、缺技术、缺管理，当时大量的饲料企业面临困难，处于停产或半停产状况。

大北农搞项目合作，正逢其时。通过合作，帮助这些企业补理念、补技术、补管理，从而实现优势互补。事实后来也证明，大北农搞项目合作，延缓了这些企业的死亡。

几乎在杨教授来信的同时，邵博士又专门给我打来了电话。

"邱厂长，你好！想邀请你来北京，我们一起搞项目。"邵博士开门见山，简短的话语中，透露出他此刻求贤若渴的急切心情。

"搞什么项目?"我故意问道。

"就是你在南县饲料厂这样的项目,每个月给你开3500元的工资。"他邀请我一起创业,一起搞项目,而且待遇也不低。

"现在粮价彻底放开了,国内有这样需求的饲料厂很多。"他接着说,"就是参照我们以前在南县粮食局饲料厂的做法,在北京利用北京农大,中国农科院畜牧所、饲料所,中国动物营养学会的专家教授,作为我们的技术后盾,以我们为窗口为全国饲料企业服务。"

在与我的通话中,邵博士胸有成竹、目标远大,我越听越兴奋。

"邱厂长,我们一起干!"邵博士态度非常诚恳,又非常迫切。

下海北上

20世纪90年代初,"下海"风潮渐起。全国范围内,许多人丢下体制内的"铁饭碗",开始"下海"经商。

地处洞庭湖锅底的南县,人们内陆意识还很浓厚。在当时的南县,还没有几个人,敢彻底放下体制内的"铁饭碗",投身到经商的大潮里。人们普遍认为,有工作单位的就像进了保险箱,没有工作单位的,不管到哪里赚钱,都是靠不住的。

杨教授和邵博士盛情相邀我去北京,我确实很激动,也很感动、很高兴,但也有担忧。

毕竟是体制内的人,真正要迈出"下海"这一步,谁的心里没犯嘀咕没犹豫过:以后没有了编制,没有了退休金怎么办?虽然心里有忧虑,但已经有跃跃欲试的冲动了。当时我就想,就先到北京搞几个月,实在不行再回来。

"我决定去北京。"我跟妻子、岳父龚治国、岳母侯淑群他们商量去北京的事情。那个时候,我父亲已经去世了,母亲年纪大了,身体不好,基本不管我的事情。

好好的"铁饭碗"不端,要去赶一趟前程未卜的"下海"之潮。家人们听到这事,也感到很突然。

"杨教授、邵博士要我去搞项目,他们肯定不会蒙我,不会骗我。一个教授、一个博士,是吧?"我用种种理由说服他们,也是说服自己,"我们以前有项目合作的基础。我在饲料厂和他们一起合作项目差不多三年,不仅仅搞试验，而且产品已经投放市场，效果十分不错。他们的技术肯定国内领先，甚至是国际领先的。1993年，全国粮价放开后，饲料工业全面进入市场竞争，国内大部分饲料厂观念、技术、人才、管理缺乏，饲料市场需求很广阔。与他们合作搞项目，我认为肯定是有前景的。"

"如果行就在北京发展，不行就当自费旅游北京一趟。"我心中有了主意，做好进退的两手准备。

听完我的话，老婆不反对："你留在南县粮食局，我赞成；你去北京发展，我也赞成。"还安慰我说，"最后如果不行，就跟着你两个弟弟邱玉武、邱玉国一起到昆明去做橡胶生意。只要有勤劳的双手，就饿不着。"

最后岳父也为我鼓劲加油："小邱啊，到了北京与邵博士他们一起好好干，用三年时间挣回个十万八万，到时候回到镇上，当个小老板搞搞批发也好啊！"

有了家人的支持，我更加坚定了自己的选择。第二天，我就找县粮食局有关领导申请办理停薪留职手续，领导没有同意。我就说："那我就先请假。"领导没说行，也没提出反对，而是选择沉默，算是默认吧。

那时，正处于计划经济向市场经济转型时期，"下海"对旧体制和人们的思想都是一场巨大的冲击。"海"似一堵墙一样的屏障，挡在人们的眼前。不像现在内陆也成了开放的前哨，可以随时下海，到处都是海浪翻涌。选择"下海"，可以说是人生重要关口的抉择，也是家庭的大事。我老婆是很支持我的，不会过多地干扰我。她明事理，一般都选择支持我。

"家里还有3000块钱，我都带过去了。"下海北上之事，我跟老婆沟通，她表示同意，算是把这全部家当赌上了。我非常感激家人的支持。

下海是一场人生的赌注，不仅是赌上了家里仅有的3000块钱，而且也把自己及家人平静的生活打破了。我有一种沉重的责任感在心中升腾，更因面临人生的调整和对未来的憧憬而感到兴奋。

1993年11月15日，怀揣着家里仅有的3000元现金，我告别了家人和亲戚朋友，怀着对未来的期许和对前途的未知，从南县坐长途班车到长沙。在湖南省体委的大舅子龚建辉，提前给我买好了第二天去北京的火车票。翌日，我乘上了长沙至北京 2 次特快。

这一去，对一个"下海"的人而言，是一段新的人生开始，既踌躇满志、充盈美好向往，又面临巨大的不确定和无法预料的一切。

殊不知，这一去再难回头。

第二章

笃定初心

瑞雪兆丰年

北京下了一场大雪。十里长安、万里长城，白雪皑皑，放眼望去一片银装素裹。

"好久没见过这么大的雪了！"

早上起来，推开门窗，满世界都是厚厚的积雪，房子上、树枝上、马路上白晃晃的一片。从南方来的我，看到昨晚下的这场大雪，心情一下变得轻松开朗。自长沙到北京，一路忐忑不安的复杂心绪也一扫而光。

我是坐了整整23个小时火车，才到的北京。那时不像现在坐高铁几个小时就到了。在这一个昼夜的漫长旅途中，我的脑海总是在想此行的对与错、成与败。我的心情，也伴随着呼啸北上的火车颠簸起伏。

同邵博士一起合作搞项目，正是全国粮价放开之后，饲料市场需求旺盛，我想前景应该是光明的。但毕竟是一次新的创业，真正迈开这一步，结果如何谁又能预料？

我也同家人商量过，万一搞不成，那就回去吧。我只是停薪留职，所谓可进可退。可是，不到那一天，结果谁又能说得清楚呢？一路上，这么反反复复心思倒腾。

1993年11月17日下午，我终于抵达北京，背着两个沉重的行李包，又是坐地铁，又是倒公交，倒来倒去，晚上9点多终于到达我们事先约定的地点——位于德胜门外朱辛庄的北京农学院。

"是邱厂长吧？"一个中年男子微笑着迎了上来。

"我是邱玉文。"我说，"您是陈斌老师吧！"

到了之后，按事先与邵博士电话沟通的，北京农学院陈斌老师接待了我。

邵博士在北京农业大学博士毕业后，去了北京农学院当老师，是北京农学院的第一个博士。陈斌是上海知青，曾下放黑龙江，大学毕业后，与邵博士在同一个教研室工作。

陈斌帮我一起拿了行李，直接去了北京农学院招待所。办好入住放下行李后，陈斌找了个电话，我与邵博士通了话，告诉他已经安顿下来了。

"邱厂长，辛苦了，早点休息，明天见！"邵博士说。

那个寒冷飘雪的冬夜，住在招待所里，长途远行的疲惫，也没有使我尽快入睡。放下安稳的工作，背井离乡独自来到北方，似乎有些伤感，但我一想到即将开创的事业，又充满期待。

第二天上午，我们约定在北京农学院门岗会面，结果不到9点钟我就到了。邵博士安排了他的侄子徐胜斌，早早地等在那里。邵博士准时来了。他上身穿一件黑色风衣，从公司租的松花江牌面包车上走下来。一见面，我们握手时，异口同声地说："瑞雪兆丰年！"

我们的手紧紧地握在一起。这是我决定下海去大北农，与邵博士的第一次握手。这一握，是老友久别重逢的喜悦与兴奋，也是我们志同道合，怀抱梦想，走向一起合作创业，彼此之间的相互信任与认同。在大雪的北京，此情此景令我们不约而同地由衷感叹"瑞雪兆丰年"。这表明了我们心有灵犀，更多的是美好的期许与祝福。

"走，到公司去！"邵博士招呼着我，我们一起上了车。不到40分钟，就到了北京海淀区万泉庄饲料厂。

当时邵博士在这里当技术顾问，饲料厂免费借给两间靠马路的简易房子，作公司办公用房。

"这是邱厂长！"我们走了进去，邵博士给里面的人打招呼，"我们在南县一起搞合作的邱厂长。"

前面一间宽敞一点，摆了一个长条沙发、一个茶几，4张小办公桌拼着摆放，也兼作接待之用。里面一间略小一些，用玻璃隔断，一个推拉门进去，有一个小老板桌、一个长条沙发。平时，邵博士在这里办公，有时加班晚上就睡沙发。

简陋的房子里，不仅有邵博士，还有赵雁青、王荣艳等，她们都穿着白大褂。想不到这些专家技术人员，在这么艰苦的环境里办公。邵博士同我一一介绍这些同事后，便与我一边聊天，一边拿了《中国饲料》《饲料研究》《中国畜牧水产报》等一些资料给我。

"湖南人不是爱吃辣吗，请你吃水煮牛肉。"中午，邵博士款待我，安排王荣艳在外面餐馆打包买来了一盘水煮牛肉片，在饲料厂食堂买了北方的大馒头。邵博士和我两个人一起在办公室吃饭。他们几个到食堂吃去了。

热气腾腾的水煮牛肉片，摆在小茶几上飘着香味。我们坐在沙发上吃了起来。邵博士问："味道好吗？"

"还好，还好！"水煮牛肉片，是川味麻辣味的，对我湖南人的胃口。大馒头，我当时吃不习惯，觉得又粗又硬。

晚上9点多，我们去宿舍睡觉。这是一排存放包装物与杂物的简易房子，饲料厂提供了两间给我们作宿舍。

北京的冬天很冷。房间里没有暖气，只有一个煤炉。我们打开炉子，放进煤球，临时生火取暖。煤球半天燃烧不开，我们就拿起扇子去扇风，一下一下地扇，火才慢慢燃开了。

房间是上下铺。我和邵博士住一间。我睡下铺，邵博士睡上铺。我们睡的是硬板床，一上床"嘎吱、嘎吱"地响。两个人聊了一会天。邵博士见我不作声了，便问："邱厂长，睡着了吗？"

"差不多了。"其实，我哪里睡得着！

初来乍到，这一天见到的人和事，在我的脑海回荡。忽然又感觉房子里气味有点不对。我闭上嘴，使劲用鼻子吸了几次，好浓的煤气味，刺得人有点难受。听说煤气会中毒致命，我感到无比恐惧。杨教授、邵博士请我来搞项目，万一今天晚上煤气中毒，一命呜呼了，项目还没开始，人就没有了。那晚，迷糊中折腾了几个小时。

北方与南方，地理气候、人文习俗差异大。橘生淮南则为橘，生于淮北则为枳。水土异也。

来北京要过的这种生活关，我一个湖南人开始是没有思想准备的。但是，吃饭睡觉这些都是生活小事，我坚信自己能克服，也必须挺过去。开始不服水土，后来也就慢慢习惯了。那个年代的创业多难啊！其中的艰辛只有自己知道。

创业之初，我们依托北京农大等院所，请专家教授作后盾，踩在他们的肩上，对外与国内有需求的饲料厂进行合作。

"中国的动物营养学家最知道中国的畜禽鱼虾之需要"，我们在《饲料研究》上投放的广告，牌子打得很响亮。当时全国已经有几家打电话写信来寻求合作了。

到北京之后，我忽然觉得，邵博士将我眼前的一堵墙给推倒了，天地之间一片光明。我是站在中国首都，面向全国，对标国际一流，同邵博士交流沟通。用现在的话讲，就是站在了一个很大、很高的平台上，视野、见识与从前不可同日而语。我更深深感到自己长期的积累，正在发生着从量变到质变的升华。

从参加工作到下海来北京，将近12年时间，我有10年是在饲料厂工作。我来大北农之前，尤其是饲料厂的工作经历，从专业不对口、一无所知到熟悉专业，觉得有使不完的劲儿，学不完的东西。事情做好了，我就心情愉快，感觉满足。我深深爱上了饲料厂，爱上了饲料行业。

无论是在南县建设饲料厂，还是当副厂长，我们大胆创新工艺、面向市场营销推广，积累了厚实的工作基础与实践经验。特别是与杨教授、邵博士技术合作创业，作为主要实施者，我学到了很多东西，打开了眼界。

正应了一句名言:"机遇总是青睐有准备的头脑。"

如果没有这长期的工作积累,也不可能有幸遇到这么大一个平台;如果没有丰富的工作经历,即使给一个平台,也很难发挥出自己的优势与所长。我在南县与饲料结缘10年之久,似乎就是为来北京做好准备一般。尤其是到北京后,我的观念发生了巨变,长时间的积累储备的能量,像火山一样喷发出来。

虽然我还是我,但我亦非我,已经不是从前的我了。好像烧水一样,前面已烧到99度了,到了北京后,就加一把火烧开了,自然就到了100度。又好比登山,我在湖南南县之时,是在山脚之下,到了北京就是到了山腰之上,甚至山顶了。

之后发生的事情,似乎都在证明这一切。

我的第一单

来京第三天,我就要出一趟远门,去福建福鼎谈一个技术合作项目。

"邱厂长,你去福建一趟。"邵博士拿出一封信,对我说,"福建福鼎永丰饲料厂给杨胜教授写信了,寻求技术合作。"

这是我到北京后第一次出差,也是我到大北农接的第一单业务。

我才到北京,人生地不熟;我才来大北农,业务上还是一纸空白。出发之时,大家在公司门口为我送行。望着大家深情期盼的目光,我深知此行对我乃至大北农之重要,真有点将士出征的激动与豪迈。但是,这一趟去福建福鼎,一路上发生的事情,既超乎我的想象,又让我感到出奇惊诧。

永丰饲料厂在写给杨胜教授的信中说,他们是在《饲料研究》上看到的广告,企业由于技术问题,效益一直上不来,急需得到杨教授的技术指导。我带着这封信,还有邵博士的名片、北京农学院牧场的账号以及《饲料研究》(内含我们的广告),坐上了从北京飞浙江温州的飞机。

当时北京已经是零下气温,浙江是十来度的气温。温州下飞机后,坐长途汽车去福鼎,路经浙江苍南。

二十世纪八九十年代,中国自深圳成立特区始,沿海地区率先改革开放,温州人纷纷外出经商做生意,凭借"敢闯、敢试、敢拼命",成就了全国著名的"温州现象"。几十年后,《温州一家人》电视剧热播,依然被人们津津乐道。

福鼎地处闽浙边界,距温州市区仅 90 公里,是传统农业大市,曾经被列为国家级贫困县，后由县改市。他们是会经商、舍得命的温州人，在一片贫瘠的土地上，创造出了富庶一方的奇迹。我对温州早有耳闻，对温州人也很佩服。一踏上这片土地，处处感受到市场浪潮向我奔涌而来。

"欢迎，欢迎！"一到福鼎长途汽车站，他们热情地迎了上来，专门开了个皮卡车来接我。

见面后，自我介绍一番后，讲明了我的来意，也讲了我们有什么优势，我们的技术有什么先进性。

我说："中国的动物营养技术，肯定不比国外的差。我们代表北京农大、中国农科院等院校权威专家，带着他们的研发成果，以我们为窗口来面向全国，提供有偿服务。"

在福鼎的几天中，他们开着那辆皮卡车，陪着我四处转，到他们的工厂、市场走访调研。当时的永丰饲料厂处境困难。我对生产工艺及设备、原料库存，生产的饲料，喂养什么样的猪、鸡、鸭，产量有多高等情况，进行了充分了解，心里有了数。对他们发展受阻的问题，我有针对性地指了出来。

"请你们放心，我们的技术，可以充分利用福鼎的饲料资源，较好地提高饲料利用效率，降低饲养成本，增加农户饲养畜禽的经济效益。"

我的自信与坚定，赢得了他们的信任。永丰饲料厂老板果断拍板："邱经理，你分析得在理。我相信杨教授和邵博士，现在就跟你签技术合作协议。"

这次福鼎之行，给我留下了深刻印象，创造了许多个我职业生涯的"第一"。

我总结了"六个第一"：第一次出行有专车；第一次做市场调研带翻译；第一次一日四餐吃海鲜；第一次住漂亮的四层洋楼；第一次用电热水器洗澡；第一次搞项目合作成功签单。

抵达福鼎后，无论是到工厂里看，还是做市场调研，都是车接车送。他们安排饲料厂老板小舅子，开着接我的那辆皮卡车，陪着我四处跑。那时，我们做企业的，有辆专用皮卡车，是多么令人荣耀的事。我在南县饲料厂当副厂长时，也从未享受过这种待遇。

第一次做市场调研，来到一个蛋鸭场。养殖户都是讲闽南话的老鸭农。闽南话与湖南话相差太远，根本无法直接对话交流。我说话，鸭农听不懂；鸭农说话，我更听不懂。老板小舅子就在中间翻译。

"你好！"我说。老板小舅子就翻译成闽南话，对着鸭农说："哩厚！"

我讲一句湖南普通话，老板小舅子就翻译一句闽南话给鸭农听；鸭农讲一句闽南话，老板小舅子就翻译一句普通话。

这次到福鼎，我就住在永丰饲料厂老板家里，没有安排我到外面住。他们非常热情好客，一日吃四餐，不只是吃早中晚餐，还要吃夜宵。这里靠海近，顿顿都是吃海鲜。我一个湖南人，哪里吃得下，吃得差不多要吐了。老板娘问我是否吃得下，好不好吃？我只得回答说："好吃"，其实内心很难受，很不习惯。我是湖南人，没有辣椒，吃饭不香。

我住的是一栋四层楼的洋房。这也是我第一次住这样的房子。

"好漂亮的房子！"这房子外墙贴的白瓷砖，在阳光的照射下白亮亮的。我们南县的房子，当时外墙都是用水泥粗砂粉刷一下。我在南县1988年盖的房子，与这房子不能比。俗话说，"富不富，看房子"。我心想，这里的老百姓好富裕啊！

第一天晚上回来，老板娘叫我用电热水器洗澡。这是我第一次用电热水器洗澡，结果弄了一个笑话。因为我以前从来没有用过，把热水器插上电源后，灯就红了。我衣服一脱，把龙头一打开，一股冷水从头上淋下来，冷得我直打哆嗦。我像个落汤鸡一样地赶忙跑回房间，擦干身体钻进被窝里。第二天说起这个事，他们笑死了。可我真的不知用电热水器，要等到绿灯亮了才可以洗澡。

通过内外调研，与他们的沟通，我第一次去就很顺利地签订了技术合作的协议。入门费总额是4万元，第一期收的是1.5万元，并且办理的是银行的信汇自带。信汇自带不比电汇，对方不能反悔，我可以凭单办理入账。这个东西在我手上，那就等于拿到钱。那时流行这个东西，因为它比较安全。

第一次出差搞项目合作，就把第一单这么顺利地拿下来了！我的第一单，也验证了全国粮价放开后旺盛的市场需求。我的第一单，让我感受到了科学技术的强大魅力，更看到了技术合作的广阔前景，以及中国饲料工业充满着的蓬勃生机与希望。

从湖南小县城走向京城的我，这一单的成功，使我对下海创业从纠结、彷徨到信心坚定。对于创业之初的大北农，更是极大地鼓舞了斗志，提升了士气。自此而始，大北农拉开了全国技术合作的序幕，走向发展的第一个阶段。

我也开始了马不停蹄的奔忙日子。经与邵博士沟通，我负责对外的项目合作。按照第一单的模式，我把一个个单子拿回来。用邵博士的话说，那个时间段，他是大北农的技术员，我是大北农的推广员。

其间，我与赵雁青"前后方"打配合，十分默契。我签一单回来，把合作企业的原料小样、原料价格、产品说明书、市场产品样本及价格、饲养效果等资料给她。她马上依据资料，组织技术人员精准设计产品。我再与企业沟通磨合，最后落地执行。

从1993年年底到1996年年底，我担任项目经理，负责全国各地的技术合作。三年时间，我谈下的合作企业达上百家。往往是前一个行程还没结束，总部就把我第二个行程的机票买好了。这三年中，我坐飞机像走大路一样频繁，在全国各地飞来飞去。

说梦话

从小时候起，我经常做梦，有美梦，也有不好的梦，并且我还有睡觉说梦话的习惯。在我很小的时候，我做了一个可怕的梦，现在已不记得梦里是什么事情了。这个梦吓得我"哇哇"直叫，三更半夜将妈妈吵醒了。她走到我的床头，抚摸着我的头，安慰我："别怕，梦是反的。"

梦是真的，还是反的，又有谁能说得准？古有周公解梦，也难解这"千古之谜"的梦境。只能是信则有之，不信则无。

我说梦话的习惯，直到现在都有。我白天有时想什么，到了晚上它就会在梦里出现。所谓"日有所思，夜有所梦"吧，有时还真的应验了。后来到大北农，很多时候我晚上做梦，有时还会醒来。我经常会在我的床头放一支笔、一个本子，把它记下来。

我之前一般是晚上做梦，后来有了午休的习惯后，中午偶尔也会做梦。有一次中午睡觉说梦话，我当时自己并不知道。事情过了五六年后，江西泰和正泰股份有限公司的梁世仁告诉我："咱们刚开始合作时，你大白天睡觉，说了个'大梦话'。"

这要回溯到1994年元月，当时春节快到了。我在熙熙攘攘回家过年的人流中，从北京飞往江西南昌，赶去泰和谈一个技术合作项目。去时，我带着泰和写给杨教授寻求合作的信。

下午两点，我到达南昌机场。担任公司总经理助理的邓志斌开了一辆五十铃双排座接我，当时他分管公司的销售和品控。

上车后，由于中午没有吃饭，我急忙啃起了面包。见我如此狼狈，他有点疑惑。到泰和县粮食局吃过晚饭后，晚上我住在招待所。

第二天，我们先到工厂原料车间、成品车间、生产车间、化验室一一查看，再到周边养殖场走访用户，深入调查。邓志斌和梁世仁两个人一直陪同我。梁世仁是技术品控部经理，可以看出他们寻求合作的急切心情与真实诚意。

江西是江南的"鱼米之乡"，古有"吴头楚尾，粤户闽庭"之称。江西农业在全国占有重要地位，是新中国成立以来全国两个从未间断向国家贡献粮食的省份之一。

正泰是当时吉安地区最大的饲料企业，还是地区专员挂点的重点企业，也是当时大北农技术合作的规模最大与条件最好的企业之一。我去之时，这个企业才投产不到一个月，是一个现代化的大企业。我看了之后真的有些震撼。厂房全是新建的，厂区形象非常好。公司饲料生产设计能力为年产6万吨，有近180名职工，设备设施一应俱全。这里交通极为方便，地处105国道旁，离赣江码头不到两公里。

在大北农近两个月，我们谈过的合作企业，不论是规模还是实力都不及正泰。我也是第一次见如此规模的合作企业。我心里揣摩着，这个企业这么好，无论如何要想办法达成合作，争取能够强强联合。

在调查走访中，我既对产品生产、设施设备、人员构成、管理措施等企业情况作了了解，也对附近的销售市场进行调研，掌握了解农村对饲料的需求，以及对正泰饲料的认可与评价。

掌握这些情况后，我开始跟邓志斌、梁世仁谈合作。我首先指出正泰目前存在的问题，接着向他们介绍大北农的优势。

"一个企业要真正发展，外在条件固然重要，但更重要的是经营理念、技术和管理等内在条件。"我说，"你们的厂房设备硬件不错，只要通过技术合作，我们能够帮助你们解决产品研发、技术开发等方面的问题。"

邓、梁二位一听，基本被说服了，于是就带我去见董事长兼总经理曾庆晖，并与其进行了深入沟通。

在公司,他们的干部员工都有宿舍。这一次,我停留了三四天。有一天中午吃过午饭后,梁世仁安排我到他的宿舍休息。就在这不到一小时的午休时间,我说了梦话:"我们大北农,我们杨教授,技术是国内最好的,国际上也是一流的,肯定没问题。"

当时一心想,正泰条件这么好,如何与他们最终达成合作,也就心思入梦了。梦话是现实的反映,也启迪着未来。大北农之后的发展,这是后话,也见证了我的"大梦话"。

这次我去泰和后,很快促成了大北农与正泰技术合作协议的签订。技术入门费5万元,我们提供超级预混物,100元/公斤。我们同时按销售收入0.6%提成。签下这单,不仅能与这么好的企业达成合作,而且我们是按销售收入的0.6%提成,这两点令我有点喜出望外。

当天下午,我高高兴兴地赶去企业的营业和财务窗口,等着拿信汇自带的票。刚好曾庆晖董事长在那里,他叫我"舅公"。我当时还没有反应过来,后来才知道因为方言中,"舅公"和"邱工"是同音。

"天上的'雷公',地上的'舅公'。"他说,"舅公"威望很高,是很厉害的。他见我这么内行,是谈判高手,以为我是主持工作的。其实,那时我只是工程师,后面才做到总工程师。

当场,他就要我把身份证给他看,看后,疑惑地望着我:"你是湖南南县的?"

"我是湖南南县的。"我很坦然地告诉他,"我是下海到的北京。"当时,我认为下海创业光明正大。

拿了信汇以后,当天下午,我顺路去第二站江西上高。上高塔下粮油公司,已经同我们有合作了。

"刚好,公司有车去南昌,送你到上高。"他们很客气地说。

我搭上他们的顺风车。这是一辆五十铃双排座。车上,他们有一个分管采购的副总邓苏文，还有一个人，共两个人。我们一起从泰和出发，先把我送到上高，他们再折返去南昌。

开始我还认为，他们真的是对我热情。事后才听说，他们对我或者说对大北农，可能还是不太放心。那个年代，市场经济刚刚兴起，经商创业办企业热浪滚滚，难免鱼龙混杂。一时间，提篮子的皮包公司遍地都是，人们确实很难辨别真假，容易上当受骗。

正泰这么做，也是有一些顾虑的。他们跟杨教授和邵博士不熟，对我更是不了解，不可能随便将企业前途命运交给"一个人""一封信"。现在想来，曾庆晖总经理到财务部并非偶然，显然是有意为之。他们又特地派车送我去上高，看起来是顺路，其实就是为了进一步打听我的虚实。在路上几个小时，还直接间接地来观察我，怕我是个提篮子的，哄骗他们。

"大北农的邱工，是不是到你们那里去？"在我去上高塔下粮油公司的路上，他们又一通电话打了过去，证实有这么回事后才放下心。

江西之行，既有惊喜，也有感慨。大北农的泰和情缘由此开启。两年后，大北农托管正泰，与正泰的同事聊起这段往事，大家不禁哈哈大笑。

两千块钱

到大北农不久,发生了一件事。这件事,宛如一场美梦,一醒来全没有了。

那时的中国社会,刚刚进入市场经济,旧的秩序已经打破,新的秩序还在建立,处于大变革、大转折之中。社会秩序不像现在这样稳定安宁,偷摸拐骗、拦路抢劫时常发生。这些影响社会安定的事情,成了人们议论的热点话题,也是社会舆论关注的焦点。

那时还没有网络,电视成为新潮一族,从黑白刚刚开始步入彩色时代,千家万户吃过晚饭就围坐看电视。尤其是央视春晚成了全国人民大年三十的文化盛宴。电影、电视里也不时出现一些密码箱被调包的镜头。谁承想,这样的事情却偏偏被我遭遇上了!

那是1994年春节前,我到大北农已经有两个多月了。到大北农后,我干得十分顺手,跑了很多地方,跑一个地方,谈一个项目,拿一笔钱回来,谈的项目也基本上拿下来了,而且都有收益。我经历创业初期的奔波、艰辛、挑战,也收获成长、快乐与喜悦。

到了农历年底,快过年了。已上班两个月加20多天,因春节放假,公司发了三个月工资。公司财务一算账,给我发3500元钱一月,那个时候出差还有补助,大概有12000元钱,加上自己带的3000元,我的身上一共有15000元左右。

拿到这个钱,我高兴极了。那时人们的美好生活向往,就是当个"万元户"。我没想到,我在大北农短短两个多月,就成了"万元户"。我过去在南县年收入 2000 多元。这是我在南县要多少年才能实现的事情。

我为自己的选择而自豪！

公司财务把这个钱发到我手上，有一百的，五十的，厚厚一沓。那时工资卡尚未普及，拿着一沓钞票，蛮有获得感。揣着这一大把票子，我有点激动与兴奋。

我没时间上邮局办汇款，就拿着钱回到宿舍。从床下拿出密码箱，打开把钱装了进去，又将密码箱放回去。但我又觉得，宿舍原来是个废旧仓库，放在这里不安全。于是，提着密码箱，放到了邵博士的办公室。邵博士办公室靠里间，白天和晚上都有人在，算是比较安全。

这个密码箱是黑色的，是公司专门配给我的，方便我跑项目谈业务。那时很流行密码箱。密码箱简便大方，也很时尚，出行坐车乘机携带十分方便，而且因为有密码也比较安全，不像带拉链的挎包，还要买把锁锁上才放心。因此，密码箱成了许多商务人士的标配。

临近春节，公司要开两天会，做完总结后放假。我回家心切，又想赶着放假前回县粮食局办停薪留职手续。

我只开了一天会，对邵博士说："邵博士，我想请个假，提前回家，赶去把停薪留职手续办了。"邵博士爽快地同意了："这段时间辛苦了！回家也好好休息休息，与家人团聚，过个热闹年。"

跟邵博士请完假，我就赶紧买了第二天下午的机票。这时，我又有些担心：倘若粮食局不同意办手续，回不来北京，怎么办？

万一办不成，大不了不回北京就是！于是，我做了最坏的打算。我把衣服、鞋子等一应生活用品，全部装进了两个挎包。还给女儿买了北京果脯和一本《新华字典》，连同名片、两本杂志，一起放进了装钱的密码箱。

那时时兴名片，名片上印着姓名、单位、职务，还有地址、电话。名片是新朋友互相认识、自我介绍的最快、最有效的方法。跑业务到一个单位，首先是递名片，别人一看就不用自我介绍了。

名片相当于一个人的名头，从名片上就能知晓他的身份地位。我刚到大北农，头次出差没有印名片，用的还是邵博士的名片。后来，我有了第一张名片："北京农学院动物营养研究所 邱玉文 项目经理"。

离家两个多月，我归心似箭。第二天中午，我提着一个密码箱，背着两个挎包就往机场跑。当天晚上到长沙，住在省体委的大舅子家。翌日一早，大舅子送我去坐汽车回南县。路上，他还邀请我一起和朋友喝早茶，我赶路心急，也婉拒了。他只好直接送我到长沙汽车东站。

此时正值春运高峰，人们提着大包小包回家过年，汽车站人山人海。这也是那个年代特有的"春运现象"。我挤进人群排队购票，买了当天上午11时长沙至南县的长途汽车票。一个密码箱，两个挎包，飞机上安检的纸条都还没扯掉，我肩挎手提，穿戴整齐、文质彬彬，在人群中特别打眼。

后来，我怀疑当时是被人盯上了。买完票，坐在候车区，快要进站之时，我又跑到洗手间去小便。我肩上背着两个挎包，手上的密码箱死死提着不放。一出来，外面有一个带龙头的洗手台，贴的白色瓷砖。我放下密码箱，腾出来洗手，然后再拿就没有了。

"不得了啦！不得了啦……"眨眼之间，密码箱不见了。我突然一下蒙了，惊惶失措，大声呼喊："我的密码箱不见了！"

事发突然，自己仿佛瞬间从天上掉到了地下，好像一场梦一样。我整个人发疯似的在车站里穿来穿去，手不停地往头上抓，头发都被抓掉了许多。

"看到我的密码箱没有？！看到我的密码箱没有……"

我见一个人就大声问。我四处张望寻找，声嘶力竭，一遍又一遍寻问。可是整个车站人声嘈杂，我的声音很快被淹没了。看到车站候车室门口，坐着两个戴红袖章执勤的人，我像捡到了救命稻草，跑上前去向他哭诉："我的密码箱被盗了。您看到了没有？您能帮我找一下吗？"他无奈地摇摇头，只说要我到车站派出所报案。我绝望到了极点！折腾了一两个小时，感觉没有一线希望了，人也没有一点力气了，我才去派出所报了案。

再来买票，就没有了长沙到南县的直达班车。我只得先买了到益阳的车票，到了益阳再买去南县的。那个时候，长沙坐汽车到南县至少要5个小时，还要过两个轮渡，还有一部分是简易路。到家时已是晚上8点多了。老婆下午五六点就在家准备好了晚饭，一家人在家一等再等。

离开北京时，我想这回回家一定很风光。我到大北农不到三个月，摇身一变就成了一个"万元户"。自己如今已是腰缠万贯，提着一大沓钱回家过年，也算是衣锦还乡了。

一路上，我设想过回家的种种情景。我想回去以后，老婆孩子见到我，我把密码箱一打开，15000块钱，他们会好开心啊！回家之前，我给家里打了一个电话。那时家里已安装了电话。我只告诉家里回家的时间，没有说其他什么，我就是想给他们一个惊喜。

这突发的事故，让这一切都化为乌有、美梦成空，让我在大北农挥洒的汗水付诸东流。我像丢了魂似的，拖着疲惫的身子，终于回了家。那时候感觉像是逃荒一样的了。

"不得了，不得了，不得了！"

到家门口一敲门，老婆把门打开，被我惊恐的模样吓到了。

我说，我的钱被偷走了，我的密码箱被偷走了。

"人没事吧？"妻子关切地问。

"人没事！"我说。

"不要急了，只要人没事就好。"妻子安慰我说，"钱丢了还可以再挣。"

丢失密码箱这件事，折腾得整个人的身心无法形容。我当时想象多美好，你看我干得多好，挣的钱比想象的还满意，在家人面前应该多有光彩。谁料，我却如此落寞地回来了！我丢魂失魄地，把这件事情的来龙去脉告诉了家人。

去大北农之前，我盖房子也才15000块钱，喂猪收入、工资奖金还账还了两三年了。这么大笔钱丢了，可惜、心疼啊！那一晚，我一家人都没有睡好。当天晚上，我把这事也告知了岳母娘。我岳母娘是好多晚上都睡不着："你好不容易上北京，又赚了这么多钱，到了手上的钱都被偷掉了，这怎么得了啊！"这事闹得，她这个年也没有过好。好长时间，我心里很是过意不去。

第二天早上，我就给邵博士打电话，向他报告此事，还要邵博士提醒同事，回家的路上一定要注意安全。邵博士在电话里对我说："你安心过年。"当天，他就从邮电局给我汇了 2000 块钱。我也赶在春节放假前，办好了停薪留职手续。

在那个寒冷的冬天，邵博士汇来的这 2000 块钱，温暖着我全家春节的日子。在经历了人世间凶险之后，我们无不倍感这情谊之重，更觉得人间真情永恒。

如鱼得水

大北农给了我一个大舞台。我在这里如鱼得水，干得越来越顺手，合作的单子像雪花般飞来。

记得江西宜春的一个技术合作项目，仅仅三天就签下来了。虽然签得这么快，但其中的过程，也耐人寻味。

位于宜春的江西省第一饲料厂，是宜春地区粮食局直属单位，1994年年初开始建厂。在建厂期间，他们写信给大北农寻求技术合作。

我来到宜春之后，做市场调研，了解企业情况，一切都很顺利。

厂长李仕辉年轻有为。他当时担任宜春地区粮食局饲料公司和议价公司两个单位的法人代表。我与厂长是同年生人，算得上是"老庚"。他几次亲自参与沟通，我原本以为他好讲话。

在合作协议签署前，他有点"霸气"地向我提出了"为什么要与大北农合作？""与大北农合作有什么好处？"等许多大大小小的问题。我既坦然又诚实地一一作了回答。我的回答既消除了他的顾虑，也坚定了他与大北农合作的信心。

"有件事，我也不瞒你了。"成功合作几个月后，李厂长主动告诉了我一个情况。其实，在我去谈协议之时，还有另一家北京的同类公司也来了宜春，正与他们进行洽谈合作事宜。对方来头也不小，一个总经理，还是个博士。

听他这么一说，我当时想，这真是险胜啊！为自己暗暗地高兴了一把。那时我只是公司的副总，论职务学历怎能与人家相比。我认为，不仅是因为我的自信、务实、坚定的表现，更因为大北农有先进的合作理念、中国顶级专家技术优势，还因为有我们这一批激情燃烧、热血奔涌的创业者，才赢得了这次合作谈判的胜利。

20世纪90年代，那是一个畜牧业蓬勃发展的时代。各大品牌饲料热销市场，各种广告铺天盖地。在时代的浪潮中，大北农勇立潮头。我们的报纸《大北农人》，也叫响了一连串的口号："以高科技振兴民族饲料工业""优势互补共创名牌""大北农事业是我们大家的事业""大北农邀您共成功"。

当时是大北农展开大合作的时代，我们已有上百家技术合作企业。我们为此奔波，乐此不疲。全国二十多个省区市的许多地方，都曾留下我们的足迹。那段日子，日夜兼程，丝毫没有疲惫与劳累感，心中只有信心、希望与梦想。

1995年夏天，湖北省潜江市粮食局李副局长、潜江市饲料厂钟绍华厂长一行到了北京，专程找我们寻求合作。他们有些兴奋与激动，握着我的手说："这次找你们大北农，如果合作还搞不好，那真的只能去美国请人了。"以前，他们也找过一些合作单位。他们认为，大北农是国内最好的。

潜江饲料厂寻求合作心情急迫，我们一拍即合。他们二话没说就跟我们签订了技术合作协议。这是我到大北农之后，签得最快的一单合作项目。合作方的高度信任，让我感受到了作为大北农一员的荣耀，更有了一种无形的压力。

一周后，从北京到武汉，正是下午。在机场出站口，远远看到一个举着"接北京农学院动物营养研究所邱教授"的牌子。在大北农这么长时间，这是我看到合作企业接我时，第一次打出"教授"的牌子，给我留下了深刻的印象。

"邱教授，真诚欢迎你来指导。"前来机场接我的，是湖北省潜江市粮食局李副局长、潜江市饲料厂钟绍华厂长。

我这次来潜江饲料厂，是专门去负责合作项目实施的。走进饲料厂，大车间、小车间和仓库，我全部看了一遍，让我惊呆了！我用手在机器上一抹，一层厚厚的灰上划出一道印痕。转眼望去，有的设备坏了，有的生锈了，有的上面结满了蜘蛛网，有个蜘蛛还在网上蠕动。当时企业处于半停产状态，生产一天停产三五天，管理也是很一般的水平。这种半死不活的企业，要恢复生产难度可想而知。

"马上进行整顿！"我严肃认真地对钟厂长说。在我的督促下，从搞卫生开始，边清理边润滑设备，几十个人日夜加班，迅速行动起来。一度死寂般的工厂，又见忙碌喧闹的身影。

我们一刻不停，抓紧时间，去武汉买预混料原料，到潜江周边调研养猪的市场情况。在武汉那天，我们挨家挨户、货比三家，从早上一直忙到天黑，为的是买到货真价实、物美价廉的原料。

研制产品，我把南县的做法用上了，轻车熟路非常顺手。白天在现场指导，晚上加班加点。我给他们设计商标标签和包装方案，还设计打电视广告的脚本。

那时适逢盛夏，空气都是热的。我住在饲料厂职工宿舍。房子里面有个吊扇，我穿的短袖衫，吊扇吹的风，打在身上又热又痛。

我认为，要以最快的速度，最精彩的呈现，展示我们大北农的高效率和高水平。

产品商标设计是有讲究的。还在南县时，我们"智能牌711猪用高蛋白超级浓缩料"的牌子叫得很响。在设计产品商标时，就把北京和潜江联系在一起，取名"京江"，蕴含两地合作之意。商标图案为"jj"并在一起。"京江"牌商标一亮相，大家一致叫好。

几天的连续奋战，我们的合作开发成功了！第六天，全新的"京江"牌猪用配合饲料产品开发出来了。

当天中午，市粮食局李副局长来到产品下线现场观摩，表示祝贺。他还带着潜江市电视台记者，现场拍摄录制电视新闻。这场面好大、好热闹，一如这炎夏的天气，热火朝天。观摩现场，一片沸腾，掌声雷动。

"出发！"一辆满载着新产品的货车，披红挂彩，几台小车在前面开路，从下线现场，浩浩荡荡送往总口农场养猪场。

自此，"京江牌"新产品迅速在潜江地区推广开来。不到半年，随着产品销量节节攀升，饲料厂局面打开、气象一新。建厂以来，企业首次实现扭亏为盈，取得了经济效益和社会效益双丰收。钟绍华厂长当年还被评为潜江市劳动模范。

潜江一举成功，自始至终，从调查走访、整顿车间、原料采购、包装标签设计到产品生产，我全过程参与和指导，可谓一气呵成，也是效率最高、效果很好的一次技术项目合作。

我想，这是因为我来到大北农这个有着坚强后盾的大平台，才能如鱼得水、如虎添翼，这次才能够一鼓作气，大功告成。

事业的"赌注"

时间过得真快,到大北农快一年了。在近一年的时间里,我在外面跑项目,忙得一刻也不停歇。

又到了一年收账的时候,上一年按销售收入提成的合作项目,又要去"收租"了。这段时间,我这里收钱,那里收钱。收到的款子,大部分是信汇自带。有时不能直接回北京,我就通过邮局寄过去。我收一笔钱,办一张信汇自带,拿着这一张张信汇自带,面对艰辛创业,用知识、智慧与汗水换来的成果,我心里充满欢喜,越干越起劲。

有一天,财务给我发工资 800 元。我一看到只有 800 元,心里一下就愣住了:"这不对呀!"我的工资明明是 3500 元,怎么突然变成 800 元了?

这一年,我在外面洽谈项目,一个一个单拿下,一笔一笔钱把它收回来。干得很顺利,公司业务也很好,怎么收入会变少了呢!人们工作创业,在一定程度上说,无非是为了谋生,往大的目标看是奔着理想和前途。我也是一个普通人,离不开柴米油盐,我同样要养家糊口。

平常遇事,特别是在进退两难、举棋不定之时,我的内心辗转反复、比较纠结。停薪留职、下海创业之事,就让我反反复复纠结了好一阵子。然而,在这件事上,我似乎一点也不纠结郁闷,也没有找邵博士去问:"为什么我工资 3500 元,突然间给我发 800 元?"

有些时候,我还是很明白的一个人。我对这事想得很清楚。公司通过我们在外面的技术合作,正越做越大。目前,我们正在一步步往前迈、一步步往上走。

我看好大北农的发展。我坚信公司的效益会越来越好。当时心里想，只要我们做得好，公司有收益，我们的待遇不可能会少，也就不怕今后自己没有收获。

1994年10月，我从外地出差回到北京。邵博士专门找我说："邱厂长，有件事要跟你商量。"

"公司要长久发展，还得实行资智股份化。大家要有股份，才是长久的激励机制。"邵博士边说，边看着我，"我们都是一起创业的。你对公司的贡献大，公司准备给你8万块钱的股份，你觉得怎么样？"

我感到很突然，但我毫不含糊地表明了态度："我完全赞同这种激励机制！"这时，邵博士才说出了我的工资调整的原因：公司要资智股份化，增加公司积累，管理层要带头限薪，通过持股实现激励目的。

"从今年4月开始，你的工资调整到800元，你也不问问我为什么做了调整？"邵博士见我不太计较个人得失，严肃认真地反问了我。

当时公司里，同我一起得到股份的，还有三人，甄国振8万，与我是一样的，赵雁青是2万、陈斌1.6万。拿到8万块钱股份，我同家里人说了此事。他们听后，当时没有表现出高兴，也没不高兴。

过了一段时间，家里人总感到股份不是钱，虚无缥缈的，靠不住，还不止问我一次："为什么你不把8万块钱股份退出来，把钱拿回来？"

我说："拿它干什么？这不就是我事业的'赌注'吗？！"

我心里很坚定。好比打牌一样，桌子上的钱是打牌的本钱，口袋里面是吃饭穿衣要用的钱。我们一起创业，这个股份就像打牌桌子上的钱，是我创业的本钱。我不拿回来，也不可能拿回来！我坚信，我们创立的大北农事业有前途，能够成功。但是，创业是有风险的。这就是我事业的"赌注"。

1997年夏天，在怀柔基地开干部会期间，公司内部高层人员对发展战略和管理，意见出现分歧。有人提出要退股。我在会上旗帜鲜明地表态："我不退股，我坚信大北农。"

我们公司创业初期的几个人，都持有股份，也叫原始股东。如果公司未来上市，则意味着财富增加；但如果上不了市，拿着的股份还会因为企业的不景气存在亏损风险。因此，有人提出退股，也自有他的考虑。我坚持不退股，是因为我把股份当作了事业的"赌注"，更把它当作一份责任和使命。

总会有人问我：为什么会成为大北农第二大股东？我想，就是因为执着于大北农开创性的事业，深信一定能够闯出一片新天地，才敢于把财富乃至人生赌注押在上面。当时有些人把自己领的工资、得到的奖金买房买车，我则全部用来买大北农的股份。

有人说，在中国金融市场，原始股一直是利润和财富的代表。我当年8万块钱的原始股份，当初只是把它当作事业的"赌注"，到现在已经成万倍地增长了。这也是我没有想到的。

世界冠军的启迪

1995年夏天,我如约去湖北洪湖谈一个项目。

洪湖是我国第七大淡水湖,湖北省第一大湖。小时候看过电影《洪湖赤卫队》,我对电影里一眼望不到边的芦苇荡印象深刻,还有那首《洪湖水浪打浪》的歌,至今还能哼唱几句。

一到洪湖,来不及欣赏芦苇荡美丽的风光,我便赶去洪湖市饲料公司。他们寻求合作也很迫切,此前又是写信又是打电话。我来之后,他们立马安排车,陪同我看他们的饲料公司车间,走访调研用户市场。当天晚上,我住在洪湖市粮食局招待所。当时一般县粮食局都有机关食堂和招待所。

我喜欢看央视的《新闻联播》。直到现在互联网这么发达,我的这个习惯都没改变,每天晚上7点的《新闻联播》,没有特殊情况,我是必看的。《新闻联播》之后,是《焦点访谈》。那期《焦点访谈》的嘉宾是乒乓球运动员邓亚萍。她刚刚在世乒赛上夺得女单、女双、女团三项冠军。这位小个子世界冠军,以"速度快,打法凶狠"的乒乓球技艺久居乒坛"世界第一"的宝座。

在访谈中,邓亚萍特别谈到,她怎么顽强拼搏,勇夺冠军,为国争光。她打乒乓球时全神贯注,身上有一股永不服输、不夺冠军誓不罢休的韧劲。她的事迹深深地打动了我,也给我带来了许多启迪。

当时,看完《焦点访谈》之后,我马上就有个感悟:做任何事情,只要

"身临其境，心在其中，全身心投入，终会卓有成效"！

我的人生经历，尤其是到大北农以后，总觉得越干越在状态，越干越有劲头，真的是到哪个地方谈项目，一谈就谈得下来，也帮企业解决了一些问题，并且也有成果。

看了邓亚萍的访谈节目，回首自己在大北农的日子，每跑一个项目不都是亲力亲为？从企业内部调研、市场调研，到交流沟通，然后拿方案、签协议，再实施指导，如果不是亲力亲为，心无旁骛，全力以赴，又怎么会谈成项目取得成果？

我 35 周岁的那一年，家里人说，36 岁属本命年，是人生的一个节，一定要给我做生日。湖南人过生日，男子过虚岁，女人过满岁。那时，我正好在江西泰和正泰公司进行技术合作的指导工作。

自己是哪天过生日，我从来不会去记。老婆早在一个多月前就给我打电话说了这事。临近生日，她又打来电话："今年是你 36 岁生日，不管怎么样，要请我们两边家里的亲戚，给你过个生日。你一个人常年在外，还是应该信点儿忌讳。"

这天，我从江西坐长途班车，到了南县已经是晚上了。当时家里两边的直系亲戚都来了，是在家里做的饭吃。那时做生日请客，不比现在动不动就去外面买单，进餐馆吃饭。

我回来时，一屋的客人，他们已吃过了。我这个"寿星"，连生日正餐都没有赶到。那时客人来了，也不像现在安排住酒店。两边的亲戚，晚上都住在我家里，所有的床铺都让给客人住了。安排完客人，已经很晚了。我和老婆，就在我们房子的水磨石地板上，睡了几个小时。我有两个月没回家了，也没来得及聊几句家常，甚至连老婆女儿的手都没摸到。

第二天一大早，吃过早餐，我就急忙赶去岳阳。我在江西时，岳阳化肥厂与我们寻求合作，已同我约定好了时间。

岳阳化肥厂主业是搞化肥，下面办了个饲料厂。此前，他们找了个人当技术顾问，此人是杨胜教授一个学生的儿子，但做出来的产品，还是没有竞争力，总觉得没达到要求。

我说："我们的技术不仅是杨教授亲自把握，我们还不只杨教授一个人，还有北京农大、中国农科院等，一批中国最顶尖的动物营养学家的技术，都是以我们为窗口服务全国各地。"

经我这么一说，他们就被我说服了，认可了大北农的优势："那就提供配方给我们。"

他们早就知道预混料，前面做技术指导的，提供过预混料配方。我就把对方要求提供预混料配方中超级预混物的需求，马上打电话给总部搞技术的赵雁青。按以前的做法，我们一般是不提供配方的。这次想方设法达到对方的要求。这一单终于成功地签订了。

在当时，岳阳化肥厂这一单，是我谈的所有项目中入门费最高的，技术入门费 68000 元。

这事过后几个月，有一天，邵博士秘书冯晶焱跟我讲："邱厂长，要给你写个报道，在《大北农人》上登一下。"小姑娘是甘肃兰州人，习惯叫我"邱厂长"。

"写我干嘛！"我说。

见我推辞，她又说："这是邵博士讲要写的。"我最后没推脱掉。

那个时候，我是副总经理，走南闯北，一个个单子拿下来，干得风风火火。大家都说我做得特别好，仪表形象也不错。

当时，随着大北农的发展，我们办了一张小报纸，叫《大北农人》。不久，在《大北农人》上，以《邱副总日夜兼程》为题，刊登了我的故事。

邱玉文副总经理是老成员,多年的工作使他显得略有年长,微微凸起的肚皮却别有一番老板的气派。

作为副总经理,邱总自始至终起着带头作用。华北、西北、华中、华南、西南共二十余家企业都留下了他的足迹。90%以上的时间在合作企业度过,一年回湖南老家同家人团聚的时间不足十天。现场的临场发挥,诚恳地待人接物,令与他同行的大北农同人佩服与敬重,合作企业领导也从邱总工身上看到了大北农,不由得感慨:"与大北农合作,值得!"

当宜春——大北农之纽带刚刚结起,他的心又飞到了哈尔滨。当你问他有何感想时,一句精辟的话脱口而出"身临其境,心在其中,全身心投入,终会卓有成效"。

邱副总就是这样一个能干、会干、肯干的领头人,愿他能够在大北农真正实现他的人生价值。

《大北农人》刊登《邱副总日夜兼程》报道(1995年8月)

"身临其境,心在其中,全身心投入,终会卓有成效。"这是我的人生感悟,似乎也成了我的座右铭。

大北农模式

南昌，一座悠久的历史文化名城。"初唐四杰"王勃的《滕王阁序》，称其"物华天宝、人杰地灵"。

正当大北农初创发展关键时期，在这里召开了一次全国性的饲料行业会议。本次会议对于大北农来说，具有里程碑的意义。

那是 1995 年 9 月下旬，正值秋高气爽、景色宜人的季节。第八届全国部分大中城市饲料工业发展研讨会在江西南昌召开。其时，正是全国饲料工业蓬勃快速发展的时候。来自北京、天津、上海、沈阳、长春、青岛、西安、成都、重庆、武汉、广州、深圳等城市饲料行业的各路英豪聚首南昌，回顾过去，畅想未来。

这是全国饲料行业的一次盛会，也是我国饲料行业极其重要的一个会议。在饲料行业耕耘的我对此并不陌生。第一届会议是 1987 年 3 月在广州召开的，当时会议的名称是"全国部分大中城市饲料工业信息交流联络网议"，强调的是"信息交流联络网"。后来几届会议，分别在天津、长春等地举行。

在本次会上，"大北农模式"得到首肯，被中国饲料工业协会认定为"四大模式"之一。"四大模式"中，其他的三个分别是：

正大模式——泰国的正大集团（中外合资企业）开创的模式。

希望模式——民营企业四川希望集团（在全国各地兴建饲料厂）开创的模式。

明星模式——国有企业的代表——江西明星企业集团（当时，"871"成为猪用浓缩料的代名词）开创的模式。

"大北农模式"是什么呢？"大北农模式"就是技术合作模式。依靠科技与人才，提出"优势互补，共创名牌"，在全国开展技术合作。中国饲料工业协会称，大北农已成功走出了一条中国饲料工业发展的道路。

"南昌会议"极大地鼓舞了初创时期的大北农人。

回首这一路走来，作为联合创始人、"大北农模式"创立的主持者之一，亲身经历参与探索实践，我深感这荣耀来之不易，也为我们的成功高兴喝彩！

1993年12月28日，"大北农"诞生之时，我刚来北京不久。之前，我外出谈项目还是以"北京农学院动物营养研究所"的名义。记得当时大家为取名，还进行了一番讨论。

开始想到的是"北农"。因为倡导者是北京农大教授，发起人是北京农大博士，为此取名"北农"，既有中国农业最高学府的元素，也有科技和人才的元素。可到工商局注册时，才发现"北农"已经被人家注册了。

"虽然我们的根在北京农大，但我们的事业不限于北京农大。"邵博士和在场的我们都觉得，"应该有着更为广阔的视野与希望，干脆叫'大北农'。"

"大北农！"多么大气响亮的名字，大家一听，齐声叫好。"大北农"品牌就这样定格下来。

1994年，由杨胜教授担任主任，张子仪、杜伦等十四名知名专家、学者为成员的大北农专家技术委员会成立。这是大北农最坚强的后盾和科技支撑。

同一年，大北农牌"551"乳猪料成功研制并投放市场。当时多家媒体对此进行了特别报道，称此成果打破了外资企业多年对中国乳猪料市场的垄断，并达到了国际先进水平。

可以说，"大北农模式"是站在中国动物营养权威专家的肩上，利用拥有顶尖技术的平台，面向全国饲料企业开展技术合作。

当时，大北农提出"优势互补，共创名牌"。前期打的"中国的动物营养学家"旗号，都是打着科技这块牌子。我们技术合作有三个核心要素。通俗地说就是：一卖理念，二卖技术，三卖管理。

那几年，我们在全国各地跑项目，跟合作企业灌输我们的理念：中国的动物营养技术、饲料技术不比国外的差。

根据合作企业的技术需求，我们去工厂市场走访调研，帮助他们设计有科技含量、贴近市场、提升企业竞争力的产品。在合作企业的管理上，洽谈签了协议之后，早期我们都是派所谓的"党代表"，派技术经理，后面又派营销经理。

这种"大北农模式"，确实使合作企业发生了根本性的变化。他们的观念更新了，开发出有市场竞争力的产品，管理水平迅速得到提升。那个时候，因为体制和机制的原因，面对激烈残酷的市场竞争，至少让这些与我们合作的国企延缓了关张的命运。

尽管绝大多数的合作企业已经倒闭，但是宁夏大北农、河南新乡大北农、广西宏华生物实业股份有限公司，在合作中也跟着一起进行体制机制的改革。这几家始终与大北农在一起的企业，伴随饲料行业发展形势变化，不断地融汇大北农的文化、技术、管理，体制机制完全变了。一路风雨兼程走来，在不断变革中，这几家成了创业创新的典范企业。

宁夏大北农先后荣获农业产业化国家重点龙头企业、国家高新技术企业、国家专精特新"小巨人"企业等多项殊荣，位列宁夏百强第49位；河南新乡大北农是农业产业化国家重点龙头企业，进入新乡市农牧企业前三；广西宏华生物实业股份有限公司这家广西老字号企业，也成了广西蛋鸡行业的龙头企业。

探索"大北农模式"，我们的营销推广战略算是下足了功夫。我们鲜明地亮出了响当当的广告语："中国的动物营养学家最知道中国的畜禽鱼虾之需要""优势互补、共创名牌""以高科技发展振兴中国民族工业"。这是大北农人的情怀和抱负，也是我们笃定不变的初心，它照亮我们的前行之路。

当时大部分饲料企业为国有企业，他们有厂房设备、资金、队伍，但理念落后，缺技术、缺人才、缺管理，而这正是我们的优势。许多与我们合作的国企，就是冲着这一点与我们握手成交。

我们在全国各地召开研讨会，更大范围推广"大北农模式"。分区域（比如在华北、华东、华中、华南）召开饲料工业发展研讨会，我们邀请各地饲料行业主管部门和行业协会负责人、饲料企业负责人与饲料领域的权威专家，一起参会交流研讨。在全国行业活动中，我们去作专场的报告和讲座。通过这些活动，又把我们与寻求合作的企业搭上了关系。

"大北农模式"的创立，从整体策划到项目实施，我们做得得心应手。只要人家有意愿，凡是我们去谈的，可以说胜券在握、手下无敌。不到两年时间，全国的技术合作企业就接近上百家。通过同我们技术合作，确确实实让这些合作企业焕发生机，迎来春天。"大北农模式"在探索中前行。从1995年开始，我们又开始导入企业CI（企业识别系统），树立大北农品牌，创建大北农文化体系。

以"南昌会议"为标志，"大北农模式"跃上制高点，从此翻开了崭新的一页。

共同的导师

2007年7月27日,杨胜教授因病逝世。在大北农进入蓬勃发展的新阶段,我们却失去了一位德高望重的好老师、情谊深厚的忘年交、一起奋斗开创事业的"定盘星"。

闻悉噩耗,我从外地第一时间匆匆赶到北京,怀着无比悲痛的心情送他最后一程。

初识杨胜教授,那时叫他"杨教授",后来我们都称他"杨先生"。杨先生走了,我感到有点突然。头一年我们去北京见他时,他身体健朗,精神饱满,还是那么慈祥的满脸笑容。

那是2006年11月,在湖南大北农举行竣工投产仪式前夕,我和集团总裁办主任傅培政来到中国农大,专程拜访已是88岁高龄的杨先生。这次见杨先生,一是向他汇报大北农在湖南的发展情况;二是请他为湖南大北农竣工投产题词。我们跟着他进了书房。他铺开纸,放上镇尺,拿着笔伏案开写。他写了一遍,又写一遍,直到第三遍才满意地放下笔。题词写道:"祝贺湖南大北农竣工投产,依靠科技与人才,创建国际一流农业科技企业。"遒劲有力、沉雄古逸的书法题词,寄予了杨先生对湖南大北农的美好期盼。

大家立刻鼓掌喝彩。

随后,杨先生和夫人金老师亲切地与我们合影留念。我也没想到,这是我最后一次与杨先生见面。

作者在杨胜先生家中与杨胜先生及其夫人金老师的合影

记得第一次与杨先生相识，是在 1990 年的春天。当时见面时，他伸出脑袋满脸堆笑的画面，我一辈子都忘不了。他虽是个大教授，但留给我的印象是平易近人，没端一点儿架子，就像普通的邻居老头。

从聊天中得知，他的生活也很简朴。杨先生有两个女儿，均已成家，平常就他们老两口相伴相守。楼下有辆灰色的旧自行车，是他的主要代步工具。杨先生除了给学生上课、到实验室进行指导外，也去菜市场买买菜，其余时间就一头扎进书房。

就是这次春天的相遇，使我遇见了人生中的"贵人"，与大北农结下了一世的情缘。在德高望重、学识渊博的杨先生面前，我只是一个晚辈后学。但他并没有轻看我，总是亲切地叫我"老邱"，每次写信给我，都是称"您"，以示对我这个晚辈的尊重。

我与杨先生从相识到相知，感情久而弥笃，算得上是忘年之交。在我跑项目谈合作的那几年，只要不出差，我都会抽时间去探望杨先生。每次春节后回北京，我总会带点湖南特产去看望他。即便后来我的工作重心放在了江西泰和，但每次到北京开会，就一定要去拜访杨先生。一见面，话题总离不开农业，离不开大北农。我们情深谊厚，有着共同的热爱、共同的事业。

他对我们国家的饲料技术高度自信。他常对我说:"中国的动物营养技术不比国外差,要相信自己的创新和技术,更不能一味盲目追捧国外技术。"

"要志存高远,依靠科技进步,把产品品质提升上来,为用户着想,给他们创造价值。"他对大北农寄予厚爱与期望,"要抓好团队建设和人才培养,大北农要发展,最终还是靠人才。"

有一次,我从外地回北京。杨先生听说我又签了单,他比我还高兴,连连赞道:"不错不错,又谈成项目了。加油,再接再厉!"

看到我这段时间干得顺风顺水,他又语重心长地对我说:"老邱,你当过厂长,有丰富的社会经验。小邵是从学校到学校,缺乏社会经验,你要多帮助他。"

他真诚关心爱护我们,还牵挂着我们。对我更多的是鼓励,许多话语至今仍在我的耳边回响。

与杨先生相遇结缘,是我人生的荣幸。他的言传身教,对我影响颇深。我对杨先生是发自内心地尊重与敬佩。我的电脑里一直保存着一张有点年头的照片,我时常会点开看看,那是我与杨先生、邵博士一起的合影。这张照片是1997年7月5日摄于河北承德山庄。照片中,杨先生虽然满头白发,但精神矍铄,笑容灿烂。邵博士年轻英俊,朝气蓬勃、意气风发。因为一场车祸,当时我还是一个右胳膊打着石膏的伤员。

作者与杨胜先生(中)和邵根伙博士(左一)合影

杨胜先生给作者在照片后的留言

记得当时，拿到照片后，杨先生还特意在照片上写上了"和小邵、老邱合影"一行字，并在照片背面写下一段话："大北农公司创办三年多来，在几位老总的含辛茹苦努力下，正茁壮成长！大北农模式为中国饲料工业的发展已起到积极的促进作用，更具有巨大的潜力。香港顺利回归，祖国前途灿烂光辉，又一个千年世纪即将来临，大北农集团事业任重道远！"

在我看来，杨先生不仅是一位志存高远、品德高尚、为人谦和的长者，更是一位热爱祖国的知识分子典范。对于大北农人来说，杨先生不仅是我们共同的导师，更是我们的"定海神针"。

杨先生的心里时刻装着大北农，他把大北农当成自己的孩子一样宠爱着、呵护着。12月28日，是大北农成立的日子，每年杨先生都会给大北农写上寄语，是鼓励，更是鞭策。

在写给大北农4周岁寄语中，杨先生回顾公司在创业伊始就确立了自己的奋斗目标——"以高科技发展民族饲料工业"，喊出了"大北农的事业是我们大家的事业""发展民族工业是当代青年知识分子爱国主义的最好表现"的创业口号与时代呼声。

他在写给大北农8周岁寄语中说："时光飞快，到今年12月'大北农'已经走过 8 个年头了，'大北农' 8 周岁了！成长壮大了！8 年的实践经验与业绩是十分丰富多彩，十分珍贵的，实践，实践，再实践！这将是无往而不胜的。"现在读来，杨先生的寄语高瞻远瞩，饱含家国情怀，充满时代精神。

杨先生 1919 年 1 月 1 日生于江苏无锡。长期从事动物营养与饲料科学专业与猪营养研究，是我国著名的动物营养学家、现代动物营养学的奠基人之一。他有一句名言："一个有名的教授，如果没有 10 个有名的学生，就难以称为有名的。"这也诠释了他"为人师表"的大家风范。

大北农成立 15 周年之时，杨先生离开我们已一年多之久，邵博士内心波澜起伏，挥笔写下《杨胜教授，我们共同的导师》。

邵博士在文中特别提到，"在我们的创业队伍中，有些人得到过先生的提携与帮助，有些是因先生与大北农结缘，比如邱玉文老师、甄国振老师"。作为杨先生的关门弟子，他满怀深情地写道："在大北农集团，先生不只是我一个人的导师，更是大北农创业伙伴团队的导师！"

在大北农发展史上，杨胜先生——我们共同的导师，是大北农创业初期的灵魂。

第三章

一场『革命』

挑战与机遇

1995年12月的一天,我正在福建出差,手机铃声响起。

"请问是邱工吗?"打开手机,号码陌生,声音也不熟悉。

"您好!我是大北农的邱玉文。"我有些疑惑地问道,"请问您是?"

"我是江西泰和正泰饲料股份有限公司董事长罗太珠啊!"

"是罗董事长呀!您来正泰的事情我已经听说了。"

"您也知道,正泰现在的处境非常艰难。能不能尽快来一趟泰和,帮我们出谋划策?"罗太珠恳切地说道。

听他这么一说,我知道了事情的紧迫性,毫不犹豫地说:"我调整行程,以最快的速度去泰和。"

回想当初,大北农与正泰合作,堪称"优势互补,强强联合"。正泰出现的问题也是我始料不及的。当时的正泰在当地名气很大。它是吉安地区第一个股份制试点企业,也是地区专员一把手挂点的企业,并且企业的投资规模、所处的地理位置、企业形象,在吉安地区都是名列前茅的。

就在正泰投产的前期,电台电视台,105国道,吉安地区周边,正泰饲料的广告宣传轰轰烈烈。

正泰刚投产不久就与大北农进行了技术合作。自从与他们签订技术合作协议后,我每两三个月都要去一趟。我们从产品定位、配方设计、原料采购、产品检验等方面,制订了一系列标准流程和规范制度,技术难题一一得到了突破。

"强强联合"一开始很有影响力、轰动力，客户蜂拥而至。可是，后来生产销售并没有我们想象的好，一些老客户断了来往。其实正泰的问题，我一直是有所耳闻的。之前在与正泰的交流中，我就发现其生产的饲料产品质量不合格，经常出现退货或返工情况。

我到仓库里看到的情景更是触目惊心。到处是积压霉变的国产鱼粉，散发着臭味。那些假冒的高价鱼粉，可能原本每吨几百块钱，却卖到了几千块钱。

5公斤的包装袋堆满仓库，按当时销量算，要用30年。而且包装袋添加再生料较多，存放一年左右就开始脆裂了，浪费如此严重。

麦麸原料存货多，水分超标，堆压在仓库时间长，结块后就像"出土文物"。米糠粕上面堆满了一层厚厚的灰色的铁骨牛，我还以为是菜粕。玉米不饱满的，水分偏高的库存也很多。还没投产供应商就闻风而来，原料、包装已经在仓库里堆满了。

我去找营销、品控了解情况，也找过采购，但是因为怕我断了采购的财路，他们好像与我水火不容，说什么都听不进去，任由这种状况发展下去。

大北农的技术是国内一流，毋庸置疑。按理说，正泰的发展应该是顺风顺水，可现实情况却不尽如人意。

问题到底出在哪里？

我开始深入调查，寻找原因。正泰在外人看上去是高大上，实际上它的体制和机制是不到位的。它所谓的股份制，95%的股份是泰和县粮食局的，仅有那么几个养乌鸡的专业户，每人投了五万块钱，就号称股份有限公司，名不副实。

实际上，只是换了个"股份制"的牌子，换汤不换药，它还是个国有企业，董事长兼总经理是县粮食局的副局长，副科级干部。这是我国国企改制转型初期，普遍存在的一个通病。这种体制和机制上的缺陷，企业观念和管理依然是计划经济的那一套，更谈不上现代企业管理制度，在新的形势下遭遇冲击在所难免，问题扎堆出现。

第一，采购环节被心术不正的供应商利用。原料采购是产品成本的第一关，直接影响产品的品质，企业的管理者与经营者不但不重视性价比，反倒被心术不正的供应商利用。供应商只要与公司有关领导处理好关系，品质好坏不是最重要的。因此，外面的供应商投其所好，有的搞小恩小惠，有的搞吃吃喝喝。

当时正泰每个部门都有招待费，与销量挂钩，不是按成本、利润的提成奖励，仅仅生产工人拿计件工资。影响企业成本和效益的大头是采购和销售。企业没有科学的考核机制，而是一把手说了算。

第二，品质不达标，性价比低，还有大量的库存积压。

源头未把关，产品品质无法把控。与大北农合作后，配方是没有问题的，但是配方只是一张纸。买回来的原料不符合采购标准的情况时有发生，产品的基本营养指标与配方设计指标相比下降；库存积压霉变、假冒的鱼粉等不但没有营养价值，还可能产生负面影响，卖出的产品退货导致老客户流失；积压在仓库的产品变质，形成恶性循环。

第三，出现了销量徘徊、下降，销售收入减少，单位成本不断增加（返工、退料），企业的财务核算后发现亏损每月增加，企业的综合指标、效益每况愈下的情况。

当时邓志斌是总经理助理，分管技术品控，也管营销。他都不敢在公司经营分析会上或单独找总经理表达意见。每次我去他办公室，他就向我抱怨："我们就是因为原料不行，导致品质不行，经常内部返工。"

采购量大、价格高、品质差。当时有一二十个营销人员，他们也是有苦难言。他们的工作做得很累，好不容易开发一个客户，用了一批料，第二批料就不用了。这是他们最苦闷的地方。

看到仓库霉变的产品堆积如山、一辆辆的退货车开进厂来，瞧见员工揪心的痛苦，作为合作方代表，我非常难过，甚至感到愤慨。但是，我只是技术顾问，也在一些场合反映过问题，可大家都不以为意，并没有当成一回事。

这次罗太珠董事长刚上任10天，就给我打电话求援。我第一感觉，他是个有责任心的人，也深感事情的严重性和紧迫感。

正泰出现的一系列问题，是20世纪90年代国企的普遍现象。改革开放进入深化阶段，国有企业在计划经济体制下存在的问题逐渐暴露出来，一大批市场化程度高的中小企业处境艰难，国企职工下岗潮突袭而来。中央采取"抓大放小"的改革思路，国有中小企业步入"阵痛"转型时期。

接到罗太珠董事长电话的第三天，我就赶到了泰和。一见面，我就感受到了这位新任董事长担忧、急切的心情。他说，现在公司弥漫着不好的气氛，销量月月减少，亏损不断地增加，就连工人的工资发放都成了问题。

罗太珠董事长曾在泰和一个粮管所当所长多年，精通业务，也知晓一些国有企业的弊病。一到正泰，他就深入公司，发现管理混乱，其实公司真实的经营状况很是糟糕。

他又与干部员工进行充分交流沟通，并征求他们的意见，大部分人对这种局面深恶痛绝。大家都说，其实大北农的技术指导是到位的，但就是没有执行到位，最终"衙门热闹，但不挣钱"。邱工每次来公司发现的问题，对解决问题提出的建议，都很中肯。

"说来说去，实际上还是个老问题，必须规范内部管理，保证产品品质，提高市场营销和服务水平。"在泰和会面后，我对罗太珠董事长建议。其实罗太珠董事长也知道问题出在哪儿，应该怎么去抓管理、抓生产、抓营销、抓服务，但觉得自己没有把握。另一层考虑是，前任董事长提拔了，他不能全盘否定前任。

眼下，正泰出现的危机，面临着新的挑战。这既是对正泰的挑战，也是大北农前期单纯"技术合作"面对的现实挑战。新的形势下，大北农要以一种怎样的姿态迎接这场新的挑战？

当然，危中也有机，对正泰、对大北农来说，都是新的考验。

不平等条约

1996年元月,正值年头岁尾,京城企业年会的气氛浓厚。

泰和方面派出一支阵容强大的队伍,赴京参加大北农合作企业年会。他们中有分管县粮食系统的曹秋炎副县长、县粮食局局长曾思垣、正泰股份有限公司董事长兼总经理罗太珠以及公司技术品控经理梁世仁。如此大队人马赴京参会,泰和方面是做好了充分准备的。他们甚至连公章都一同带来了。

在上次我去正泰之后不久,在南昌召开大北农事业部华东地区发展研讨会。罗太珠董事长参加了这个会议,我们一见面,他就开门见山地说:"邱工,恳切希望把正泰交给大北农来管!"

"可以!以什么方式管?让我们双方再商讨。"我毫不含糊地明确表态。

之所以有胆量托管,是因为觉得自己对行业、企业还是有所了解的。在会议期间,罗太珠董事长与我就正泰的经营现状,进行了深入的沟通交流。面对新旧体制转换,大多国有企业"阵痛"加剧。其时,全国国有饲料企业亏损面达70%,日子过得好的为数不多,江西也只有几家。

国企的优势与弊病显而易见,要对其进行彻底扭转非常艰难,但大北农要不断发展壮大,不可能只停留在"技术合作"阶段。单纯走"技术线路",大北农只扮演了顾问和参谋的角色,没有真正行使企业的经营管理权,也无法体现大北农运作饲料企业的能力。

在近两年的接触中,正泰公司的情况我也比较熟悉。正泰周边有较大的市场容量,公司设计生产能力较大,设备齐全并较先进,部分国有企业职工素质不低，企业在当地有很高的知名度。只可惜由于体制机制的制约，观念封闭落后，我们给他灌输的理念和制订的一些基本制度，没有得到认同和落实。虽然每月有上千吨的销量，但公司机构臃肿，人浮于事的现象严重，各项费用居高不下。尤其是采购的原材料、包装物，质次价高导致产品品质不达标、返工，用户投诉、退料的事情经常发生，企业肯定不赚钱。但我也认为，只要我们有这个企业的经营管理权，按照我们的基本理念和思路来运作，一定能把这个企业办好。

在交流中，我还了解到，当时的正泰肯定是在亏钱，具体亏多少，罗董事长不便给我讲。这个开业两年多的地区重点企业，不仅没有成为当地的标杆，反而成了一个包袱。县委县政府、县粮食局都为这个企业下一步的发展担忧，都在考虑怎么找出路。

在选择外部管理企业的时候首先想到了我们大北农，同时也打听了希望集团和江西的永惠饲料公司。

之所以首先选择了我们大北农，是因为在两年多的技术合作中，我们不仅给他们带来了先进的理念和技术，得到了他们的认可，他们还了解到我之前有过10多年饲料厂的经营管理经历，业务熟练，能够发现问题，也有办法解决问题。

回到北京，我就此事向邵博士汇报。我们看法一致，认为必须走在时代的前沿，对原来的"技术合作"进行升级，既要搞技术合作当顾问，又要向深度发展，真正行使企业经营管理权，承担市场风险，全方位锻炼自己的人才队伍，提升大北农的品牌形象和发展竞争力。

泰和一行人赴京后，首先参加了大北农的年会。当时正在北京召开全国县域经济发展研讨会，邵博士特意为曹副县长准备了一张参会券，并约好第二天早上到公司办公室找我领取。

当时我们已经搬到北京理工大学泰德写字楼办公，由于不经常在北京，我会临时睡在会议室。第二天清晨，邵博士司机接着曹副县长到会议室找我来取参会券。由于头天晚上开会一直在忙，凌晨才睡，当曹副县长赶到时，我还没有起床。

"嘿，老邱，你怎么睡地板上？"曹副县长敲开会议室的门惊讶地问道。

从"地铺"上走过来相迎，我有点不好意思地笑着说："北方不像南方潮湿，找个地方，铺个垫子，就可以睡。"

曹副县长参加全国县域经济发展研讨会之时，我和邵博士正商量正泰之事，以什么方式才能行使对正泰公司的经营管理权。要行使经营管理权，一是控股，一是托管。若想控股，我们需要拿出几百上千万块钱，但当时大北农还拿不出那么多钱。那就只能托管，发挥我们的技术优势、人才优势、管理优势和文化优势，以托管经营的方式由我们接手管理正泰。

"不求所有，但求所管。"这次见面最后决定，所有权不变，大北农带部分资金，派团队来管理和经营泰和正泰。

随后，我就开始起草具体托管协议。下午四点多，曹副县长开完会来到办公室，托管协议已经草拟好。

"老邱，您写的不是协议，是不平等条约！"

曹副县长看完托管协议后，跟早上见我睡会议室一样，露出一脸惊讶的表情。

"曹县长，你们真正要我们管理的话，"我态度认真地看着他的脸，再次重申三点，"首先，你们现在大量库存不合格的原料我们不能要；其次，你们将近180个职工我们也要不了这么多；再次，我们要管的话，必须要有人权和财权，但财会人员都是你们的。请你们放心，我们不会拿走一分钱。我们的目的只有一个，就是把企业搞好。"

我当时很自信，也很坦诚。我说："曹县长，你们要我们去搞这个企业，基本要求和条件你们不能够支持，还不给我权力，我们也搞不了。以前国有企业关系户，因人设事设岗。大北农是因事设岗、因岗设人，同以前的做法完全不一样。我们是外来的和尚，敢于念经。我们提的条件很客观，也比较公正。您不给我们条件的话，我们又不是神仙，巧媳妇难为无米之炊。"

虽然觉得我们提的条件很苛刻，但细细想来，其实都是一些必要的前提保障，目的是扭转正泰的局面，是为了正泰好。于是，他面带难色又无可奈何地对我说："不平等条约就不平等条约吧。你讲得在理，只要你们能把这个企业搞好就行。"

曹副县长口上虽这么说，心里还是乐意的。就这样，双方签下了这份被称为"不平等条约"的托管协议。与正泰签订托管协议，作为这个项目的负责人，不仅意味着今后我的重点工作由单一的技术合作拓展转向一手抓技术合作，一手抓泰和的经营管理，也意味着大北农发展史上具有了开创性项目。

这一年，大北农还投资控股组建了商丘大北农。自此而始，大北农进入了从"顾问"到"实操"、从走技术路线到全面经营管理的发展新阶段。

四个文弱书生

四个文弱书生，吴文（右一）、作者（右二）李天华（左一）、黄祖尧（左二）

这是一张20世纪90年代中期的合影照片。

照片中，四个文质彬彬的年轻人，西装革履穿戴整齐，佩戴着工作牌，都戴着眼镜，显得儒雅清俊、英气勃勃。四人一排站在泰和大北农大门口，左边新挂上的"江西泰和大北农饲料有限公司"白底红字牌子，在阳光的照射下格外耀眼。

正是这四个年轻人，从大北农空降泰和，一时被人们质疑的"四个文弱书生"，却掀起了一场"四个文弱书生闹泰和"的革命。

一晃二三十年了，"四个文弱书生闹泰和"的故事，依然为人们津津乐道。这"四个文弱书生"分别是吴文、黄祖尧、李天华，还有我。看着照片，作为文弱书生中的一员，往事在我的眼前浮现。

那是 1996 年春天，在托管正泰的协议签订之后，大北农派出了以我为总经理，其他三人为总经理助理的核心管理团队。

吴文是湖北黄冈人，1966 年出生，1990 年毕业于华中农业大学食品科技系动物营养与饲料加工专业，有过五年饲料厂的工作经历，对企业内部管理、工艺设备控制以及销售都熟悉，属于综合素质比较全面的人才。

黄祖尧是四川泸县人，毕业于四川畜牧兽医学院（西南大学荣昌校区）兽医专业，当过三年老师，干过饲料公司的销售主管。他是我们四个中最年轻的一个，当年才 27 岁，正是风华正茂的年龄。

李天华比我小四岁，江西赣州人，是南京农大的硕士，在赣州农校当老师，后来辞职到当地一家饲料公司工作。他与黄祖尧同批进入大北农，开始是分到福建做饲料配方。

我作为总经理主持泰和大北农全面工作，吴文、黄祖尧、李天华三位作为总经理助理，协助我分别负责行政与生产、销售、技术工作。

那时我们四个人意气风发，年轻是我们的本钱，敢闯敢干是我们的特质。我们有一个共同点，就是敢于丢掉铁饭碗，去开创一番新事业。我们都是义无反顾，满怀创业激情去的北京，对大北农情有独钟，对大北农有着美好未来的憧憬。

当时托管正泰，正在招兵买马。我就跟邵博士打电话，问他有没有能干一点的，最好是懂销售的青年才俊可以派到泰和来。邵博士马上说："刚好有一个，给你派过去。"这个人就是黄祖尧。他是一个不安于现状的人，想到外面的世界闯一闯。他从桂林飞到北京，一连看了 8 家公司，有外资，有国企，也有上市公司，但他最终将目光投向了在当时还名不见经传的大北农。

后来黄祖尧多次跟我聊起自己与大北农的缘分。他说，之所以选择大北农，一是因为当时大北农还在起步阶段，机会可能比较多；二是公司老板邵博士学历高，有科技和知识的支撑；三是这个公司有学习的氛围，他喜欢看书，这点对他很有感召力。

泰和地处江西省中南部，是吉安市下辖的县，著名的"乌鸡之乡"。这里农耕文化深厚，思想观念相对落后。对我们的到来，持怀疑观望态度的人不少，质疑声四起："四个文弱书生"，要彻底改变正泰，这怎么可能？

原本春节后，我就要赶往泰和的，因为还要到其他合作企业结账，我就让吴文先过去打前站。3月10日，我到达泰和，当时吴文正埋头摸底，而正泰公司的相关人员也正在紧张地盘点清账。

我到泰和的第三天，黄祖尧紧随其后，他是穿着李宁牌羽绒服，拉着一个拉杆箱到的泰和。他来之前，我和吴文睡303寝室，黄祖尧来后便加入了我们寝室。我们三人一直在这里睡到5月上旬，后来分别住在301、302、303寝室，算是住上了单间。

托管正泰，当时在泰和县乃至吉安地区都是一件惊天动地的事情。我们大北农的人马刚刚入驻，吉安地委书记王林森就高调前来亲自督战。王书记从当行署专员时起，正泰一直是他的挂点企业。他对托管正泰之事高度重视。

3月17日，王书记来到正泰指导，先是看了工厂车间，接着开汇报会。罗太珠董事长和我等人参加了汇报会。在这个会上，对托管正泰，王书记非常支持，明确表态：一是相信大北农能够干得好，也大力支持大北农托管正泰；二是正泰公司应配合大北农尽快盘点清点，进行交接，把大北农的旗帜早点树起来。

有了地委王书记撑腰，我们对托管正泰更加充满信心。

一场"盘点交接"大会战，随即在正泰打响了。盘点清楚真不容易！仓库里臭烘烘的。大量不合格的原材料、产品库存积压，还有大量包装物，好的不好的要分开，还要清点过磅。我们大北农派出的人马，与原公司的员工一道，在车间仓库盘点清点，白天晚上加班加点。

3月19日上午，我和吴文穿着工作服去仓库清查。他们说："这里的玉米没有问题。"我巡视四周，发现有一方靠墙，没有留空间，也没有抽包。我跳上玉米堆，打开一包一看，确实有少部分已受潮发霉。

"赶紧解包！"我和吴文带头，大家一起将一大仓库的玉米全部翻包，大多进行了解包摊开。我和吴文两个干得满头大汗。在场的品控人员没想到我们这么认真，而且自己动手干。

在仓库里，堆有大量的包装袋库存，从印有的生产日期看，仅仅只有几个月，似乎没有任何问题。凭以往的经验，这些编织袋装上原料，只要从高处往下摔，摔不烂就没事。我们立即把编织袋拿到原料库去检验。这种包装袋，40 公斤一包。那时很年轻，我背着就往 3 米高的原料堆上冲，然后站在堆上朝下一摔，袋破料落一地。

"看看，这包装袋质量？"我大声地质问，"多检查几包！"

几个搬运工也跟着背包上堆去摔，结果 10 包摔下去，有 7 包破烂了。从这些事上，大家改变了对我们几个文弱书生的看法："他们看起来文质彬彬，干起活来一点都不厌！"

3 月 22 日，相较正泰每月 25 日正常盘点日提前三天，盘点清点完毕。

从 3 月 23 日起，大北农正式托管泰和正泰。1996 年 3 月 23 日！我们把这天确定为泰和大北农成立之日。

3 月 23 日上午 8 时 28 分，公司大门口竖起了一块新牌子："江西泰和大北农饲料有限公司"。新牌子与老牌子"江西泰和正泰饲料股份有限公司"，一起并排悬挂在大门左边。

根据托管协议内容，在公司的人财物上，我们有完全独立自主权。罗太珠依然是泰和正泰和泰和大北农的董事长，主要负责外部一些社会关系的处理，也可以说是代表资产方来监督和管理我们。

事实上，在我们遇到困难时，他主动为我们排忧解难，化解各种矛盾与风险，让我们一心一意搞生产和经营。可以说，泰和大北农后来的迅猛发展，与罗太珠董事长对托管的深度理解与高度重视、大力支持密不可分。

对我们的进驻，当时泰和方面出现了"三种人"：第一种就是支持我们的人，主要是对我们充满信心、抱有希望的泰和县委县政府领导、县粮食局领导、罗太珠董事长等。第二种就是持观望态度的人。一些人认为，这么大一个企业，粮食局领导来当这里的负责人都搞不好，四个戴眼镜的年轻人能搞得起来？第三种就是那些内心不愿意我们经营好，甚至反对我们的人，当然这当中有相当一部分是原正泰的既得利益者。

大北农派团队来管理，毕竟从某种程度上来讲影响到很多人的既得利益，有人反对也很正常。更为恼火的是，还闹出了一些极不正常的事情。我们在开会研讨方案，有人就在组织员工开小会，想搅黄这件事。一天早晨，我们出门，发现门口有一把用报纸包着的刀。这很明显是在恫吓威胁。

在接手托管关键时刻，我们几个文弱书生表现出了勇气与担当，没有被威胁所吓倒，没有过多地考虑个人安危。我们一方面耐心地做员工工作，安抚大家的情绪；一方面积极同各级领导沟通，终于得到了大部分人的理解和支持。

四个文弱书生中的李天华，则是在那年 5 月到的泰和。当时已经完成了交接，泰和大北农正经历"阵痛"，并朝着良性发展的方向迈进。我们几个人也练出了胆子，做起事来，抓起管理来，有时也大大地出人意料。

托管之初矛盾和问题很多。有一天，10 多名员工提出集体辞职。这件事，在公司内外搞得人心惶惶，谣言四起。有些爱看热闹、隔岸观火的人，甚至放出话来："这下有戏看了！看他们几个文弱书生怎么办？"

托管毕竟是一场艰难的改革。随着改革推进和管理制度的建立健全，部分员工不适应新的工作要求及考核制度，产生了一些不满情绪，有的在私底下联合起来组织抵抗。虽然我们及时发现了问题，也做了大量的思想工作，但发生集体辞职事件，令我们防不胜防。这 10 多名员工集体辞职的理由，就是适应不了新公司的管理制度，他们坚决要求返回原单位工作或外出打工。集体辞职事件，发生在我们托管正泰之初，对我们大力推进改革是一个巨大阻力，对新的领导班子更是严峻考验。

公司上下乃至整个泰和都在看着我们几个文弱书生。对我们来讲，这个棘手的问题如烫手的山芋，一旦处理不好，托管改革将前功尽弃。当时公司员工有 70 号人，10 多人辞职，占了近两成，而且大部分是一线员工。这些人大多原是县粮食局下属单位职工，所谓的正式职工、铁饭碗，他们有着一定的优越性。他们提出集体辞职，很明显是在要挟公司。

他们打的算盘是，几个文弱书生管企业，没有那个胆子辞去这么多人，认定我们是不会同意、也不敢同意他们的辞职的。

可是，他们的如意算盘完全打错了！在集体辞职事件处理中，摆在我们面前的也就是两条路：一是同意他们辞职，二是不同意辞职。如果同意他们辞职，企业将面临生产劳动力不足的问题，而且外界舆论压力也会很大，因为大家都在看，都在观望。但把他们留下来，如何妥善解决是个大问题。我们一旦放松要求，放弃原则，今后就很难甚至无法用制度管理企业，或许又要回到托管之前。在这两难抉择之中，我们当断则断，大胆同意集体辞职！

为了把这件事做成铁案，我们特意将同意集体辞职的决定，通知了县粮食局，并且强调一定要按当初的约定，没有我们的同意，原单位一律不得擅自接收从泰和大北农辞职的员工。县粮食局领导当即表态："支持你们的决定！"

集体辞职事件的快速处理平息，表现出了我们新公司班子的果断与魄力。公司员工和泰和方面对我们几个文弱书生更是刮目相看："没想到，他们几个文弱书生是狠角色！"

此事之后，公司班子领导带头下车间，亲自扛包、装车，直接参与一线生产，同时号召后勤员工，在做好本职工作前提下积极参与生产。

尽管集体辞职事件，走了十多个人，但没有因为劳动力短缺而影响生产经营。在大家共同努力下很快恢复生产，没有对销售造成任何影响。员工更加团结，积极性更高，对公司更加充满信心。

当时没有电脑，头一天的销售报表、原料库存报表都是手工统计，我在办公室墙上挂一排，我们会了解情况据此做相关决定。有时，我们晚上躺在床上都在讨论工作。泰和县领导说："四个文弱书生，老邱是拼命三郎。"

大北农的干部，特别是早期的干部，都很纯正。我年长，是大哥，他们对我很信任。我们四个人关系很融洽。黄祖尧骑摩托车受伤严重，我拍板给他选全国最好的医生。当时在上海做的手术，我还安排了两个人照顾他。怕他家人知道后担心着急，当时先不告诉他们就送往医院手术，直到他伤好出院，才把此事告知他爱人。

　　多年以后，四个文弱书生，也各有成就。吴文后来担任大北农集团监事会主席，现在是大北农集团北京华牧兴农科技有限公司董事长。黄祖尧、李天华也都做了大北农分公司的经理，之后自己开始再次创业。

　　许多往事都已忘记。但是，在托管正泰初期那段艰难困苦岁月与一起奋斗的经历，对于我们四个人来说，无不刻骨铭心而又值得回味。

大刀阔斧

接管正泰的第一件事是招聘员工。不料，却遭遇了巨大阻力。

那天，我们召开了全公司动员大会，也是我们进驻正泰、大北农正式接管营运前的动员大会。参会人员到得比较齐，正泰公司的原管理层、在编职工、合同工都来了。县粮食局的主要领导也特意出席，对我们给予了支持。

动员会一结束，我们就接着公布招聘计划。结果一下子，人都跑光了。尤其是正式职工，带头跑，只有几个员工在观望。

在动员会之后当场公布招聘计划，是我提出来的。我的出发点是，为了公平起见，在公司内公开招聘，正式工和合同工同等对待，一视同仁。

当时我们管理层商量时，也都表示赞同。我们也想过肯定会有人不认同、不信任、不接受、不配合。当时，我们先作了预案，把一些拥护托管的人找来单独谈话。可是，没想到结果出乎所料，情况如此严重。那时国有企业改革，普遍面临的一个问题是历史包袱沉重。尤其人员包袱最为棘手复杂，但又是最关键、无法绕过去的问题。

早在签订托管协议之前，我们就与泰和方面有过协定，他们开始讨价还价，我坚持必须裁撤冗员、因事设岗设人，他们甚至说是"不平等条约"。

正泰原来的情况，非常糟糕。正泰饲料公司隶属于县粮食局，是一个典型的国有企业。由于历史原因，正式在编职工100来号人，外加70来号合同工。人员太多，人浮于事，"合同工干，正式工看"的现象比较普遍，基本上是脏活累活力气活都是合同工在干。一个年产6万吨的饲料厂，当时月销量不足 1000 吨，工厂处于半停产状态，干一天活儿停两天工。

看到问题的严重性，我把裁撤冗员、公开招聘作为托管运营的头件大事来推进。精简人员，提高效率，势在必行。招聘这件事，已是箭在弦上了。不能因为遇到阻力，就退让放弃了。

但是，如果都这样抵制，我们也就没办法往下推进了。我们赶紧主动招呼那些犹豫的员工，跟他们耐心讲解政策，终于有几个报名了。见形势有所好转，我们马上发布消息：先期只招聘 70 名员工，先到优先录用。这一招就是让大家明白，这次招聘将有超过一半的人不会被录用。我想，这还不够，必须让一些人清楚，不参加招聘也没有什么好的去处，甚至等待的就是失业。

随后，我又找到泰和县粮食局，与他们商量对策。于是，泰和县粮食局也放出话来：没被录用的正式员工，将被安排到乡下农村的粮管所；没被录用的合同工自己解决就业问题，粮食局不再聘用。

消息一出，还在观望的员工有点着急了，加上我们前期跟部分员工做了思想工作，他们陆陆续续过来报名应聘。当天下午就招满了 70 人。此时，我的心才踏实起来。

改革是一场刀刃向内、刮骨疗毒的革命，势必会产生阵痛。原来正泰的一个副总经理能力不错，我们准备聘请他当泰和大北农的副总经理，分管营销。但他觉得营销只有一二十人，团队小，权力不大，他表示拒绝。我对他说："营销非常重要，是一个企业的龙头，龙头舞得起来，这个企业才有希望。"

再三沟通，他还是不能理解，更不能接受。最后，我们只得忍痛割爱，不聘请他。其实他早想好了退路。我们不聘用他，他还有粮食局安排工作。后来，他去粮机厂当了干部。

我总是在想，过去的正泰公司，真正出问题的源头就是采购这一块，为什么沉疴痼疾积重难返？大量原料品质不合格、假冒伪劣，从总经理、副总经理到部门经理都知道问题所在，但就是视而不见。没人敢动真格去抓，久而久之，习惯成自然，技术品控部提出的意见都被当成了"耳边风"。

为了改变正泰这种只"讲头衔""讲排场""讲权力"，却不讲做事、当甩手掌柜的不良习气，我心想，托管后的泰和大北农，应该形成"讲责任""讲创业""讲干事""做表率"的良好氛围，刚好趁聘副总不接受的机会，干脆将"头衔"的形式由副总变为总助，工作职责却不变。

在确定公司的架构设置时，我断然决定，不设副总经理，只设总经理助理，同时取消采购部。采购工作由我这个总经理亲自抓。不设副总、取消采购部，这一决定在当时令一些人震惊。因为采购这一块牵涉到上上下下，还有供应商。但是，如果不从机构体制上打破，积弊是没有办法根除的。泰和大北农真正要发展起来，必须破除一些不利于改革创新的陈旧思想观念。

我也知道，改革的最大阻碍不是既得利益者，而是观念。要让所有员工适应，这需要一个过程。然而，更为严重的事情发生了。有的反对者，甚至抱有打击报复的想法。

"邱总，听人说他们要到公司来找是非。"一天晚上，吴文有些担忧地告诉我说。

我心里想，原来技术合作时，我只是他们的技术顾问，并没有影响他们的根本利益。现在不同了，抹掉了一些人的面子，也断掉了一些人的财路，他们想不通很正常。

"不要怕，兵来将挡，水来土掩。"我安慰吴文说，"我们托管的初心和愿望是好的，也是为了真正帮助他们，只是现在他们看不到，还不能醒悟而已。"

吴文还是有点担心："就怕他们做出一些极端的事情来！"

那时我和吴文、黄祖尧住一个寝室，为了保护自己的人身安全，我们每天晚上睡觉时还拿着锄头把顶着房门。

打铁还需自身硬。只要自己行得正、以身作则，我们没有什么可怕的。

从有形的人、物，不要的坚决不要，到无形的氛围，我们坚决要求改变。

原材料、包装物积压不合格，坚决清掉；成品不合格，退货返工，降级使用，保证品质。

正当我们大刀阔斧推进改革之际，新的问题又出来了。真是一波未平一波又起。正式托管不到一个月，我们才了解到正泰公司的真实经营情况，真让我吓了一跳。原来，他们一个月要亏40万左右，一年要亏将近500万。以前，我也明白，公司亏损是预料之中的事情，但却不知亏空这么大！

亏损这个大包袱怎么办？思来想去，没有其他路可走。我直接向罗太珠董事长提出要重新协商"托管协议"。

罗太珠董事长第一时间向县粮食局和县里分管领导做了汇报。很快，泰和县组织了一个由曹副县长、县粮食局领导和泰和大北农相关负责人参加的会议。正值托管前后，县粮食局领导班子也作了调整，老局长曾思垣调到县人大常委会任副主任，新局长郭占峰是从县物资局局长的任上调过来的。

"以前正泰一个月要亏40万左右，交给大北农托管后，虽然我们对公司的资产和人员进行了优化，但压力还是不小。能不能再减少一些压力，让我们轻装上阵。"我在会上发言，把这个事情一抛出，满座皆惊。

老局长说了几句客气话不表态，新来的郭局长看着我一副不可思议的神情。会场陷入短暂的沉默。紧接着，我强烈要求签订补充协议，力陈了调整亏损指标的理由："作为大北农分管全国合作企业的负责人，我和几位非常得力的干将，全力以赴来接管正泰，表明大北农的高度重视，我们的精力和人才、科技资源重点投向了泰和大北农。你们也看到，过去我们在外技术合作无风险，现在大力投入，还要从北京拿钱来抵亏损。"

在我发言之后，曹副县长要我和大北农的相关人员回避，他们关起门来商量。等在会议室外面，我的心里没有多少把握，因此比较急切想知道消息。时间像蜗牛爬坡一样，一分一分慢慢走。

不知过了多久，会议室门终于打开了，我们又回到会场。

"原则上同意！"曹副县长表态说。

一听，我悬着的一颗心终于落下了。于是，我们又签订了一个"补充协议"：考虑到历史原因和现状，泰和方面允许1996年后9个月作为过渡期，亏损总额不超过90万，大北农一方不摊亏。沉重的亏损"包袱"变轻了，泰和大北农可以轻装上阵了！

进驻正泰后，在公司托管改制员工动员大会上，我以《依托科技 转机建制 苦练内功 规范管理 迅速开创企业发展新局面》为题，作了一场宏旨远大的报告，从此拉开了企业改革的序幕。这个报告，从公司发展目标和发展战略、基本做法、个人表态三个大的方面作了详细阐述，振奋了精神，鼓舞了士气，提振了信心。

我当时在报告中规划企业"三步走"：第一年（1996年）打基础，重新起步；第二年求发展；第三年实现企业的辉煌。力争三年使泰和大北农饲料有限公司实现年产销量过四万吨，销售收入近亿元的目标。

1996年3月18日作者在托管泰和正泰，即将运作泰和大北农前的动员大会上作的报告

我在台上慷慨激昂，台下却反响不一。对于当时月销量不足1000吨的企业，三年要搞到四万吨，这个目标在当时确实有点高。有的人听了我的报告，

觉得很振奋。但有的人觉得不可思议，对我的报告充满怀疑；有的人觉得我是在吹牛，怎么都不敢相信，目标是不可能完成的。

自此，大北农的开场锣鼓已擂响，改制改革正在大刀阔斧地推进。机构重建、人员重组、规范管理、产品开发与生产、采购、营销变革等，一项项攻坚克难，取得了突破性进展。

可我在改制员工动员会上画的那个"大饼"，大家也在拭目以待。

我的讲话稿原文如下：

依托科技 转机建制

苦练内功 规范管理

迅速开创企业发展新局面

同志们：

　　经泰和县委、县政府和县粮食局批准，泰和正泰饲料股份有限公司与北京大北农饲料科技有限公司正式签约，正泰公司饲料厂由大北农公司部分带资托管经营，全权行使饲料生产经营自主权，并另行登记注册"泰和大北农饲料有限公司"。新公司是大北农公司在江西和华东地区第一家合资企业，新公司正在紧锣密鼓地进行组建，计划4月1日前正式运营。在今天召开的正泰公司全体员工大会上，我受大北农公司委派并经新公司董事会同意，分三部分向大家汇报"泰和大北农饲料有限公司"今后工作的基本设想和本人的态度，请大家审议和指正。

一、公司发展目标和发展战略

（一）目标：

　　第一年（1996年）打基础，重新起步；第二年（1997年）求得大的发展；第三年（1998年）实现企业的辉煌。经过三年时间使"泰和大北农饲料有限公司"年产销量过四万吨，销售收入近亿元。成为利税200

万以上的中型现代化饲料企业。

三年具体目标如下：

1996年4月—12月，9个月时间计划产销饲料15000吨，比1995年同期增加4796吨。增长47%。按品种分，猪料15300吨，占总量85%。其中浓缩料1500吨，占总量8.3%，比去年同期增加868吨，增加1.37倍；乳猪料1400吨，占总量7.8%，比去年同期增加1324吨，增加17.4倍；鸡鸭料2700吨，占总量15%，其中鸡料1650吨，占9.2%，比1995年增加1246吨，增加3倍；鸭料1050吨，占总量5.8%，比去年同期增加610吨，增加1.4倍。

颗粒料比例明显提高，达35%（1995年仅占11%），完成销售收入3000万元，实现利税20万元。

1997年计划产销饲料30000吨，完成销售收入7000万元，实现利税150万元。

1998年计划产销饲料40000吨，完成销售收入9000万—10000万元，实现利税200万元。

在公司发展的同时，努力增加员工工资收入和改善职工福利条件。在完成公司计划目标条件下，1996年职工人均月收入460元（1995年不足300元/月），比去年同期增加160元，增长53%。

1997年职工人均年收入6000—8000元，比上年增加45%。

1998年职工人均年收入8000—10000元，比上年增加25%，比1995年增加178%。

（二）发展战略

以市场为导向，科技为依托，以人为本（内引外联、转机建制、强化管理），科学规范管理，建立现代化饲料生产企业。

二、基本做法

（一）认清形势，更新观念，坚定发展饲料工业的信念（重新树立几个意识）

1. 国家的大形势

即中央十四届五中全会提出的我国经济建设工作两大转变：一是计划经济向市场经济转变，这就意味着全社会的下海、无岸与海之别，这就要求我们将企业放入市场的大海中考虑问题，要彻底克服过去那种等、靠、要的思想；二是粗放经营向集约化经营转变，即国家由摆摊子改为抓效益，这就要求我们克服计划经济下单求上规模、铺摊子的做法，即应以市场为导向，以效益为中心，来优化配置各种生产要素。

2. 我国饲料工业的形势

市场大、发展前景广阔，但竞争十分激烈，关键是看一个企业竞争的整体实力。

1995年全国养殖需求总饲料为2.7亿吨，饲料工业生产销售的产量不足5000万吨，仅占18%左右，发展潜力巨大。饲料工业一头连着农业粮食生产，一头牵着"菜篮子"，是一个重要的产业，由于政府重视与扶持的推动以及畜牧业蓬勃发展的拉动，经过短短十几年的艰苦创业，我国饲料工业从无到有、从小到大，走过了许多经济发达国家要几十年才走过的历程，一跃成为世界第二大饲料生产国。在计划经济下取得的成就与所作的贡献令人振奋，然而，粮价放开后，引进外资的开放，给对市场经济不熟悉的以国有饲料企业为主体的民族工业提出了严峻的挑战。泰国正大集团在我国的合资、独资企业已发展到近70家，其中一半是近三年建立的。方式上，由过去的双方投资建厂到并购现有的国有企业，由过去的资金投入到"品牌"投入。1995年产销量在500万吨以上，占我国商品饲料12%以上，占高档料市场20%以上，泰国正大集团在某种程度上垄断了我国饲料市场。例：我国最大的国有饲料企业——江西民星企业饲料集团，年利税在 3000 万元上下，而正大光上海大江一家就在 1.5 亿元上下。所以说，当前我国民族饲料工业面临着严峻的挑战。

目前，国有饲料企业亏损面达 70% 左右，但也有搞得好的。就江西而言，九江正大、南昌正大、民星、永惠……

3. 正泰公司所处的环境和面临的形势

正泰公司投产两年多来，应该说取得的成绩是令人瞩目的，现代化饲料厂的硬件及基础设施已完全配套，产品辐射到 17 个县市，产品质量在管理严格时不低于市场的主要竞争对手。正泰公司及其产品的知名度也在赣中南地区较大，我们正泰公司的广大员工，也曾作为正泰人感到骄傲和自豪过。绝大部分员工都有较强的事业心和责任感，想为企业做点事情，真正实现自己的个人价值。

由于企业机制和一些主观原因，使产品质量不稳，失去部分市场，产品销量下降，甚至效益出现了部分负增长的局面，但目前我们的市场份额仍不少，赣中南地区养殖需要饲料的总容量 50 万吨左右。县委县政府、县粮食局非常关心我们这个企业的发展，县委刘兴隆书记在今年 2 月 28 日全县三级干部大会上报告中专门提出，支持发展以正泰为龙头的饲料集团。今年农历正月十六下午，刘书记专程来公司指导和检查工作。再三表示支持公司今后的发展，县粮食局领导曾局长更是把正泰作为全县粮食系统内工作的重点之一。综上所述，饲料工业发展前景广阔，市场潜力大，我们企业要发展的有利条件很多，但竞争激烈。我们要树立干大事业、办大企业、做大市场的观念，坚定我们从事饲料行业的信心。

（二）转机建制、苦练内功、规范企业行为

一个企业的兴衰成败原因众多，但关键在人，在于人对企业的管理行为。现代企业管理要求人、财、物合理配置，时间、信息高效利用，要求工作方法标准化、管理人员专业化、职工培训系统化，我们将在原来正泰公司各种制度规定的基础上引入大北农管理模式，重新制订和修

改新公司各项制度、纪律、规范、规程等，如：制订和完善《员工手册》《采购生产销售定额及费用管理办法》《生产工艺操作规程》《原料采购管理办法》《品管运作规定》《产品营销管理办法》等一系列规章制度，真正做到分工明确，责、权、利清晰，奖罚兑现。使企业的各个岗位每个员工办事有规则，工作有标准，考核有指标，功过有奖惩，真正做到依章办事，依法管理，各司其职，各尽其责，领导要从日常繁杂琐事中摆脱出来，用更多的时间搞调查研究，抓市场，促产品销售，考虑企业的重大决策。

二是在人事行政管理上，彻底打破干部工人界限、正式工与临时工界限。一律实行全员聘用合同制管理（面向社会公开招聘人才，在条件同等时优先考虑原公司和系统内职工），采取动态管理，实行优化组合，双向选择，能者上，劣者下。我们将重视培养和启用能者，用人之长，量才适用，创造和提供各种人才施展才华的条件和舞台。要使绝大多数职工产生紧迫感、危机感，从而增强其责任感。

三是在产品质量管理上，真正建立起严密有效的保障体系，确保产品质量的稳定、提高和创名牌。要把产品质量分解到全公司每个岗位和环节中去，从原料信息收集、采购、运输、储存到进入各生产工序，再到销售市场，既要充分发挥品管部门的监督管理作用，更要增强全员的质量意识，自觉把好产品质量关，维护企业的生存和发展，绝不让一例不合格的产品进入市场。

四是市场销售，花大力气、下大功夫，进行营销策划，真正形成企业外部以销售为龙头开展工作，政策向销售倾斜。

（三）严格考核，狠抓制度分解落实

企业管理必须有严密的制度和过硬的措施，更需要落实这些制度和措施的带头人，不然企业管理就是一句空话。我们要订的制度必须做到可操作，并要落到实处。要将制度分解到岗、到人，将要制定和完善包括"吨产品耗电定额"、"吨产品工资"等内容的"吨产品生产成本定额"和"吨产品销售费定额"等量值管理制度，还要制订"原材料质量标准""产品质量标准""生产岗位操作规程"等定额标准量化考核制度。根据员工工作量化情况给予相应的报酬和奖惩。真正做到靠制度管人，靠制度规范人的行为。制度订了以后，关键是抓落实，关键要看敢不敢抓，从我邱工开始，真正当好企业的"舅公"和包公。带头抓、带头管，并在抓落实时始终把握一个"严"字。

（四）再造企业精神文化，强化企业激励机制

江西永惠饲料公司的林印孙经理说得好，由物质利益和约束机制构成的工程大厦，必须有精神支柱这个"钢筋材料"来支撑。金钱不是万能的，金钱买不到热情、主动，更买不到对事业的执着追求和奉献，职工在物质利益的刺激和约束机制的压力下，只能发挥40%的效益，余下的60%要靠职工内心的理想、信念，以及精神追求，才能激发出来。如果公司把人当成机器，把金钱当作润滑剂，即使能取得效益也是暂时的，只有把物质利益、原则和精神文明建设结合起来，才能立于不败之地。

进行企业精神文化建设也就是怎样塑造我们公司每个员工的心灵美，在企业精神的感召下激发每个员工的工作热情。我们正泰公司的员工也曾在公司精神鼓舞下敬业工作，作为正泰人骄傲过。

正泰公司的企业精神是："正泰是我，我是正泰，为了正泰，竭尽全力"，大北农人的精神："谦虚、严谨、高效创新"，这两个精神都适合我们新公司，我们将有机地结合发挥其作用。

我们要始终如一地在企业精神的支持下，胜不骄、败不馁，弘扬正气，表扬好人好事，树企业的英雄人物和劳动模范，要在公司上下形成比、学、赶、帮人人争先的良好氛围。

（五）抓市场、重质量、细管理，做到产销上规模，质量上档次，管理上水平，效益上台阶

抓市场必须强化全员的市场意识，市场就是战场，市场就是竞争。

一头是饲料企业的销售市场,又是制约企业生存和发展的关键所在,我们企业的一切工作就是为了销售,也只有在销售市场上才能检验我们工作的好坏和结局。我们必须把市场销售策划和市场营销摆在企业工作的首位,玩活这个龙头,在产品销售上更新两个观念,一是市场观念,要依照自己的服务、质量等,形成自己系统的销售通路与市场份额,克服凭关系、凭物质利益刺激盲目占市场的观念;二是组合营销观念,针对目标市场对可控制营销因素(如:产品、价格、渠道、促销、公关等)进行有机组合和综合运用,提高效果。

另一头是原材料供应市场,它是企业产品质量和价格有无竞争力的第一关,信息、采购、质量、价格……

重质量,一是科学合理有竞争力的产品结构和质量档次定位;二是科技攻关;三是要做到产品质量的长期稳定。

细管理,其宗旨和目的是企业要出效益,必须花大力气开源节流,增收节支。大到企业的重大决策,小到一粒饲料、一度电、一滴水、一张纸都必须认真对待,斤斤计较。

三、个人表态

我受大北农公司的委派,出任泰和大北农公司总经理,在任职期间,我将加倍努力学习和工作,进一步提高自身的政治素质、业务素质和管理能力,全身心地投入公司的管理工作,以现代企业家的标准要求自己,规范自己的行为,深入工作现场和调查研究,身先士卒,起带头和表率作用,当好一个贤者,与人为善,用人之长,培养和爱护人才。保证公司核心层的高度团结和经营决策的正确性与一致性,充分发挥中层以上骨干的中流砥柱作用,进一步调动全体员工的工作积极性。

不断主动改善与政府、主管部门和有关职能部门的关系,争取得到他们对公司的关怀和支持。自觉接受董事会的领导和监督。密切联系广大员工，对大家做到工作上关怀，生活上关心，使大家真正从公司发展出发，自觉地跟从我这个企业的领头鹰。

同志们，我们公司发展目标和发展战略已明确，开展工作的环境和条件已清晰，基本做法已定。我们要进一步坚定发展饲料工业的必胜信念，正视企业的现状，团结一心，真抓实干。有泰和县委县政府、县粮食局和北京总部、新公司董事会的领导、关怀和支持，有即将应聘到新公司工作的全体员工之共同努力，我们一定能迅速开创企业工作的新局面，实现我们企业的发展目标！

第一篇 誓词

泰和大北农篮球场上，三个旗杆上，一面国旗和两面企业的旗帜，在空中高高飘扬。

公司六层综合楼房顶中间，竖立着大北农 LOGO，两边是"大北农集团""大北农饲料"几个巨型红色大字，每个字宽、高均有 5 米左右。泰和大北农是大北农在华南最早的大本营，后来也成为大北农在华南的人才培训基地。我们从一入驻开始，就非常注重企业文化建设，结合"正泰"和"大北农"的文化特点，与时俱进开创企业新未来。

当时，大北农成立已接近三年。邵博士一直很重视 CI 系统建设，包括企业的 LOGO、注册名称等。我也非常认同这个重要性。而在全国范围内，还没有讲"企业文化"的概念。我们做了一些肤浅的文化建设尝试，也提出了一些口号："中国的动物营养学家最知道中国的畜禽鱼虾之需要""优势互补，共创名牌""以高科技发展民族饲料工业"，以此激励年轻的大北农人创业拼搏。

以前的正泰也有口号，但只是流于形式。当时，我们已经深刻认识到要统一人的思想，理念、目标必须统一，要把两个企业的文化有机结合，重构企业全新的、先进的、针对性很强的、卓有成效的文化。

我总认为，要成为一家有战斗力的公司，不仅要规范管理，而且必须通过文化的力量凝聚人心、提振信心、提升士气。记得刚到泰和，只见公司偌大的球场上空荡荡的非常安静。这么漂亮的球场，又有现成的旗杆，为何不把它利用起来？当初我想，公司退伍军人比较多，可以在这里举行升国旗仪式。我们立即行动起来,在三个旗杆上,中间升国旗,两边挂了企业的旗帜。就这样,宽大的球场变成了升旗仪式的场所。

旗帜在泰和大北农飘扬了起来。我忽然想到,中国共产党之所以一往无前,从胜利走向胜利,就是因为从每个共产党员举起右手宣誓的那天起,就抱着对党绝对忠诚、全心全意为人民服务的坚定信仰。员工对企业也有个信念的问题,对企业要有坚定的信心和责任担当。我认为,宣誓是信念的表达,是有着崇高理想与远大目标的团队才能想到的组织行为。泰和大北农、大北农集团未来要办成有影响力、有卓越成就的大企业。大北农是有信念、有理想、有抱负的团队,我们能否在泰和尝试考虑大北农的誓词。企业文化犹如人之魂,誓词的构造就如为企业立魂。

在北京坐办公室时,我没有这么活跃的思维,一到市场,一到基层,立马就有了感觉。

誓　词

我作为大北农人,坚定"中国的饲料科技最适合中国国情"的信念,以"创造中国的饲料名牌"为目标,以发展壮大民族饲料工业为己任,发扬光大"谦虚、严谨、高效、创新"的大北农精神,牢记大北农人的座右铭:"永不言败,永不满足"。为我们大家的大北农事业,为实现企业的辉煌,为实现自己的人生价值和理想而奋斗!

宣誓人:
96年5月16日

1996年5月16日大北农第一篇誓词在泰和大北农诞生

这是大北农的第一篇誓词，要反映大北农文化的内核。它的诞生意义非凡，必将引领和助推大北农事业发展。

我认为，誓词既要有与时俱进的时代感，又要有文化的高度，还要有符合企业的实战经验。关键是要想到、写到、说到，更要做到。企业的创新创造与文化，来源于市场，来源于基层，来源于实际，不只是来源于领导。大北农的企业文化，应该是全体大北农人在工作实践过程中创造的，是大家团结奋斗、艰苦创业智慧火花的碰撞、思想凝练的结晶。

那天整整一个下午，我都在办公室琢磨誓词内容。我想了又想，拟了一个初稿，总觉得不太理想。考虑到誓词要简短激昂、催人奋进，晚饭时我又征求了一下吴文、黄祖尧等人的意见。

当天晚上，我们回到办公室，再次讨论，边想边改，字字斟酌，直到晚上11点，才有了一个我较为满意的定稿。我连夜让机要秘书用红色的纸将誓词打印了出来，并安排好第二天的早训流程。一个下午拟好初稿，一个晚上打磨定稿。这么快，那可是一篇誓词啊！当年我们真是热情似火、敢想敢干、干劲冲天！

第二天早上8点，泰和大北农正式开始早训，全体近百号人，整齐列队站在宽敞的灯光球场旗杆下。

伴随国歌奏响，五星红旗冉冉升起。升旗仪式后，进入宣读誓词环节。那天早上，我穿着西装，打着领带，健步走向旗杆，面对全体员工，庄严地举起右手，饱含激情，朗声领读了誓词。

泰和大北农员工第一次举行誓词宣誓

"我作为大北农人……"全体人员跟着我齐唰唰高举右手,宣读大北农誓词,声如雷鸣,响彻天空。这是泰和大北农第一次举行升旗仪式,也是泰和大北农全体员工第一次宣读大北农誓词!

大北农的第一篇誓词在江西泰和大北农诞生了!

这天是 1996 年 5 月 16 日。大北农历史会永远铭记这一天!

2021 年大北农集团决定,特将 5 月 16 日设为企业文化日。

大北农第一篇誓词

> 我作为大北农人,坚定"中国的饲料科技最适合中国国情"的信念,以"创造中国的饲料名牌"为目标,以发展壮大民族饲料工业为己任,发扬光大"谦虚、严谨、高效、创新"的大北农精神,牢记大北农人的座右铭:"永不言败,永不满足"。为我们大家的大北农事业,为实现企业的辉煌,为实现自己的人生价值和理想而奋斗!

大北农誓词简短凝练,朗朗上口。每当早训时刻,慷慨激昂的大北农誓词,回荡在泰和大北农上空。久而久之,这一带的老人小孩对大北农誓词也耳熟能详。这篇誓词虽短短百来字,但却是大家当时创业追求与理想激情、大北农精神与奋斗目标的凝聚。邵博士曾夸赞说,大北农誓词是大北农人的心经。

大北农誓词作为大北农企业文化的精神内核。它犹如一个火炬,点燃每一个大北农人心中那熊熊燃烧的火焰,为大北农的共同目标,一同奋力前进。在大北农三十年创业历程中,誓词作为企业特有的文化,引领和影响着一批批创业者全身心投入,开创了大北农崭新的事业,创造出令行业瞩目的骄人成绩。

时间过去了近三十年,誓词虽历经几改,但我作为第一篇誓词的创作者,深感与有荣焉!

脱胎换骨

泰和大北农刚组建不到一个月，新聘任的行政部经理中午喝啤酒，被我在现场撞着。

公司规定，没有特殊应酬，班前班中不得喝酒。我带头到食堂吃饭，也不喝酒。公司作出这一规定，也是看到以前的正泰管理很混乱，中午一个个喝得醉眼蒙眬，下午上班了，还在办公室睡觉。

"我又没喝白酒。"他有点强词夺理。我们按规定罚他 100 元，要求他在公司会上做检讨，他不同意："不就是喝点酒吗？我又没有违法。"他非常抗拒，言下之意，就是看你能把我怎样。

"班前班中没特殊应酬不得喝酒，这是公司的规定。"我非常严厉地批评他，"行政部是公司制度制订落实执行的部门。你作为该部门经理，更应带头遵守执行。既然你今天犯规了，就应主动接受处罚，这对公司规章制度的贯彻执行更为有利。否则，今后公司规章制度很难执行下去。"

他是我们新聘的部门经理，应该说还是看好他的。但他这样顶风而为，又拒不接受处罚，这事令我很生气，也很为难。我又一想，部队没有铁的纪律，不能打胜仗；企业没有"铁规矩"，难以制胜市场。制度不能流于形式，成为一张空纸，必须按规定执行到位。于是狠下心，挥泪斩马谡，毫不留情地把他辞退了。

在用人上，我们坚持一条原则，不搞任人唯亲。特别是重要岗位，如果沟通不了，达不成一致，我们就不用。

当然我们也不是一味地不讲情面，在制度执行上也体现出人性的一面。赖雯梅是原正泰的干部编制员工。公开招聘时，她已身怀六甲。她认为，这次可能没戏了，但还是抱着试一试的态度报名参加面试。当时正泰财务部有7位财务人员，托管后只能留下三位。我与吴文共同当面试官。

吴文按面试流程问了一会儿话，就直入主题："财务部只会留三个人，你现在是会计，搞出纳愿意不？"她忐忑地回答："也可以吧。"

"出纳就小赖吧！"我当即就拍了板。

此事后来在企业传得沸沸扬扬。一些员工说："托管改革看似残酷，也还有人情味。"

1996年6月，我与采购员坐着货车，从泰和到宜春，来到江西省第一饲料厂。这家饲料厂是大北农的合作厂家。我走进厂长办公室，同厂长交流技术合作事宜。采购员就具体负责购买豆粕。

吃过午饭，我们将刚买的一车豆粕拖了回去。谁知到了泰和，卸车入库时，我们发现这车豆粕有部分发热和结块现象。如果不及时处理，整车10吨豆粕就会发霉变质，那损失可就大了！

我们立即组织人员，将整车豆粕全部解包，放在公司水泥地上翻晒。幸好处理及时，没有影响豆粕品质。当时市场豆粕供应紧张，买得也比较便宜，对公司没有造成任何损失。

这是一起采购过程中未发现的原料质量事故。虽然只是采购员在看货装车中，没有认真履行检查而引起的，但我作为总经理先从自己罚起。原料采购以前是正泰存在的最突出最重要的问题。我们托管之初，大胆改革，这一块由我主管，采购问题得到了扭转。发生这起采购引起的质量事故，真的不应该，今后也必须杜绝。我主动带头认罚。我本人罚款2000元，责任采购员罚款200元，并在全公司通报。豆粕事件在泰和大北农、县粮食局迅即引起轰动。许多人感叹地说："老邱对公司管理这么严啊！现在完全不像以前了！"

"泰和大北农只有市场和效益，没有特权，更没有养尊处优。"我带头不

1996年10月泰和大北农总经办成员与董事长罗太珠（前排中）合影

要小车。车队原来大小车辆有十多台，后来只保留了两台货车和一台五十铃双排座宣传车。我的目的很明确，就是要让大家看到，我与大家一起同甘共苦创业，让全体员工快速融入干事创业的氛围中来。

"邱总，老板的车子代表的是企业形象。"干部们劝我保留原车队的一台小车自用。

"企业的形象，不是车子所能代表的。"我坚持不要小车，"以前公司领导坐专车风风光光，企业也没能风光起来。"

托管之前，公司领导和部门负责人基本不在食堂吃饭，经常进出附近的餐馆，要么供应商请客，要么货车司机请客。一个个总是喝得醉醺醺回到办公室，倒在长条沙发上一睡就是大半个下午。而在食堂吃饭的，基本上是工人以及没有什么权力的后勤管理人员。

我和几位总经理助理，一改原正泰饲料公司领导不常在食堂吃饭的习惯，只要在公司上班，就在食堂用餐。那些去外面吃饭的人，则背着我们，不敢明目张胆。

我们还明确规定，没有特殊应酬，公司员工都必须在食堂吃饭。严禁班前、班中饮酒，确保生产安全。公司领导的率先垂范，让过去一些不好的氛围得到了改变，新的制度也就建立了起来。在食堂管理上，我们不断提高饭菜品质，员工不仅吃得好，还要吃得香。这不仅节省了招待费，还吃出了氛围与凝聚力。

公司有一栋六层的综合楼，三楼到六楼是员工宿舍。我们都同员工一样住宿舍。那里就在105国道边，一天到晚大货车川流不息，声音嘈杂喧闹。

一般晚上11点左右，我都要去车间和食堂，查看夜班的生产情况和为夜班工人准备的夜宵伙食好不好。看到我频繁深夜到一线检查，上夜班的员工也很感动。有一天已是半夜，我来到食堂，大家正在吃夜宵。我上前问道："伙食怎么样？"

"好是好，就是菜品单一。"有人马上回答。

"大家上夜班辛苦，伙食一定要搞好！"我立即嘱咐食堂厨师，"今晚加一个新菜！从现在起，每晚菜品都要有变化。"

"好！好！好！"我的话音未落，大家一片叫好声。

我带头去食堂吃饭，食堂的供餐水平、原材料新鲜选用度也提升了。我带头住在公司，也影响到了员工。每到月底开营销例会，很多泰和本地的员工也不回家，就住在宿舍，一起便于工作交流和团建活动。

"吃在食堂，住在公司"，我们以公司为家，深得员工认可。他们说："大北农来的领导就是不一样！"

要让正泰真正走出困境，必须有脱胎换骨般的变化，否则就会前功尽弃。泰和大北农坚定实施了"企业高形象、员工高素质、产品高科技、服务高价值"的"四高"策略。

泰和大北农主要生产猪饲料、鸡饲料等，猪饲料重点推广浓缩料和乳猪料，技术含量较高。但要做成行业的拳头产品，我们对泰和大北农的品牌进行了全新定位。从内部来说，对产品定位、品质设计、生产过程、质量管理等进行严格把关；从外部讲，找那些做得大、做得好的经销商，抓当地有带头作用的示范户。通过内部抓品质，外部树标杆，扎实有效拓展市场。

作为泰和大北农的核心管理团队，作为这场"托管"改革的领头人，我和几位总经理助理坚持"住在公司,吃在食堂,行在市场,驻在猪场"。我们认为,只有管理者充分深入生产一线、市场一线,才能真正了解生产与市场,才能作出准确的决策。如果我们不深入了解市场需求,就无法抓公司管理。

"只有贴近市场,才能让产品赢得更多消费者。"这一点我心里非常清楚。我有近一半的时间在市场搞调研。路程近,我就骑自行车跑;路程远,我就乘坐那台江西五十铃双排座宣传车跑。

在距公司不到一公里的地方,有个"刘梁鸡场",是泰和最大的乌鸡养殖户。鸡场的老板姓刘,老板娘姓梁,两口子都是江西省畜牧水产学校毕业的中专生。有次我和公司销售人员骑着自行车来到"刘梁鸡场"。

"邱总,您这么大的老总,怎么出来没有小车啊?"刘老板一脸惊讶地望着我说。

"刘老板,以前正泰也在你边儿上,老总也有小车,你也没用他们的饲料呀!"我的言下之意是,你现在用不用泰和大北农的饲料,不是看老板有没有小车,主要是看产品和服务。

刘老板是个明白人,反问我:"邱总,你要我如何相信你们大北农?"

我笑着说:"做个试验,让事实说话。"

我说的试验,就是让刘老板拿泰和大北农的饲料和他原来使用的饲料搞对比。一段时间后,试验结果出来了,大北农饲料有明显的优势。刘老板心服口服。不用我多说,他自主决定弃用以前的饲料,全部改用泰和大北农的饲料。

之后,我也经常骑着自行车到这里看看。一来二去,大家就成了非常要好的朋友。一次,我突然接到老板娘的电话:"邱总啊,你听得出来吗?我是刘梁鸡场的老板娘啊!我们家老刘被评为省劳模了,我特地给你报喜。"

我一听,内心一阵温暖。这是一个既讲品质也讲感情的老板。

而那时,我已离开泰和大北农,去了长沙。

坐"老虎凳"

中国南北地理气候迥异，农作物种植亦有不同。南方主产水稻，北方主产小麦。玉米主产区在东北、华北和西南山区。在南方办饲料厂，我们每年都要从北方调运大量玉米。

黑龙江省肇东地处少有的"寒地黑土"绿色农业区，它得益于较为优越的气候和土壤条件，这里的玉米不仅产量较高，而且营养含量丰富。

1996年11月初，肇东玉米刚刚上市，泰和大北农派出采购员，带着资金赶早前往购买玉米。这是我第一次派人带钱去采购玉米，此事对泰和大北农、对我都是非常重要的。当时我刚好在北京开会，总是放心不下。

托管泰和大北农之前，企业采购环节出现了严重的问题，我是十分了解的。因此，托管之后，我们有了经营、财务、人事权，公司不设采购副总，取消采购部。这一块儿的事，由我亲自来管，采购部当时只留下两个人，明确了他们的工作。从1996年3月23日接管开始，半年下来，原料采购由乱到治，9月份我们又重新设置了采购部。

当时，我第一时间从北京飞到哈尔滨，再转车去肇东。当天晚上，供应商李老板请我们吃了饭。我到肇东已是傍晚，天色见黑，没来得及到货场。在用餐过程中，我还反复强调了泰和大北农对采购原料品质的高要求。我见李老板也在忽悠我，但又不是那么确定。

第二天一大早，我与采购员陈建平一起，急忙赶往货场，抽看许多已堆放待发的玉米。与之前签协议时，陈建平看到的玉米品质，完全不是一回事。

他当时也电话报告了我。对方肯定做了假，在玩我们了。

"这个玉米怎么能收？！"我一看，急了眼，对采购员大声嚷道。这批玉米饱满度不够，不符合质量要求，拿回去肯定是不能用的。

玉米最大的卖点是能量，能量的直观表现就是饱满度高，也就是容重大，这个重要指标不达标所以不能用。我们的玉米是拿来做乳猪料的，饱满度是能量的硬核，玉米颗粒不饱满，能量就达不了标，饲料产品质量就成了问题。

此前，采购员与供应商李老板签订了合约，也报了车皮计划，五个车皮的玉米已备到了货场，只等发货。我庆幸自己亲自来这一趟，不然损失可大了。我看这个玉米是坚决不能用了。不过还来得及，虽然有合约，但必须确认发货后，钱才能进他们的账，只要不发车，信汇自带的票据是可以拿走的。我们马上从货场赶回酒店，带上行李往银行跑。

我们去银行拿走了信汇自带票据后，买了肇东到哈尔滨的长途班车票。上车安顿半小时后，我又主动打电话给供应商李老板："玉米不合格，我们不买了！我们已经走了。"

一到哈尔滨，径直往火车站跑。由于到北京的火车没有卧铺票了，加之奔波一天劳累了，我们决定先在火车站附近的宾馆住一晚，第二天再去北京。

按公司的报销标准，我是可以坐飞机回北京的，但我不忍心把陈建平一个人留在那里坐火车。两个人就在火车站附近住了下来，随便吃了点晚饭，洗漱完后我与罗太珠董事长电话沟通此事："玉米不合格不能用，钱我们带回来了。"

"砰砰砰……"凌晨三点，一阵急促的敲门声，把我们从迷迷糊糊中惊醒。

打开门，忽然两个陌生人和供应商李老板站在我的面前。原来是李老板纠集他的人来了。我一下子傻眼了。李老板与当地的关系肯定不一般。他猜测我们当晚应该还在哈尔滨，于是就赶了过来。

事发突然。我是一个本分人，离开时我电话告知对方，不然也不会被抓住，不会发生后面的事情。

"打断你一条腿！"李老板态度很嚣张，当场吓唬我，"货都备好了，以前质量没问题，你来了现场就说不能用了？！"

随后，他们不由分说，连夜将我们带回肇东。他们认定我是主谋。业务员陈建平被安排睡觉去了。

我被他们带进了小屋子，让我坐在上锁的铁板凳上接受"审讯"，我们老家称这叫作"老虎凳"。见到这个阵仗，我心里有点儿发怵，但我一不偷二不抢，我怕什么？

他们说我们是诈骗，要我承认，还要签字按手印。面对诬陷，我不能轻易妥协。我们不是诈骗。我方的问题是我的采购员在现场，第一时间没有认真进行把关签了合约。在"审讯"中，我反复声明："不是我方违约，是玉米不合格，有严重的质量问题。"长时间的"审讯"与饥饿，我被折腾得精疲力尽。但他们怎么逼供也没用，我心里很有定力，同他们一直耗着。

"我要吃东西！"肚子饿得凶，我开始嚷着。11点多，李老板他们一伙人出去吃饭，他们就用一个水瓢，舀了一瓢自来水，给我喝了两口。

我拿着的公文包，里面有一个灰色手机。他们没有搜我的身，也没有拿走我的东西。趁他们不在，我拿出手机给罗太珠董事长打了个电话，给公司报信。我压低嗓音说："我被玉米老板扣押了！"

他们午饭后继续对我实施攻心战略，说我再不承认还有更多的手段对付我。我心想，我现在身不由己，可能会对自己造成无法挽回的伤害。于大北农，于泰和大北农，于我个人而言，好汉不吃眼前亏，我还年轻啊！

"留得青山在，不怕没柴烧。"我相信这句古话。

他们出示了写好的文字材料，认定是我方违规，要求无条件接收货物，罚款两万元，并要我签字按手印。我无奈地签名按下了手印。虽然我没有当场流泪，但内心很委屈。

下午4点左右，我终于被放出来了！重获自由后，我让陈建平给我买了一个面包，一瓶矿泉水，直奔货场查看玉米。看到堆放在那里的玉米，一粒粒干瘦得像"瘪三"。看在眼里,痛在心里,这批要无条件接收的玉米,肯定只能降级使用了。

在货场,我一手拿着面包,一手拿着手机,给邵博士打电话报告此事,眼泪禁不住哗哗地直流下来。这是我在大北农第一次流泪。

第二天,我才得以离开了这个令我惊魂的地方。从哈尔滨飞回北京的当晚,邵博士叫了公司的几个老师小聚,给我压惊。黑龙江"惊魂历险",是我人生中仅有的一场"历险",一辈子烙印在我的记忆深处。

现在回首,人们无法想象当初大北农的创业,曾经历过如此的艰辛与磨难。

扭亏为盈

1996年5月，正是江南梅雨时节。

一天上午，一辆装满玉米的原料车开进了厂区。公司品管上车一看原料，发现质量不合格，水分超标。他按照公司要求，拒收这车原料。送原料的人与品管发生争吵，僵持不下。

负责销售的黄祖尧急忙赶去，一了解才知，这车原料是一位领导的弟弟送来的。这位领导对泰和大北农工作很支持。黄祖尧第一时间把这个情况向我作了报告。

这件事着实让我有点犯难。如果质量真有问题，谁的也不能收！我们总不能买不合格的原料，明摆着生产用不了，摊上一笔费用，亏损算谁的？但我又想，不看僧面看佛面。这位领导非常支持我们，坚决不收他弟弟送来的原料，面子上总是过不去。

"看看除了水分超标外，还有其他问题没有。"我对黄祖尧说，"如果确实只是水分超标，我们晒干后再过磅进仓。"

最后，我们发动员工晒玉米，晒干后过磅进仓，既保证了质量，又没有得罪领导。后来，这件事情传到了这位领导的耳朵里。他特意来公司对我们的做法表示赞赏，也对他弟弟给我们带来的麻烦表达了歉意。此事传开后，在原料采购这一块，再也没人打着领导的旗号，来与泰和大北农做生意了。

过去正泰亏损包袱大，问题很大程度出在原料采购上。不合格的原料堆积如山，在仓库霉变发臭，包装袋可以用上二三十年，谁也不去管，谁也不负责。原料不合格，直接导致产品质量差，市场一片片丢失，企业连年亏损。

要扭转亏损局面，必须从采购源头入手，不合格的原料坚决不用，拒绝进厂。在把好采购关上，我们坚持买品质好的原料，买综合性价比高的原料，对供应商重新筛选，与之前的无预算、大额采购、人情采购大相径庭。

我们采购的原料，在运输、储存过程中，保证没有损失且品质良好。有一次，大批量玉米中途运输时被打湿，我们迅速发动员工包括后勤人员、家属们投入晒玉米的战斗。我、吴文和李天华几个人的爱人，也都参加了晒玉米。我骑着自行车来回巡查督战，在通往火车站的路上、公司的厂坪里，全是我们晒的玉米，金黄黄的一大片。

1996年7月的一天，从湖北龙感湖走长江－赣江水运过来的菜籽粕，有一些被打湿了。当时，天正下着雨。高温高湿天气，绝对不能等待，必须马上处理。否则，会导致大量霉变。

我们安排人一包一包打开，铺开在防雨的凉棚地面上，并带领品控和部分采购人员，弯腰用十指捏碎成坨的原料，放到外面两个小时再翻晒一次。

刚托管时，我们取消了采购部，就是为了杜绝不合格原料进厂的一种断然措施，但并不是不需要采购，而是需要构建全新的采购理念，以安全与品质为先，并在原来基础上重新筛选和创建采购网络体系。

"买得进，卖得出，转得快，转得活，赢得利。"原料采购把住了关，产品质量明显稳定提升，泰和大北农的产品很快就在市场上打开了销路。我们提出的"企业内部以品质管理为核心，外部以销售为龙头，管理以财务为手段，数字化、显现化、大家认同"经营理念获得了广泛共识，新开发的"大北农"牌系列产品销量逐月上升。

1996年花9个月时间打基础，重新起步。我们全新定位，不是为了减少亏损，不开支，而是敢于投入，公司的核心区域瞄准当时的赣中南市场，赶超第一（当时的第一是某知名外资品牌）。

在技术创新上，我们依托大北农总部开发全新的产品。我们开发的乳猪料、浓缩料当时就是第一的品质，找的都是当地销量排名靠前的经销商。尽管产品趋于同质，但是我们的思想观念、服务态度，比某知名外资品牌要好得多，所以找一个拿下一个。我们管理者深入一线，真抓实干。产品定位，没有次品，没有返工，没有退料。采购、生产、仓管无缝对接，销售一步一个脚印，做一个成一个，成一个推广周边一片。

"大北农饲料，中国人骄傲，大北农集团！"

我们聘请专业广告公司摄制大北农5秒、15秒、30秒广告片投放到电视台播出。江西电视台每晚转播央视新闻联播前的五秒广告，响遍赣湘粤大地。吉安地区电视台、泰和电视台，泰和大北农的广告天天播。仅江西电视台的5秒广告，当年就投入30多万元。

在广告宣传上，那阵子我们下足了功夫。在吉安地区尤其是在泰和县域，泰和大北农的墙身广告随处可见。京九铁路开通时，我们派出大北农志愿者服务队，让社会感受大北农人的精神风貌。

我们还给客户、养殖户发放集团的《大北农人》和泰和大北农的《泰和大北农》报纸，让大北农走进千家万户，"大北农饲料"一时成了家喻户晓的"热词"。全方位的企业策划，重塑了产品和企业的形象。

《大北农人》　　　　　　《泰和大北农》

1996年3月底,托管后首月销售量过800吨。这是我们入驻泰和以来的第一个好消息。我们在正泰酒家小聚庆功,分享这来之不易的成功与喜悦。大家高兴地喝着泰和乌鸡酒,最后醉酒而归,一路说着酒话,唱着小曲。

当晚黄祖尧酩酊大醉,在寝室呕吐一地,我一直在旁陪护他。第二天醒来后,黄祖尧觉得很内疚,我还开玩笑地跟他说:"这样的事我愿意常干多干。"

首月告捷!我们马上给集团和邵博士发了喜报。集团和邵博士很快发来贺电。

连续数月,公司销量节节攀升,之后,好消息接踵而至,喜报和贺电一来一往不间断。那段时间,真的是士气高昂、人心振奋。

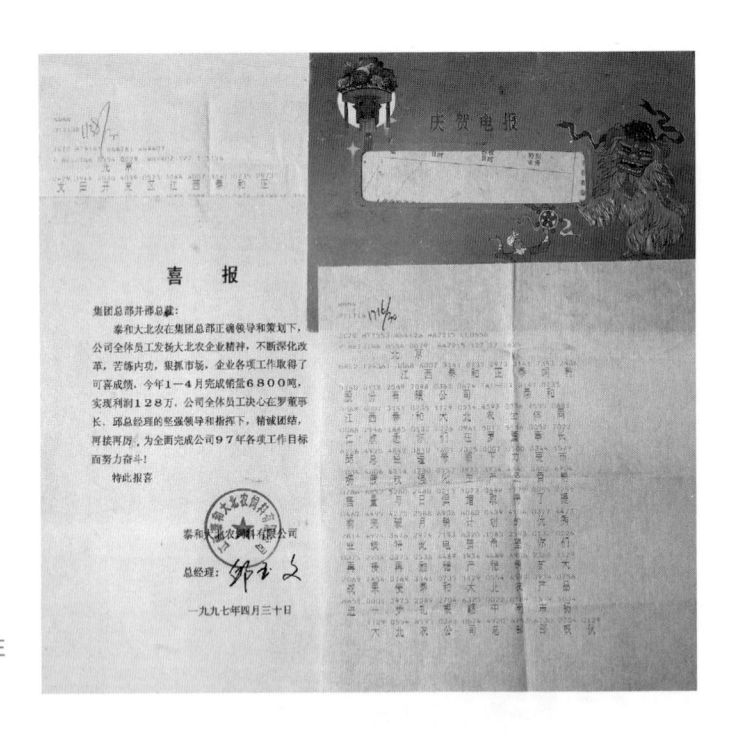

作者与集团之间往来的喜报与贺电

托管正泰后,我们几乎一个月一个台阶地前进。到当年12月底,我们不仅没有亏90万,反而挣了10多万。

短短9个月的努力,我们实现了扭亏为盈,结果比预想的要好得多。

不像有的企业，有意将盈利说成亏损，而我们本来允许亏损90万元，却报了实打实的盈利。秦和的领导对我们给予高度肯定："邱总实诚，大北农可靠！"

长期困扰正泰亏损的"魔咒"，终于被我们以坚强的意志与决心、顽强的毅力与拼搏打破了！

胜利属于我们！光荣属于我们！我们为一举扭亏为盈而欢呼雀跃。我们不仅要扭亏为盈，还要创世界一流！"我们泰和籍的同事在家门口创世界一流，真是无上荣耀！"

1997年1月6日，在公司大会议室，泰和大北农饲料有限公司举行九六市场总结暨九七商务洽谈会。这是一场胜利的庆功会，也是一场新年的招商会。会议开得隆重而热烈。

吉安地委书记王林森与泰和县委书记等参加公司合作伙伴年会

参会的经销商来自江西、福建、广东、湖南等地，有300多号人，大家齐聚一堂，共同庆祝上一年取得的优异成绩，谋划下一年的宏伟蓝图。地委、县委主要领导到会祝贺，充分肯定了大北农的托管模式。高朋满座，贵客如云。出席大会的领导并在主席台就座的有，时任吉安地委书记王林森，泰和县委书记刘兴隆、县长邱卫东、县人大常委会副主任曾思垣、县粮食局局长郭占峰，泰和大北农董事长罗太珠和我这个总经理。

之后，我们还在泰和县委中心会场举行了"大北农之春文艺晚会"，由县电视台刘台长和当红美女主持人主持。大部分节目由泰和大北农员工参演，张扬了大北农良好的精神面貌，受到领导的肯定和赞赏。泰和大北农的重点客户皆受邀在贵宾席就座观看，"大北农"品牌知名度、在客户心中的美誉度再次提升。

在盛大的晚会上，我代表公司发表了热情洋溢的致辞。特别是在演出环节，我也兴致勃勃地参演了一个节目。看到总经理在台上表演，台下员工热情高涨，掌声四起。那是我人生唯一的一次抹胭脂、画眉毛、涂口红。

我至今记得，当天会议召开前，在陪同地委王书记从接待室去往会议室的路上，他一边赞扬我们，一边又笑着问我："小邱，听说新希望集团准备到永丰办一个饲料厂，是不是感到有压力啊？"

"没事呢！王书记。他们搞他们的，我们搞我们的。市场很大，关键是我们自己怎么做。"我早知道新希望在永丰办厂的事，心里很淡定，也充满自信。此时此刻，地委王书记对我说起这个话题，我清楚他是有深意的。一是巧妙地鞭策我们不能满足眼前这点成绩，要有更大的作为；二是提醒我们市场竞争激烈，"山外有山，天外有天"。

作者在泰和大北农"大北农之春文艺晚会"致辞

第四章

精神力量

遭遇车祸

1997年，注定是一个特殊的年份。香港回归祖国。

托管之后的泰和大北农，克服重重困境，1996年当年圆满收官。当年托管，当年扭亏为盈，泰和大北农取得了比预期更好的成绩。泰和大北农也在欢天喜地中迎来新的一年。

1997年的开年，我们举行的一场盛大的总结联欢会和招商会，开得非常成功，给人留下了深刻印象。

"只要大家工作做得好，天天等于过大年！"我鼓励大家。

当然我们也不会满足于眼前的成绩，而是铆足劲儿争取再上新的台阶。

春节临近，也是企业年前备货繁忙的季节。企业各项工作已步入正轨，为了安心过春节，保证生产不间断，我们要求采购部备足原料，以待开春快马加鞭。从事饲料行业多年，我们非常清楚，企业原料采购有几个注意的环节，价格下降时要空仓，价格上涨时要满仓。平常是按计划采购，春节前要备足货。

身为集团企业发展部总经理，我还要回北京主持召开全国合作企业年会。于是，我考虑行程可以兼顾，先与采购员一同前往南昌，再飞北京。一是深入了解一下年前备货情况，二是也为公司节省费用。

北京的年会是1月8日，我提前购买了1月7日晚上7点50分南昌飞北京的机票。

1月7日上午10点，送走头晚留宿的参会客户，我和采购员周晔、王新民，乘坐公司五十铃双排座车，一同出发前往南昌，司机廖明炎为了照顾我，还特意让我坐在较为宽松的前排。

我们沿着105国道向北而行。周晔和王新民这次都是从南昌坐火车去上海采购进口鱼粉和豆粕。我问了一下年前备货和上海原料市场及价格情况。我们还聊到了工作、家庭和生活。大家都感叹泰和大北农短短9个月发生的巨变，感叹时光易逝。

中午，我们匆匆在新干县路边餐馆吃过午饭。为了采购原料之事，也顾不上休息，我在车上用手机给上海一位进口鱼粉供应商打电话，与他进行讨价还价。几个回合，终于按照我们的意思把价格谈妥了。

打完电话不到两分钟，突然一辆旧解放牌货车前轮爆胎失控，与我们的车迎面相撞。由于冲击力巨大，我们的车被摔到了道路边坡。我们几个人都受了伤。我身体朝右边重重地摔去，右手碰到车门，瞬间没有了知觉，之后痛得不得了。司机廖明炎胸部受创，看似很重。采购员周晔脸上划了两条印痕，王新民腿伤了不能走路。

突如其来的车祸，令我们无比惊惶，但我的头脑是清醒的。离此处不远就是樟树市了，我忍受着剧烈的疼痛，强用左手立即拨打手机，向附近熟悉的原料供应商黄建清求救。黄建清接到电话后，第一时间赶了过来。他在路上拦了一辆刚运过煤的货车，急忙将我们送往樟树市医院。

当时，也有人善意地提醒过我，做个简单的处理，赶紧飞到北京去做手术，毕竟京城的医疗条件更好。但当时根本没有想到自己的安危，我最担心的就是司机廖明炎的伤势。樟树最好的是市人民医院，我叫救护的同志将廖明炎送往樟树市人民医院救治。黄建清的姐夫在樟树市中医院骨外科当副主任，我和采购员王新明被送到樟树市中医院。

车祸发生之后，我打电话给泰和罗太珠董事长。他首先问的是："邱总，人没事吧？"

"人都受伤了，但没有生命危险。"我说了几个人的伤势，不想让他太过担心。

"我们马上派人过来。"罗太珠董事长立即临时安排协调。

黄祖尧等公司人员过来之时,我已住进樟树市中医院了。看到我受伤的样子,他非常心疼。他在公司听到我出车祸的消息时,就急得哭了起来。

当天晚上,天下着大雪。剧烈的伤痛令我坐卧难安。他们帮我躺下扶起来,又躺下又扶起来,这样一遍一遍地重复着。

"要做手术,越快越好!"医院检查出来了,我是右臂肱骨粉碎性骨折。

在手术中途还停了两次电。停电时,还是黄祖尧走进手术室举着应急照明灯,外科医生才得以继续手术。麻药劲儿过了后,我感觉到了剧烈疼痛。实在忍受不了了,医生给我打了止痛针。

我一直担心司机廖明炎的伤情,因为他是胸部受伤,怕伤到内脏。当得知他只是伤了两根肋骨,我才放下心来。在这次车祸中,其实我是受伤最重的。

采购员王新民两小腿骨裂,与我住在同一病房。他思想包袱较重,不时长吁短叹。他总是担心术后不能正常返岗上班,孩子要读书,老婆没有工作,生活压力大。我宽慰他说,先安心养伤,公司会尽全力帮助他。为了解决他的后顾之忧,在他住院之际,公司还特招他的大儿子进厂工作。四个月后,他顺利康复后回到了工作岗位。

人住进医院里,我心里还非常牵挂着北京全国合作企业年会。这虽是个例行的年会,但对大北农这个以技术合作立足的企业来说,实在是太重要了,不能因为我遭遇车祸而受到影响。

7日晚上做完手术,第二天一早,我就要黄祖尧帮我拨通柳州大北农董事长李宁华的电话,问他是否到达了北京。李宁华说,他已经到了北京。之后,他们又帮我拨通了几个合作企业负责人的电话,得到他们的肯定答复后,我的心里才踏实。虽然伤势疼痛严重,但我打电话的声音依然洪亮。

"老邱,你受伤严不严重?"车祸发生以后,邵博士在接到我的电话时,急切地问道。

他听我说没有生命危险,安慰我安心养伤。1月10日,邵博士专程从北京赶到樟树。这也是我来大北农后,他第一次专门到外地看望我。我内心十分感动。

　　"老邱,你真是大北农的'拼命三郎'!"他坐在我的病床上,拍着我的肩膀说。后来,邵博士在多个场合都说,邱老师是大北农英雄式的人物。

一只胳膊要不要无所谓

在樟树市中医院住了20多天，我就急着出院了。

春寒料峭的2月初，我右臂打着石膏，穿着一件特制棉衣，在同事的护送下，赶去北京参加集团的年终总结会。在会场宾馆，早会点名时，我出去不方便，就在房间对着窗子大声地答道："到！"

此刻春节将近，伤势未愈，忽然想起家里的老婆孩子，不禁一阵心酸，愧疚不已。这次的车祸，我也没给家里人报信。当时我想，报了信，他们来看我，也不解决问题，还让他们担心。还有一个原因就是，我在外工作，给家人是报喜不报忧。那时，家里也有有线电话，妈妈还在，还有岳父母、老婆孩子，我硬是忍着没打电话回去，讲车祸的事。

在住院期间，泰和来照顾我的人，常常是他们扶着我，帮我拨通电话，联系公司业务。在北京参加年会期间，我终于打电话回家了。

"我现在已经在北京参加公司的年会，过两天就回家。"

"马上过年了，你还知道回来？"这么久没有音信，妻子难免有些抱怨。

"我出车祸了，手受了伤。"我说。

"怎么回事？伤得重不重？"妻子先是一惊。

我这时才向她说了车祸的经过，告诉她："我是右臂粉碎性骨折。手术早就做完了，现在正打着石膏。"

"手都断了，发生这么大的事，怎么不早点告诉我呢？"妻子责怪起我来。

"不是怕你们担心吗？你们从湖南跑过来也没用啊！"我越是这么说，她越是心疼，在电话里哭泣起来。

我是穿着那件特制棉衣回到家的。家人见我如此，担心伤情较为严重。听说安乡县芦林铺镇有个治骨折厉害的名医，妻子就带着我前去做了治疗。

农历正月初七，在家过了个春节，我就急着返回了泰和大北农。因伤还未痊愈，我是带着老婆一起回的江西。

邱杰是我们唯一的孩子。我长年出差在外，现在她妈妈也要去照顾我。我们就把她寄养在外婆家。

1997年6月，孩子小学毕业。下学期就读初中了，外公外婆不能给予作业辅导，孩子不能再寄养在外婆家读书。大北农的事业，尽管我放心不下，但是孩子也不能不管。

那天，我走进泰和县委书记邱卫东办公室，把孩子要转学泰和的事，向他作了汇报。在泰和一年多，县委书记对泰和大北农很重视，我们经常见面，彼此熟悉了解。

"邱总，孩子转学没问题，就转到最好的泰和中学吧。"他非常爽快地一口答应，并当着我的面打电话给校长，"邱总对泰和大北农贡献大，他的孩子要从湖南转到你们学校，请你安排落实好。"

孩子转学的事很快办妥了。读了一个学期后，她觉得适应不了这边的环境，我又把邱杰安排回长沙读书，借住在她大舅家，重新开始初中的学习。

遭遇车祸，是上帝对我的磨砺。1997年5月，我趁到北京开会之机，在积水潭医院做了检查，确认是打入右臂的钢针过长，限制了肩肘两个关节的活动。于是做手术把钢针取了出来，医生交代我要加强关节活动。

车祸受伤之后，当地领导非常关心我。吉安地委书记王林森在经济工作会上碰到代我参会的黄祖尧，特意问起我的伤情。从北京回到泰和，泰和县委、县政府领导还专门给县人民医院打招呼，安排骨科医生来帮我做康复。

我坐在椅子上，两个人按着椅子控制我的身体，另外一个人架住我的右臂，然后用力往上抬。每天几轮，我在公司上班时随时都可以叫到同事做抬臂。

在我右臂打石膏的那段日子里，我开始学会用左手写字、吃饭。老婆更是当起了我的后勤部长。晚上9点，她会把热乎乎的牛奶，送到我的办公室去。看到老婆一天到晚围着我转，我心生感动，常常感叹："我不把大北农事业搞好，对不住家人啊！"打着石膏，我坚持照样工作，公司照常运转。

至今，我还保存着多张打着石膏的照片，有外面企业来参观学习的，有省、市领导考察调研的。当时，江西省副省长孙用和来考察的照片中，我穿着米色的短袖，打着白色的石膏绷带，特别显眼。

时任江西省副省长孙用和（左二）到泰和大北农视察

一天，我从公司大门传达室进来，经过营销部看到热火朝天的景象。我忽然想，泰和大北农刚刚上路起步，泰和大北农需要我，大家需要我啊！在跨上台阶上二楼办公室时，我边走边扶着打石膏的手，自言自语道："胳膊好不好无所谓，刚刚起步的企业绝对不能倒！"

心在泰和

时令已进入炎热的夏季，我的手伤尚未痊愈。集团董事长邵博士考虑，北方的天气比南方要凉快一些，总部办公室又有中央空调，有利于我的康复，他两次打电话要我去北京办公。

泰和大北农上半年开局良好，进入年中这个全年关键的节点，各项工作正在稳打稳扎地推进。我反复向邵博士说："我的伤不要紧，但泰和大北农的工作一天都耽误不得。"

我还有一层考虑，我习惯在外面跑，不太喜欢坐办公室。在南县饲料厂时，经常跑生产购销一线，这个习惯从那时就养成了。加入大北农后，我的工作一直是跑技术合作，也很少在办公室坐着。只要坐在办公室，我就会觉得不踏实。

"我们新搬的办公楼有中央空调，对你的康复有好处。再则，让你到北京来办公，也是为了以后更好地工作。"邵博士几乎是以不容反驳的口气对我说。于是我负着手伤，连同照顾我的老婆一起，带着行李来到了北京。

中国幅员辽阔，南北天气相差大。南方酷夏似火炉，北方凉爽夏如春。我去的这个夏天，却偏偏一反常态。北方大部分地区持续晴热少雨，出现异常高温。高温首发于华北平原，而后扩展到东北、西北东部及新疆等地。北方高温范围如此之大，为新中国成立以来所罕见，大部分地区平均气温为 1949 年以来同期最高值。北京遭遇了 50 年不遇的高温，总是烈日当头，酷热无比。

当时大北农的办公场所，刚从泰德写字楼搬到理工科技大厦。为了方便起见，邵博士安排人给我租了一个拆迁周转房，在农大不远、离办公的地方近，租金由我自己支付。房子是个步梯房，我住在五楼。离总部近，上班倒是方便。但是，爬上爬下很吃力。我老婆每天上楼下楼，从外面买菜买米回来做饭。

作为集团公司副总兼泰和大北农总经理，我到北京前，嘱咐吴文、黄祖尧、李天华等人，在工作上不能松懈，要时刻保持战斗的状态，特别是产品质量上，任何时候都必须坚持原则。我将部分工作授权吴文，超出授权随时向我报告。

可是我人在北京，心却在泰和。那段时间，可以说，大部分精力还是在处理泰和的事情上。

租住的房子里，没有手机信号。公司给我配了部摩托罗拉BB机。那时，吴文有事找我，就给我打BB机。收到传呼后我就托着手下楼，用手机拨通他的电话。打完电话，我又一步一个台阶，小心翼翼地爬回五楼。这样来来回回上下楼，有时一天很多趟。汗水浸着石膏，在手上留下的印记现在依然清晰。

北京工作了一个多月，我觉得日子是多么漫长。泰和大北农刚刚上路，正在快速向前迈进，有多少事等我去处理和决策啊！作为总经理的我，人在千里之外的北京，这种紧迫感越来越像一块石头般压下来，真有点喘不过气的感受。

在北京遥控指挥，总感觉不是回事。尽管与吴文有BB机、手机频繁联系，然而，我无法身临其境，许多事情的处理，如隔靴搔痒一般，觉得不是那么到位。再则，同事们在泰和奋勇拼搏，我却不能亲临现场指挥，作为总经理也心有不甘，愧对其责。

泰和需要我，我也离不开泰和，我不能再在北京待下去了！

"放心不下泰和，我想还是回去！"我对邵博士说。邵博士见我去意已决，也不好说什么了。我很快退掉了北京的房子，带着妻子和行李急切地往泰和赶。

峥嵘岁月

从北京回到泰和，我又开始全身心地投入工作之中。

在泰和的时候，我们干在一起，吃苦拼搏，闯过一道道难关，自己并未觉得多么有意义，只是平常之事而已。这次去北京之后，我对泰和大北农有了更深刻的感悟。离别泰和才一个多月，就有了"家乡真好""家乡变化真大"的感觉。

公司门前天天车水马龙，各路经销商汇聚而来。每天上午 11 点左右，提货的车辆排起了长队。厂区内一派繁忙景象，车间里热火朝天。打料、搅拌、装袋……大家加班加点忙着生产饲料。

泰和大北农名气越来越大，销量月月升高，效益逐月向好。上下游合作伙伴前来送料拉货的人络绎不绝。那段时间，装车运货忙得不得了。为了节省客户的等待时间，我们连后勤管理人员也加入了装车的行列，还有一些家属主动参与进来。运货的车多人多，公司的食堂熙熙攘攘。我老婆有时也去食堂帮忙。

车间天天忙碌，几乎是连轴转。越是工作忙，越要关心员工的生活。我们要求后勤必须保障好员工的生活。在一次检查中，一个员工反映豆腐有异味。我听后，马上叫食堂赶紧加两个菜换上。我还当场叮嘱食堂人员务必要保障菜品质量。

在形势看好之际，没有供应商表达过不满，我们只会提前付款不会延后。由于我们讲信用，所以能买到优质的原料，也不存在临时缺钱或缺原料的情况。

公司要求财务月初依据当月的销量计划、费用来做利润测算，有目标、有计划、有预算，全过程都在掌握之中。我们的管理前置到了供应商那里，确保采购原料的品质。

有一次，刘育龙和陈建平一起到上海采购进口豆粕，一开始看到的货质量都挺好。凌晨四点，他们起来查看，豆粕烧焦了，全是黑的。原来的采购员不太管质量，吃吃喝喝就过去了。泰和大北农运行上路后，人人都有了质量意识，对原料、对产品、对公司高度负责。

一想到这些，陈建平就很紧张："这可怎么办？我得跳黄浦江了。"刘育龙和陈建平连夜走路去找相关负责人。双方沟通磨了一整天，他们连早饭中饭都没吃，到傍晚对方最终同意卸货，将烧焦的豆粕全部卸掉，重新装上合格的豆粕。

"无论在什么岗位，是否拥有股份，只要你以主人的心态做人做事，你就是真正的主人。"我和我的助理团队，一步一个脚印，扎扎实实，艰辛创业，获得了广泛的支持。

泰和大北农内外氛围都非常好。一些开始对我们有误解的人，也从误解到理解，从理解到认同，从认同到钦佩。县粮食局的干部们把我们当成客人，每逢端午、中秋、春节等节日，还会请我们在县粮食局食堂吃饭。同事之间，像亲人一样互相关心帮助，共同进步。周业军时任营销片区经理。他老婆是护士长，夫妻团聚少，半年才见一面。有一次，他老婆来泰和探亲。他们夫妻难得团聚一次，我们特意安排行政科长在食堂二楼收拾出了一间房。为了让他老婆更能理解支持他的工作，我们还安排她随同周业军出差，通过了解他的工作详情来提升支持度。

一次，我大舅子老婆魏国萍带着孩子来到泰和。看到我们住在嘈杂的国道边，生活俭朴，工作紧张艰苦，她直摇头说："邱玉文呀，在这个偏远的老区，干得一肚子劲儿，哪怕你赚的钱堆齐脖子了，我都不眼红、不羡慕你。"

我问为什么？她说："这里太偏僻了，太吵了，太艰苦了，你们有钱也没地方花。"

"这就是我们的事业，也是我们的梦想和追求啊！"我笑着对她说。我认为，自己每天干得很充实，工作干好了就是最好的享受！

后来也有不少人问我："邱总，在那样艰苦的环境中，你是怎么挺过来的？"我对他们说："把工作当成自己的事业来做。"

大北农于我，是事业，是家园，是我的奋斗追求。

在泰和时期，我们心无旁骛，感觉轻松愉悦。那是我此生最轻松、最快乐、最愉悦的时光，也是奉献、牺牲最多的地方。人的一生有这样一段时光，是最美好幸福的。那种创业的氛围、人与人之间相处的情景，单纯又轻松。如果要给我们这段艰难辉煌的创业氛围打分的话，我相信，当时泰和工作过的同事，也许会打到90分以上的高分。

严字当头

正在蓬勃发展的泰和大北农，1997年夏天发生的一次事件，让我们受到巨大的震惊。

那天，在浓缩料生产车间，现场人员另添加部分特殊料。配料员况革华完成了当天的生产任务，正准备脱下工作服下班回家。当她转身盘点原料消耗情况时，忽然发现某种原料配比出现了一个小数点错误。这个小数点搞错了，就是一个"大错误"了，生产的产品完全不是一回事了！何况，她负责的配料，是生产浓缩料用的核心料，而且部分成品在生产入库后，已经第一时间被客户提走了。

"绝不能让不合格品流向市场，已经流出的必须召回！"面对突发情况，我们非常清楚事态的严重性。于是，我们马上作出决定，采取紧急应对措施，尽快把这次事件的损失和负面影响控制到最低程度。

我亲自坐镇营销部，一边安排相关人员与客户电话沟通，将发出的问题产品悉数追回，一边临时安排品控、生产岗位关键人员召开事故处理专题会，追查事故原因，落实处理方案。

虽然是配料员疏忽大意，看错了一个小数点，但却不是一件小事，它导致某种原料用量增长十倍，酿成此次重大产品质量事故。我认为不能小看了，要迅速从严处理，消除质量安全隐患和社会负面影响。

在这件事故的处理上，我们提出了"事故原因未查清不放过，责任人员未处理不放过，整改措施未落实不放过，全体人员未受到教育不放过"的"四不放过"原则。

当天晚上,公司紧急召开全厂员工教育整改大会。大会通报了事故发生原因、处理结果及进一步加强品质安全管理的要求。公司研究决定,对当事人况革华给予留用察看并处罚款的处理。配料岗位的复核流程,也从那之后进一步得到落实。

"看错小数点,酿成大事故",也给我们敲了一记警钟:产品质量是企业的生命线,是抢占市场、赢得美誉度的关键,容不得半点疏忽大意,必须严把质量关。

"安全和品质是一切工作的前提!"我们从这次事故中,汲取深刻教训,举一反三,"严"字当头,把"严"落小落细,落实到企业生产、销售、采购的方方面面。

每次检查卫生工作时,我必手握着一根"小木棍"细查入微。特别是仓库和卫生间墙角处的卫生,是我的必检科目,每次都能挑出很多大家未清扫干净的垃圾。大家都说,我的一根"小木棍"挑出高标准。

一次,我们进行安全卫生大检查。当走到粉碎间时,表面一看,好像挺干净的,没什么问题,大家一走而过。我停下脚步,细看电动机散热槽,就发现有不少灰尘。"这里有灰尘,不光是卫生问题,而且会影响散热。"我随即严肃认真地指出,"看不出问题不是没有问题,而是标准太低、要求不严。"

正是这种对工作"严字当头,细致入微"的作风,铸就了泰和大北农"艰苦创业,争创第一"的企业精神。

平常,我看上去有点严肃,但对员工也还随和。有的人说:"邱总表面看很威严,一笑好和蔼的样子特别可亲,就是讲话有点儿冲,声音有点大。"

但我们要求员工在工作上绝对不能打丝毫折扣,对产品质量和成本管理极度严格。我认为:"高标准、严要求,是对员工最大的关爱。"

在严的问题上,一点儿也不含糊,公司提出了"不是一流的员工就是破坏者,不是一流的产品就是废品""安全和品质是一切工作的前提""出好产品、快出产品、低成本、安全文明运营""内部管理外部化，外部管理市场化""标准越高越好，要求越严越好"等一系列口号和标准，在员工中引起了强烈反响。这些从操作层面对提出的严要求，也是我们在实践中总结出的切身感悟。

做事一丝不苟，甚至爱较真，是我从小就养成的习惯。泰和大北农要焕然一新，必然要进行规范化严格化管理，没有丝毫商量的余地。比如，原材料、产成品、包装物的堆码、存放必须分门别类、整整齐齐，挂牌管理；每天的原料库存、销售日报表必须准确、按时送达；对员工的衣着和形象要求干净、整洁。我自己带头执行，各部门汇报的材料，分门别类堆放得整整齐齐；每次出差的行李箱，哪怕是脏衣服也要叠得整整齐齐，放在规定位置。

泰和大北农是个老厂，楼道没有大理石，都是水泥地。即便如此，我们也要求水泥地面必须打扫得干干净净、光亮光亮，犄角旮旯不能有灰尘和蜘蛛网。饲料厂严禁烟火，但实际情况是仍有不少人在厂区内抽烟。为了杜绝安全隐患，我们规定在厂区内禁止吸烟。

有一次，我从老家回来带来了几包芙蓉香烟，几个烟鬼就盯上我。我对他们说，从现在开始，不管在什么场合，只要谁发现我抽一支烟，我就自愿拿出50块钱当作罚款，给大家消费。为了抓住我的"把柄"，他们几个人一直盯着我，看我抽烟了没有，同时还盯着那几包烟，甚至偷偷做上记号，看我动了没有，最终也没发现我抽过一根烟。我带头不抽烟，多年禁而不止的禁烟令在厂区真正生效了。

在泰和大北农，部门经理值班是一项制度。中午和晚上，大多数员工处于休息时段，值班干部容易懈怠。特别是凌晨时分，值班干部最容易犯困，也是最为松懈之时。凌晨三点左右，我会不定期到厂区看看，既是巡查小区，也是对值班干部的一种监督。

一天，本来是宋洪芦值班。他中午有事出去了，让行政科科长肖建明顶班。但是，值班牌忘记换了。中午我检查值班工作，发现值班人和值班牌不一致，严厉批评了宋洪芦，并说要对他罚款一千元。我对他说："任何一件事，看似很小,但它反映的是一个人做事的态度是否认真仔细,小事不认真有时候就会酿成大事故,我们必须防患于未然。"

许多年后,在泰和大北农工作过近四年的宋洪芦,曾任集团副总裁,负责安全、文化纪律工作。说起这事,他感慨万千:"严格要求使我终身受益,也是大北农文化的精髓!"

市场！市场！

进入1998年，那是我们托管的第三年。泰和大北农创新模式，深耕市场，向广阔农村全面进军。

一天，我带着一队人马，前往泰和县螺溪镇开展科普讲座和促销热卖。我们把这场讲座和热卖，摆到镇政府里面去了。

"卖饲料的，都卖到政府里面了！这算么子事？"这件事在螺溪镇轰动一时，反对的声音不少。此事是我提议的。当时，就连合作伙伴肖建华、詹晓春和业务员也都感到犯难："要进政府开饲料讲座，这事不好办。"

我是这么想的，镇上条件最好的会场是镇政府会议室，在那里开讲座最合适。我们是科普讲座，不是讲科教兴农吗，怎么兴？首先当地政府要重视。把讲座安排在政府会议室，不用我们去宣传，老百姓一看，就很清楚当地政府重视这件事。话是这么说，但镇政府愿不愿意把会议室借给我们呢？他们也许会觉得做饲料生意的在这里开会掉价。毕竟，我们是在这里开养猪技术饲料科技讲座，推销大北农饲料。

那个时候，尽管饲料企业蓬勃发展，农村养殖市场也兴旺起来，但很多人对养猪这个行业，用传统的眼光看，有点儿看不起。因此，社会上也流传"没有本事去养猪"的说法。开始我们一些人的担心和顾虑，也是不无道理的。"我们借会议室不是去卖饲料，是去传授先进的养猪理念和知识，提升当地养殖户的养殖水平，帮助他们养猪致富。"我用这些理由，去说动我们自己的人，特别是去说服镇政府的相关负责人，恳请得到他们的大力支持。这场讲座，最终如我所愿在镇政府会议室如期举行。

在乡镇举办讲座，不像大学和机关，来的人形形色色，年龄、文化层次不同，纪律方面也较为松弛。刚开始，我在上面讲，下面就有几个客户在聊天。我毫不客气地进行了批评，进而说："有些人不懂又不虚心学习，自以为自己养了几年猪就很牛，赚了几个小钱就自以为是。比尔·盖茨赚的钱要用火车皮拉，人家依旧不断进取和学习，你比比尔·盖茨还牛？"大家哄堂大笑，既而安静下来。

作为这场讲座的主讲，我在演讲中从宏观上讲解了养猪的前景，分析中国的养猪现状、养猪水平，分享了美国先进的养猪模式、养猪设备、养猪规模和养猪水平。我大胆地放言："养猪是一个朝阳产业，是一个可以致富发财的行业。"我还告诉他们说："美国养猪场的门卫都开着汽车上班，我们有些人却可能连摩托车都买不起。"

我的话给了他们很大的震撼和鼓舞，许多人惊异地瞪大了眼睛。一个月后，我们又去拜访了那里的养殖户。泰和县澄江镇南门村有一个农户，养了20多头母猪，在当地算是比较大的养猪户。但这里偏远落后，路途较远，同事劝我换一家。

"不要换，再远也要去！"我坚持说，"这个养猪户很有代表性。"

那天下着雨，路上行走艰难。见我们大老远冒雨来看他，这户养猪户无比感动，又是端茶又是敬烟，客气得不得了。在了解他家养殖情况后，我们给他提出了一些有益的建议，并把他作为联系户，后来建立了长期关系。

市场是企业生存之本。谁抢占了市场，就有了立足之地，就赢得了发展先机。广袤农村是饲料市场的汪洋大海，我们把市场的大网撒向乡镇。我们走出公司，在各乡镇（泰和也称圩镇）开坛设讲。我们的主要营销模式是"科普讲座＋促销"，主讲老师有公司领导、服务专家和营销经理。这种形式在乡镇深受欢迎，参加人数越来越多，举办规模越来越大。大北农的科普讲座，不仅从公司会议室搬到乡镇，而且从室内发展到了室外。

在螺溪镇举办的一场讲座，因为恰逢赶集，参加的人又太多，临时改成了现场促销会。在街上露天举办，需要一个大点的场地。那天恰逢圩日，街上赶集的人特别多，当时公司的片区经理和业务员去得比较晚，很难找到空旷一点的地方。

"在哪里搞比较好？"我问肖建华和詹晓春。

"那个坪！"他们指着不远处说。我一看，坪是大，只是被农户摆满了农产品。

"把那里的农产品都买下，就在那里搞促销会！"我当即决定。但是这个促销会费用花得有点大，肖建华和詹晓春听后，面面相觑，满脸疑惑。

那天公司请了一个专家，现场表演小母猪阉割。他手起刀落，十来秒钟阉了一头。这技术当时很新奇，吸引好多养猪户前来围观。真的没想到，这个街头促销会，非常接地气，效果十分显著。当天，收到定金预售的浓缩料达30多吨。

20世纪90年代，是饲料行业黄金发展期，但竞争日益激烈残酷。我们深刻地意识到，饲料企业要在竞争中立于不败之地，必须要有全新的用户思维。只有为客户提供更优的服务，才能赢得客户，抢占市场。

1998年春节前后，主要原料豆粕价格一路飙升，浓缩料售价被迫一涨再涨。这时，经销商和养殖户就接受不了了。市场的震动，令营销方面压力巨大，要求在保证营养的前提下，调整配方的呼声非常强烈。用什么样的原料来替代呢？时任泰和大北农技术部经理的宋洪芦犯了难：这种原料既要保证营养达标，又要保证感观色泽一致，还得尽量下调成本。

"棉粕、菜粕是不错的选择，我们只要对预混料，尤其是氨基酸作必要的调整就能达到或超过原有营养标准。"面对我的问询，宋洪芦想到了替换物，然而又觉得没有把握，"但是，这些原料加入，将影响浓缩料成品颜色，会明显黑上几个度呀，市场上用户能接受吗？"

"宋老师，我们要大胆创新，突破现状，这次我们是要主动进行产品升级，运用总部的科研成果，调整预混料配方，尤其是增加氨基酸，要使浓缩料的营养水平比之前更高。"我一边鼓励着宋洪芦,一边在思索着,"既然营养水平比以前更高,那么有什么办法让经销商和养殖户接受呢?"

"大北农猪用浓缩料升级了!"

很快,泰和大北农研制出了新的浓缩料。我们运用大北农集团最新动物营养科研成果,根据泰和大北农的市场实际,进行了大量的科学试验和推广试验,终于成功研制了浓缩料的升级版。升级后的浓缩料效果更好,饲养报酬更高,综合效益更优。其产品色泽更深,差异十分明显。

在升级浓缩料产品投放市场前,大红的 A2 版"特大喜讯",张贴在经销商店面和大型养殖场的显眼位置。我们提前投放广告宣传,特别提醒广大经销商和养殖户,升级产品与原产品外观色泽有明显的差异——颜色更深,请广大用户放心使用。升级浓缩料"变黑"几个度,我们为什么要高调告知?我认为与其事后被动解释,不如主动出击。我的想法也得到了大家的一致认同。

"特大喜讯"的广告,掀起了市场波澜。一些经销商迫不及待地问我们:"升级后的新产品什么时候上市?"

"好!这就是突破,这就是创新!"我兴奋地拍了一下桌子,手有点疼,也证明这是真的好消息。

新产品正式上市的一个月里,我们还特别在每包成品包装袋内,放了一张 A5 纸的"特大喜讯",让客户打消疑虑,放心使用新产品。最终,新旧浓缩料没有因为色泽变化,在市场受到影响,顺利实现了迭代更新。

在浓缩料升级这件事中,按照常规思维,产品颜色变深变黑了,客户肯定难以接受,很可能会成为坏事。我们反其道而行之,主动告知,获取市场认可,最终顺利解决了危机。

事后,我在公司经营办公会和公司营销例会上,对大家说:"我们要把好事办得更好,'坏事'变成好事!"我的这一理念使大家深受启发。要打破常规想办法,主动出击敢于作为,才能坏事变好事,好事办得更好。如果每临变化与调整,我们都能提前筹划,主动创新,这样是不是成功的概率会高很多呢？事情的结果也更能令人满意呢？

泰和是著名的乌鸡之乡。"泰和乌鸡"，可谓泰和一宝，名扬神州。可是，泰和大北农一直是"猪饲料打天下"，我们总不能守着"宝山"无所作为吧。但现实的问题是，乌鸡饲养量很大，鸡饲料这块市场蛋糕也非常巨大，因此饲料厂家纷纷逐鹿泰和。

有一家捷足先登多年的外资企业，已稳稳占据整个泰和乌鸡市场。要想从中抢到一块"肥肉"，显然是非常不易之事。必须与那家饲料厂同台竞争，做到后来居上，才有可能打破被人占据的市场"铁板"。

通过市场调查与分析，我们决定先找几个养鸡大户进行试喂对比，密切关注他们的试喂过程，并成立以我为组长的攻关小组。近两个月的试喂试验，取得了令人欣喜的结果。泰和大北农研制的乌鸡专用料，无论在料肉比、钱肉比，还是在健康方面，都优于另一家饲料品牌。更可喜的是，试用户用过我们的鸡饲料之后，纷纷竖起了大拇指，给予了我们高度评价和高度认可。

我们把试用户填写的试喂报告一散布，市场上反应十分热烈。因为我们的产品质量过硬，价格实在，效果不错。市场就这样被打开了！泰和广大养鸡户纷纷改用泰和大北农的产品，销量节节攀升。

正当我们高兴之际，另一家品牌饲料厂家一纸诉状，将泰和大北农告上了法庭。以不正当竞争为由，要求我们给对方赔偿。在马上展开的调查中，我们发现宣传单上有这家饲料品牌的字样。不过详细了解之后，这些字样都是由养殖户亲自记录的，并非我们主动为之。开庭那天，因为我心里有了底气，律师都没有请，自己直接出庭。最终，泰和大北农胜诉。

这场官司在当地引起了不小的轰动。泰和大北农胜诉后，我们的乌鸡专用料品牌知名度和美誉度一下提高了，产品销量乘势飞升，一跃而成为泰和乌鸡专用料第一品牌！

打官司是令人烦恼的事，可反而变成了好事。这不仅说明了市场竞争残酷的一面，也使我们深刻地认识到，企业发展必须一步一个脚印，凭科技、靠实力才能制胜市场，所向披靡。

一部电话机

秋天是丰收的季节，市场销售有"金九银十"之说，也进入黄金时节。

泰和的秋季是美丽的，田野一片金黄，又是一个丰收的年景。1998年秋天，泰和大北农迎来了火热的销售旺季。泰和大北农产品销量以日销百吨的速度往上冲刺。到9月底，当月销量突破3000吨，创造了历史最高纪录。

月销量3000吨，对于我们托管才两年多的企业来说，是个奇迹。全厂上下一片沸腾。记得刚开始托管的当月，我们创造了800吨的产量，大家都高兴得喝酒庆功。现在产量上去了，月销量达到了托管之初的几倍。这是多么了不起的成绩啊！

我立马兑现当初的承诺，第二天就派人给营销部经理家安装了一部电话机。安装电话这件事，一时间在企业内外成为人们议论的热点。那时私人安装电话比较稀奇。泰和大北农给部门经理奖励一部电话机，是破了天荒，在当时也算是重奖营销功臣。

市场是企业一切活动的中心，营销则是重中之重。我们正式托管之后，对营销这一块十分看重。特别在聘请营销经理人选时，我们有过慎重的考虑。

匡萃培是江西泰和本地人。他与我同年出生，算是老庚。他从江西省农垦学校畜牧兽医专业毕业，先从事畜牧兽医工作，后从事饲料营销工作，曾在托管前的正泰担任营销部经理。

一般情况来说，新班子进驻托管改制企业，对之前的重要部门经理，能不用的就尽量不用。但是，我们用人的一条原则是，谁能胜任这个职位就用谁,不管他是否是"前朝之臣"。匡萃培做事认真负责,也能吃苦,是可以信任的。我们依然聘请他担任营销部经理。他果然不负所望,市场开拓一路抢关夺隘,攻城略地,捷报频传。

从大北农正式托管的那天起,我始终没有忘记在改制员工动员会上,提出的"三年三大步"的目标计划。第一年打基础,重新起步;第二年求得大的发展。这前两步目标,我们跨过去了、做到了。这第三步,"1998年计划产销饲料40000吨"的目标,我们正在奋勇追击。

时间到了年中,眼看只剩下半年时间,销售这一块必须有大的突破。市场经济以销定产。我算了一下,后几个月,月销量要往3000吨甚至4000吨冲刺,实现我们的目标任务才能有保证。我心里也有些着急。我想,搞营销不能按常规出牌,要拿出点奖励措施才行!

7月的一天,我找到匡萃培,对他说:"月销量突破3000吨,你能做到吗?"我望着他,接着又说:"你做到了,我就帮你家中免费装一部电话机。"

匡萃培先是一瞪眼,然后算了一下时间任务账,拍着胸脯说:"3000吨,9月份能完成!"

"好,一言为定!"我郑重地拍了拍匡萃培的肩膀。

当时,在泰和大北农来说,一部电话机用不了几个钱,但对于营销部经理而言,公司奖励一部电话机,既是莫大的鼓励,也更有利于工作开展。

这个奖励电话机的约定,还真管用!匡萃培一股子劲儿,跑市场更勤了,各种各样的金点子也冒了出来。人的潜力是巨大的,有时能激发出冲天能量。到了9月,公司销量如我们所约定,突破3000吨,上了一个大台阶,为实现全年目标奠定了坚实基础。

不久后,我们又给匡萃培加担子,派他去开拓赣北市场。但我又有点犹豫了,我知道他有较为严重的哮喘病。我对他说出了我的顾虑:"开拓市场工作量大,压力也大,不知道你身体吃不吃得消?如果感觉吃不消,就不要去。"

"邱总，不用担心，我能行。感谢你和公司对我的信任，我保证完成任务。"匡萃培还是自信满满地拍着胸脯。

"好样的！"我也拍着他的肩膀嘱咐道，"若是身体有什么不舒适，一定及时告诉我，不要硬撑。"

三个月后，赣北市场被他运营得风生水起。令人欣慰的是，他的身体也很稳定，没有出问题。匡萃培就是这样一个自信、积极，又肯干、能干的人。他出色的业绩也证明了这一切。

泰和大北农有一批像匡萃培这样的干将，在市场开拓中各显神通。作为一个企业的负责人，我深感用人之长、激励干部员工是何其重要！

共同发展

1998年，李天华一个做编织袋生意的老乡，从夏天到秋天，到泰和大北农好几次，一直想要见我，都没有碰着面。

有一天，我对李天华说："你打电话告诉他，说我想见见他。"

李天华的这位老乡，是江西亚美达董事长朱开椿。早在夏天的时候，他就到泰和大北农找李天华，想通过他推销塑料编织袋。李天华带他到公司参观，他见几个月前这个濒临破产倒闭的企业，现在起死回生、运作得有模有样，就想着要见我，刚好那天我不在。

之后，他接连又去了三次泰和大北农，都未能见着我。我要么是在市场跑业务，要么是在猪场、鸭场、鸡场打转。在我要李天华打电话的第二天，朱开椿就开着小货车赶到了泰和大北农。

"早就想见您了！"一见面，他就说，"我要看看到底是什么样的'神人'，可以带出这么一个团队。"

"有缘人总会见面的。"我说着，就直奔主题，给他看了几个编织袋，有赣南华利饲料、赣州正大饲料的包装袋，也有赣州加大、赣州柯恩的。他一看这些使用过的旧编织袋，很惊讶地说："这些都是我们公司生产的呀！"

确实，这些饲料同行的产品包装袋，就是亚美达生产的。之前，我想亚美达老板要找我，无非是推销他们的包装袋，于是便去市场做了一番调研。一些同行企业都在用他们的产品，看来他们的产品质量不错，因此受到同行欢迎。

我们谈了 10 分钟，就敲定了合作业务。首次的合作非常顺利。朱开椿说："这也是我最迅速的一次业务合作！"

生意是谈成的，帮助是相互的。聊天中，得知朱开椿在饲料行业有些人脉关系，我也给他增加了一个"附加任务"：把他熟悉的饲料行业企业负责人引荐给我。十多天后，在朱开椿的引荐下，我们前往赣州走访饲料企业的负责人。

大北农集团的不断发展壮大，也促进了亚美达公司的成长。这个几十号人的小工厂，已成长为今天 1000 多名员工的集团，从一个小编织袋加工厂，到稳居中国饲料包装袋市场占有率排名第一。中国每 100 袋饲料中，就有 8 包饲料包装来自他们公司。亚美达饲料包装的产业规模，在中国塑编行业规模排名第二。

"很感谢大北农集团！"后来，朱开椿与我聊起我们的合作与友谊，满脸感激地说，"大北农五年、十年、二十年庆典，都给了亚美达一份'战略合作伙伴'的特别殊荣！"

而我与山西代县供应商何萍相识，缘于一次她专程来泰和催收玉米款。那时周晔负责泰和大北农玉米等能量原料采购。何萍经理从山西发了几车玉米到泰和。因为没有收到货款，何经理担心遇到骗子，所以带着一个女同事，赶到泰和大北农来催款。

有段时间，山西玉米销不出去，江西泰和大北农正好需要玉米。周晔联系上了何萍，一个电话打过去，她像抓到救命稻草，二话没说就把玉米发出去了，但没有收到货款，她又担心起来。还有人对她说，她们的玉米质量出了问题，江西的猪不吃，据说是适口性不好，更喜欢吃东北的玉米。

于是，她就很着急，从山西来到江西。我确认了玉米的品质、合同等细节没有问题后，与她们在办公室见了面。我说话一向大嗓门，语速偏快，语气也有些生硬，不熟的人总会以为我不太好说话。

"邱总，要不回玉米款，我就不回山西了！"何经理说。

"何经理，你放心！月底一定会付款。"我的表态有点出乎她的意料，"我们大北农还期望能与你进行深度合作呢！"

"但有一条，一定要保证供给我们的玉米品质。我建议你要提前把握产地当年的收成情况，掌握收购的行情。我们大北农可以据此报计划，第一时间办款。"我明确表示，"我们要真诚合作，你在山西把关，我在江西把关，共同来赚市场的钱。"

她的顾虑打消后，我与她还进行了未来的业务合作细节沟通。我详细介绍了大北农的经营理念，对双方的责权利进一步明确。那两年，她说话算话，在玉米上市前，了解玉米的长势、行情，把优质的玉米优先供应给我们。而我们也履约给她打一部分预付款，按期结算尾款。

2008年冰雪灾害时，我们遇到原料供应困难，与何总联系发玉米保供应，她及时给予了我们大力支持。何萍的玉米生意越做越大。有一年统计，她把代县三分之二的玉米给发出去了。

看到家乡的玉米源源不断地发往南方，她特别欣慰，觉得她遇到了好的客户。在她看来，更重要的是大北农文化、理念深深影响了她，从此改变了她的命运。在与她微信聊天中，她说，要感谢我，感谢大北农，说我是她遇到的"贵人"。我回她："我们互为贵人！"

在万安县窑头镇，彭永照两口子年轻，精明能干，收猪、养猪、养鱼，还卖饲料，特别是饲料生意做得红红火火。

"邱总，大北农的文化好，技术服务能力强。我这个小作坊还需要公司的大力支持呀！"我去走访时，彭老板客气地递给我一根烟，我连忙摆手谢绝。

"彭老板，你放心！你的业务模式很好，人又能干、勤奋，我们一定会重点扶持的。"我说，"饲料是养殖产业配套中非常重要的一环。饲料好，猪营养好，体形好，肉质好，生病少。你自己用大北农饲料养猪效果好，卖料自然也会卖得好。养殖户们用大北农饲料，猪肉的品质可溯源，正向效应会越来越强大的。"

临走时，彭老板还提出了个小要求："邱总，能不能把《大北农文化》手册送给我一本？"

"当然可以！我们的文化核心就是要帮助我们的企业、员工和上下游的事业伙伴共同进步、共同发展。"

从那次现场走访后，公司加大了对彭老板的资金支持力度，对他的贩猪过程、猪场管理都加强了技术指导。他从开始的几百头肥猪、几百亩水库，短短几年一跃成为吉安市养殖龙头企业，旗下拥有一个年产18万吨饲料厂、母猪2000头、年出栏肥猪4万头、水面3000亩，年产值过亿，成为万安县的知名农牧企业家，带动一批人致富。彭永照被评为全国劳模，妻子刘银华当选江西省人大代表。

饲料企业是养殖产业链上的重要一环，担负着兴农强国的重任，与上下游合作企业的关系好比鱼与水，互利才能共赢。"长期友好、真诚合作、互利互惠、共同发展"，在泰和大北农的改革发展中，我们本着共同发展的理念与这些战略伙伴携手成长、共同进步，一起见证经历时代大潮发生的巨变！

868万成交

2001年秋，经过较长一段时间的酝酿，泰和大北农收购之事，终于有了突破性进展，步入了实质性的操作阶段。

泰和县政府成立了正泰公司改制领导小组。成员包括县国有资产管理局、审计局、粮食局的相关领导和专业负责人。这天有关人员进驻泰和大北农，对公司所有资产及负债情况进行全面盘点评估。

五年前，大北农托管正泰，由此有了泰和大北农，它是国企改革潮流中应运而生的一个时代产物。一开始，我们与泰和签订了三年托管协议，后来又延期两年。托管协议明确了资产是国有的，大北农只负责经营管理。

这五年，在这种托管体制下，泰和大北农不仅运转如常，而且在我们"三年三大步"的目标实现之后，又向前迈进了一大步。在收购泰和大北农之事上，我们持积极的态度。当时全国饲料行业投资经营的市场环境是"建厂不如买厂，买厂不如租厂，租厂不如托管"。

企业在不断发展，大北农资金投入又不大，收益也还算可观。可为什么我们极力推动彻底改制呢？从宏观上看，当时的大背景是，国家正在推行抓大放小战略，国有企业特别是没有竞争力的小型国企，都在加快改制步伐。全国各地新一轮的国企改革，触及根本向深层次推进，滚滚热浪一阵阵袭来。

从泰和大北农这几年的运作看，在所有权与经营权分离体制下，很多制约企业发展的问题便不可避免地显现出来，无法快速面对市场竞争。泰和大北农要完全适应市场发展，必须彻底打破国有企业旧有的惯性思维，积极面对市场竞争。这是唯一的出路。

早在2000年的时候，我们便向泰和方面提出彻底改制，买断产权，也就是全资收购泰和大北农。但一开始，一些人还是难以接受，花了那么大的功夫建起来的企业，就那么卖给别人，他们心有不甘。

虽然遭到了一些人的反对，但支持我们收购的呼声同样很高。曾经一度，国企改制改革处于小打小闹阶段，有的甚至换汤不换药。因此，要从根本上改变这种状况，当时从中央到地方都在鼓励国有企业彻底改制。企业的所有权，不管谁拥有它，不求所有，但求所用，只要财税在当地，就业在当地，能带动当地经济发展就行。

泰和大北农改制的深入推进，不仅是因为受到国企深度改革的影响，也与泰和当地对大北农的认可度有关。以前的正泰濒临倒闭，托管后的泰和大北农，短短几年时间，一跃而起，成为泰和县、吉安市乃至江西省的明星企业。实践证明，泰和大北农的技术、理念、管理是可行的。

大北农虽然没有建厂，但因为有先进的技术、理念和人才，通过5年托管的泰和大北农已经扭亏为盈。当然，由政府主导的国企改革，地方领导的思想高度与开放力度，也在很大程度上决定了国企改革能否动真格、出硬招、走向深入。

吉安市委高度重视国企改革，先后召开了两次常委扩大会议，专题研究进一步解放思想、推进国有企业改革。时任吉安市委书记王林森指名让我两次列席了市委常委扩大会议。他还在一次会上，对泰和县委书记邱卫东点名说道："正泰的改制有那么难吗？要加快改制步伐！思想要开放一点，步子要再大一点！"

有市委王书记的鼓励，再加上泰和方面本来对大北农就高度认可，特别是对我们经营理念的认同，所以收购之事非常顺利地展开。他们甚至没有公开面向社会招标，直接同意我们全资收购泰和大北农。进驻公司的有关人员花了近 20 天时间清点评估完毕。

10 月的一天晚上，泰和县粮食局会议室，一场关于收购的讨论谈判热火朝天。看来一切都顺理成章，焦点聚集在收购价格上。

我们当时的考量是，可以达成收购意向，但价格不可能你评估多少就是多少。

"泰和大北农资产审估有点儿虚高。"我报出了一个自以为公允的价格，"考虑到现实情况，800 万收购比较合理。"

"那不行，不能少于 1000 万！"泰和方面态度比较强硬。

见此情形，我们得用理由说服他们，不然谈判就会陷入僵局。

"泰和不缺一二百万块钱，但泰和缺乏泰和大北农这样的品牌。"我当着在场的人分析道，"即便我们收购了泰和大北农，经营权和所有权到了我们手里，品牌还是属于泰和的。它依然解决泰和的就业问题，促进泰和的经济发展。从这一点上说，它并没有变化。"

"对大北农而言，也是我常说的那句话，'建厂不如买厂，买厂不如租厂，租厂不如托管。'"我见他们听进了我的话，就趁势说道卖给别人与卖给大北农的区别在哪里，"对于泰和方面而言，以略高的价格卖给其他饲料集团，要承担双方磨合的风险，极有可能出现水土不服的情况。但是卖给大北农，至少原县粮食局在泰和大北农就职员工可以顺利过渡，泰和大北农的生产、经营可以无缝延续。"

我的长篇大论，泰和方面对此纷纷点头，表示很认同。又经过一番唇枪舌剑，我们进行三次议价交锋。最终，双方达成协议，大北农集团以 868 万全资收购泰和大北农股权。泰和大北农的改制，可以说是一帆风顺。这次收购之事，对内没有影响一天生产，对外没有影响一包饲料的销售。

2001 年 10 月 12 日，在泰和县召开的三级干部会议上，举行了大北农集团全资收购泰和大北农股权签字仪式。参与盛会的几百人，共同见证了这一大北农发展中的历史事件。

全资收购泰和大北农签字仪式（作者与时任泰和县粮食局局长刘万楼举杯互庆）

令我倍感荣幸、终生难忘的是，在这个会上，泰和县委书记给我颁发了"泰和县荣誉市民"的证书。我以成为"荣誉市民"为荣，我为泰和自豪，为大北农自豪！

远学邯钢，近学大北农

1997年是我经历磨难痛苦、跌宕起伏的一年，也是大北农具有里程碑意义的年份。

年初的车祸至今仍留下了后遗症。然而人生祸福相倚，否极泰来。年底，我有幸作为吉安市政协委员，光荣地出席了吉安市两会。

早在10月，有天下午，我正在组织召开一个营销的会议。忽然，工作人员走进会场，附耳悄声对我说："邱总，泰和县委统战部有人找你。"

"县里准备提名推荐你当吉安市政协委员。"县委统战部的同志说，"要进行相关考察，还要填相关的表格。"

果不其然是好事，但我仍有些茫然："可是我没有向县里提出过呀？"

县委统战部的同志笑着解释道："政协委员不是谁想当就能当的。企业家代表必须为当地经济建设作出贡献的才有资格。"

听县委统战部的同志这么一说，我心里美滋滋的。美的不仅是我自己有资格当政协委员了，而且，作为泰和大北农总经理，我知道这对泰和大北农意味着什么。它表明市里对泰和大北农成功托管的肯定和赞许，泰和大北农无疑已成为泰和乃至吉安市的企业典范。

在当年的吉安市两会上，我结识了吉安县的一位委员，他是当地的养猪大户。会议间隙，我们还作了一些交流。第三天中午一散会，我便邀请他参观了泰和大北农。最终，我们成了合作伙伴。

特别高兴的是，托管后的泰和大北农，大刀阔斧改革创新、奋力拼搏，仅仅一年半时间，取得了令人瞩目的成绩，不仅甩掉了"亏损"的帽子，而且一举成为吉安市招商引资、企业改革、企业管理的标杆。泰和大北农取得的成绩和巨大影响力，得益于当地政府大胆解放思想、改革开放，得益于我们与时俱进、改制建制、创新管理。

当时国企改革热浪奔涌，全国正在兴起"学邯钢"热潮。吉安市委、市政府响亮提出"远学邯钢，近学大北农"。江西省委宣传部通过《江西日报》、江西电视台、江西人民广播电台连续报道泰和大北农的先进事迹。一时间，泰和大北农成了吉安地区的标杆企业、窗口企业、明星企业。

那段时间，泰和大北农光彩闪耀，门庭若市。全省各地前来参观、考察、学习的络绎不绝；省地（市）县各级媒体接二连三地过来采访报道；中央、省里领导上井冈山经过泰和时总会要歇歇脚，歇脚时必到泰和大北农考察。

有一次，来了一个奥运考察团。我自豪地跟运动员们说："你们在国外争光，我们在国内争光。"

"近学大北农"，学什么？泰和大北农是一个在国企改革洪流中涌现的坚强战斗团队。我常把它比喻为一支军队、一所学校、一个大家庭。

泰和大北农是一支军队，一支能征善战的军队。早训时的升旗、宣誓，对每个员工来说是必须参加的。新员工入职培训，军训是必修课，并且要过关。以这种强烈的仪式感和严格的训练，对内营造出浓浓的军队氛围。对外好比战场一样，每一个区域市场就是一个战场，通过文化、理念和品牌宣传，试喂示范，推广活动，拿下一个个客户，抢占一片市场。

泰和大北农是一所学校，一所能培养团队、成长人才的学校。企业竞争，说到底是人才的竞争，是科技的竞争。对所有员工，无论所在部门、工作性质，也无论岗位职务高低，通过请进来、走出去等形式，组织全员培训，学习文化理念、生产技术、饲养技术、市场营销等方面的知识。营销人员每月回来，也都安排了学习培训。这里成为员工成长成才、团队实训历练的摇篮，事业从这里起步腾飞。

泰和大北农是一个幸福的大家庭，一个团结友爱、胜似亲人的大家庭。我们几个文弱书生带头住在公司、吃在公司。公司的食堂比外面的好。每个员工在公司集体宿舍都有床位。许多在外跑市场的营销人员月底回来，有的家在泰和，也不回家，就住在集体宿舍里。同事之间，工作在一起，吃住在一起，相互交流方便，气氛十分融洽和谐。正是因为泰和大北农有战斗力、有人才、有和谐的氛围，在托管改革中攻坚克难，崛起于大浪淘沙的国企改制改革之中。

泰和大北农树立了响当当的品牌，创造了模式、文化和企业效益，为国企改革改制起到了标杆示范作用，也成为大北农人才培育的"摇篮"。特别是与上下游合作伙伴一同成长发展，促进了当地养殖业的发展，产生了巨大的社会效益。

然而，我认为"学大北农"，最重要的是，泰和大北农团队用意志毅力、奋斗拼搏凝聚而成的"泰和创业精神"——坚定信念、勇往直前、艰苦创业、争创第一、锻造团队、开疆拓土。

"泰和创业精神"是大北农企业文化的重要组成部分。全集团掀起了学习"泰和创业精神"的热潮。可以说，"泰和创业精神"不只是我们创业与奋斗的精神源头，甚至可以说是大北农奋斗不息的精神源头。

2016年3月23日，在泰和大北农成立20周年之际，我和邵博士，还有曾经关心支持泰和大北农的老领导王林森、刘连根等人，从各地赶往泰和参加纪念大会。

"大北农事业泰和创业陈列馆"当日建成开馆。陈列馆展出的珍贵创业资料、影像，一个个动人心魄的艰苦创业、开疆拓土的场景历历在目。看着眼前的一幕幕，那些过往的经历，不论大事小事，在我的脑海翻涌，刷新了我的记忆，洗涤着我的灵魂。

大北农的创业者们，怀揣着报国兴农的伟大梦想，一腔热血来到井冈泰和，凭着冲天的干劲儿和忘我的精神，在英雄辈出的井冈山、俊杰闪耀的红色热土，携手擎起"泰和创业精神"的旗帜，书写了精彩的创业传奇。

"我是回家了，特别激动！"回到曾经战斗的地方，看见许多熟悉的面孔，我心潮澎湃激荡，在盛大的纪念大会上，登台讲话一开口情难自已，"泰和大北农的老战友们，大北农的将士们，大北农20年的合作伙伴们，大家上午好！"

"好，很好，非常好！"台下喝彩声连连，掌声不断。这次充满激情的讲话，回忆起那段艰苦创业、青春燃烧的岁月，我是多么的自豪和感慨啊！

弹指一挥间20年过去了，但我们艰辛创业、踔厉奋发淬炼的"泰和创业精神"，像一面鲜艳的旗帜，飘扬在大北农，飘扬在井冈山这片红色的土地。

"发扬'泰和创业精神'，为大北农实现两个千亿目标，最终为大北农创建世界级农业科技企业来加油，来推动，来出力！"我一边大声地说着"来加油，来推动，来出力"，一边像拔河拉拉队一样用力做着往前推的手势。

哗哗哗……哗哗哗……哗哗哗……

台下如潮水般的掌声，排山倒海袭来，一浪高过一浪。我们曾经的奉献付出，我们未来的远大梦想，都被这经久不息的掌声回响激荡。

第五章

开疆拓土

进军湖南

1999年春节过后，我和赵爱平等8人转战长沙。

我从离开湖南辞职下海创业，先在大北农总部，后派驻江西泰和，转眼已经5年多过去了。这五年，我们经历了太多，有创业的艰辛、奋斗、奉献，也收获了快乐、喜悦、成长，大北农从零起步，进入了快速发展期。我这次从江西回湖南，肩负着特殊的使命。

20世纪即将结束，新一个千年就要到来，好消息不断，中国加入世界贸易组织的谈判，已进入实质性阶段。面对中国在新世纪将加入WTO的大趋势，大北农抢抓千载难逢的重大历史机遇，迅速在全国开疆拓土。

1999年春节前夕，我到集团开会，邵博士与我做了一次长谈。从改革开放到将要加入WTO，从国有企业改制到泰和大北农的现状与未来，再到全资收购泰和大北农，我们聊了很多。

在分析当前饲料行业发展趋势时，我们也发现两个严峻问题：一是原来技术合作的部分企业已经不能合作了；二是养殖业发生了变化，由过去的散养户转向专业养殖户。

邵博士说："中国申请加入世贸，我们必须未雨绸缪。21世纪必然是开放的世纪，也是信息和科技的世纪，原来的技术合作、'优势互补、共创名牌'的战略要不断调整，必须在全国建立属于自己的饲料分公司，组建科技推广服务网络，走'大学生＋预混料'发展战略。"

"北方已经开始建立饲料分公司了。"邵博士转而对我说，"希望你开创南方事业的新局面。"

"目前最大的问题就是人才。"我说。

"老邱，我们想到一起来了！人才队伍是企业发展之本。"邵博士说，"当务之急就以江西泰和为大本营向外辐射。"

邵博士进一步说："我们设立的'大北农奖学金'，就是为了鼓励更多的人才投身农业。我们还打算成立大北农科技奖励基金，为大北农的持续高效发展提供坚强的科技与人才支撑。"

这次与邵博士长谈，我们都认识到，开疆拓土对大北农是一项开创性的大事。但是，开疆拓土谈何容易！开创南方事业，从哪里入手，选点是关键。

在那个临近新世纪的春节，我满脑子都在想"开疆拓土"这件大事，从江西想到湖南，又从湖南想到江西。几番思前想后，我最终有了决定：在长沙筹划成立大北农长沙分公司和华南本部。主要基于如下几方面考虑：

其一，湖南是养殖大省，是有名的"鱼米之乡"，享有"湖广熟，天下足"之美誉。长沙作为湖南的省会城市，在各方面具有显著优势。

其二，湖南地处中部，毗邻沿海，辐射西部，有很好的区位交通优势。

其三，我是湖南人，对湖南既有感情，也较为熟悉，选择长沙作为开辟南方事业据点，可以说是天时、地利、人和。

与我同来长沙的赵爱平，自加入大北农后，一直在外地奔波，先是去了广西，后又来到湖南，被派到浏阳饲料厂驻厂工作，对湖南的情况较为熟悉。我们不仅志同道合，也算得上"情投意合"。

在长沙分公司选址时，我们看中了开福寺附近的写字楼——湘智楼。我们租下了整个第八层，共300平方米左右。一个大厅，供业务、后勤人员办公；一个小会议室作培训之用；还有一间10平方米的小房子，我用作办公室。

我们又在办公楼附近与另一家公司合租了一间大仓库，从中间隔开，一分为二。仓库面积大约1000平方米，我们安装了一台7万元的设备，用来生产预混料。

开疆拓土的战场摆开了，又是一次更大领域、更具艰辛的创业。

我们租住的是一套80平方米的三居室。两间稍大的房间，放了五张上下铺床，8位营销员和两位后勤人员住。

我与司机钟毅挤在一个小房间，房间只摆得下两张1.2米宽的小床。床头靠墙，床尾紧挨着，床边只有50厘米能容一个人通过。

那时的条件异常艰苦，我们处处都省着花钱。我同赵爱平去家具城和商户讨价还价，购买了4张办公桌、1套沙发。因为定制相对便宜，宿舍几张床铺我就让赵爱平找人定制。

家具运到湘智楼，因电梯小，长沙发进不了，请人搬运需要花钱，这让赵爱平发了愁。"这有什么愁的，自己干！"我说着，就和大家把沙发、办公桌搬上8楼。大家爬楼搬运，累得气喘吁吁，但想到我们一起开创的事业，一股劲儿又上来了。

有一次，从原料供应商调来10吨磷酸氢钙，装卸费要每吨5元。我们感到价格太贵。泰和大北农的装卸费每吨才1.5元。于是，我们自己出力把货卸下来。

创业维艰，奋斗以成。开疆拓土是新一轮的创业，更能磨砺人的意志与毅力。正是我们身先士卒，发扬创业精神，打响了大北农在南方开疆拓土的炮声。

长沙分公司于1999年4月正式成立了。然而，当时的预混料市场正处于低谷时期。面对低迷的市场，我们没有气馁，而是坚定信心，朝着目标开拓。

那段时间，我在泰和、长沙两边跑，走访经销商、养猪户。有一天下午四点，我从泰和来长沙，一到长沙，马上去长沙县福临镇走访。一个小时后，到了福林镇。此时，天正下着大雨，简易的公路上，前面一辆装满预混料的农用车，陷进道路打滑。

"走，下去看看！"我与同来的区域经理、营销员一起下了车。

上前一见，正是我们要去走访的经销户送货的车。大家一起用力把深陷泥泞的农用车推了出来。来到这户经销户家，他见我们冒着大雨、满身泥水，十分感动，连忙倒上热乎乎的茶水。

我们进一步了解预混料的销售养殖情况。我对他说："请你放心，用大北农的料，我们有品质保证，有技术服务，还给予优惠支持！"这个经销户，后来越做越好，成了大北农的大客户。

从无到有的长沙分公司，在困境中崛起，以奔跑的姿态快速成长。不久后，华南事业部在长沙成立。

开疆拓土回到湖南，开始我是泰和与长沙两边兼顾，后来我不再兼泰和大北农总经理，便以长沙为工作中心。

短短几年，大北农在全国快速拓展市场，形成京津冀、华南、华北三大业务部，华南事业部发展迅猛，势头正劲。2000年下半年，长沙大北农开始筹建。我们着眼于轻资产运营，当时在长沙宁乡玉潭镇，租赁了宁乡县畜牧局一个已停产的饲料厂。

从泰和大北农抽调两个团队，黄祖尧任长沙大北农总经理。由彭跃牵头的基建设备团队，负责长沙大北农的前期改造；以黄祖尧为首的骨干团队，负责经营、营销，其他后勤人员则在当地招聘。

一切都按照我们原定的部署，以泰和为基地进行开疆拓土，泰和大北农的人才基地、"黄埔军校"作用开始凸显。

2000年12月长沙大北农开业。到2001年年底，长沙大北农的队伍、销量、效益都步入了正轨。

然而，翻过一个年头，长沙大北农的二号人物却带着几个骨干跳槽了。这位二号人物，就是营销部经理苟元文。他对市场敏感，有冲劲儿，敢闯敢干。苟元文在来长沙大北农之前，到过泰和大北农、衡阳环球，与衡阳环球阳存元董事长有交往。阳存元董事长私下答应他去衡阳环球当总经理。

2002年春节上班后，阳存元开车到宁乡，将苟元文和其他几位大北农营销骨干，一车拉去了衡阳。这次"跳槽事件"事发突然，对成立才一年的长沙大北农是一个沉重打击，面临严峻的危机。如果此事处理不好，不仅会引起连锁反应，而且会波及影响开疆拓土的大事。

听到黄祖尧电话汇报此事，当时我在长沙商业银行大楼写字楼办公。第二天上午，我就赶到长沙大北农。

此时，黄祖尧正在召集长沙大北农的营销员开会。一走进双开门的会议室，还没来得及落座，我就马上说道："该走的都走了，留下的都是精英。"

这话一出，把会议室的凝重氛围打破了，他们原来的担心、害怕思想，也正在发生改变。这次"跳槽事件"，一下子走了那么多营销骨干，对长沙大北农来说，无异于一次"小地震"。人们最担心的是，他们走了，营销怎么办？

我去营销会现场，就是要给他们表明一个坚定的态度："天不会塌下来！"

"一个企业走了几个人，也属于正常，没有什么了不得！"我对在场的全体营销员说，"我们在座的都是明白人。大北农总部在北京，是一个高科技企业，是创业发展的大平台。他们没有想明白，他们去的企业能与大北农比吗？"

我的这番话，让全场躁动的心安静下来，给了黄祖尧及创业团队极大的安慰和信心，起到了安抚人心、稳定大局的作用。

面对发生的这场危机，身为长沙大北农总经理的黄祖尧，没有被吓倒，非常镇定，临阵不慌乱，动员干部与员工看清情势与未来。他立即星夜兼程赴市场与主要客户面对面沟通。当晚，他驱车翻越雪峰山，凌晨三点左右才到达芷江入住酒店，第二天上午就赶去拜访客户。

危机发生之后，长沙分公司加强了处置措施。黄祖尧不仅带头跑市场，而且作为一把手直接负责抓营销这一块。他们转危为机，扁平化管理、文化宣贯、加强考核机制、加大市场促销等一系列应对策略随之出台。

最令我担心的"跳槽事件"危机，就这样平稳顺利渡过了。

"我们要加入大北农"

大北农入驻湖南不久,我们在长沙干了一件颇具影响之事。

大北农自 1995 年开始,就在北京农大、东北农大等五所北方农业高校,设立了"大北农励志奖学金"。

"我想把'大北农励志奖学金'搬到湖南农大去。"我一说,马上得到邵博士的肯定和支持。

位于长沙东郊的湖南农业大学,是一所有着悠久历史的农业高等学府,毛主席曾亲笔题写校名。这里风景优美,近些年成了人们秋季赏枫的网红打卡地。

走进湖南农大,我们先是介绍了大北农的情况,接着讲明了想在学校设立奖学金的来意。

"大北农,早有耳闻,很有情怀的企业呀。"校方领导一听赞叹道,又有点激动地说,"来我们学校设立奖学金。这是好事呀,求之不得!"

1999 年开始,我们在湖南农大设立了"大北农励志奖学金"。这年 6 月,正值大学毕业季前夕,"大北农励志奖学金"颁奖仪式,首次在湖南农大学术报告厅举行。在首次颁奖仪式上,我激情满怀地作了一个报告。我讲到了大北农的文化、发展速度、未来目标,更讲到了农大学子应有的理想与追求。

"中国自古是农业大国,中国人口多,发展农业是最基本的发展途径。中国农业的最终发展目标,便是由农业大国发展为农业强国。"

"从农业大国走向农业强国,靠什么呢?靠科学技术,靠在座的各位农大学子们。学农的同学,一定要爱农、专农,要有一颗报国兴农的心。农业发展大有可为,农村是大家施展才华和抱负的广阔舞台。你们的梦想有多大,你们的事业就有多大。"

"大北农是一家农业高科技企业,是当下科教兴农的排头兵,我们张开双臂,欢迎你们的加入。"

我的报告打动了在场的学生和老师,一些同学被我的气场所感染、真情所打动,认为大北农是一家与众不同的公司,从而改变了他们的择企观和原来的职业规划。

"我们要加入大北农!"华南事业部人力资源部专门设立了招聘会,许多同学当场跑过去报名登记。我为他们选择大北农而高兴。大北农本身就是从农业高等学府走出来的。农业高校学子投身农业,不仅是大北农的未来与希望,更是中国农业的未来与希望。

暨茂辉在这次招聘中报了名,他也是湖南农大第一届"大北农励志奖学金"获得者。在颁奖仪式上,与其他坐在台下规规矩矩的学生不同的是,他拿着个相机,走来走去拍摄。

"邱总,您的报告太精彩了!我想加入大北农!"活动结束后,他主动找到我。他告诉我,他是浏阳人。原来打算去正虹应聘,但听了我的报告,他决定来大北农。

"为什么选择大北农?"我有些好奇。

"虽然之前在湖南没怎么听说过大北农,但今天听了您的报告,感觉大北农是一个有理想、有追求、有目标、有文化的大企业,必定有发展前途。"暨茂辉侃侃而谈,"大北农刚到湖南发展,就在省内第一农业院校设立奖学金,足以体现一个企业的格局和抓关键事务的眼光。虽然我没有社会经验,但我相信第一感觉。"

我听后觉得,眼前这个风华正茂、热情活跃的学生,正是大北农需要的人才:"欢迎来面试,期待你加入大北农。"

通过考试考核,暨茂辉被大北农录取。他先在长沙分公司,后调任泰和大北农副总经理。后来,又派他去开辟贵州市场,再后来去了云南。刚30岁的暨茂辉就当上了湖南大北农猪料部总经理。

那次的招聘范围在长江以南区域,是大北农华南本部招聘规模最大、培训时间最长的一次,也是最成功的一次。招聘来的员工先是在长沙本部进行课堂培训,再到泰和大北农基地车间、市场进行实操培训,前后花了一个多月的时间。

来自全国各地的141名大学生,参加了大北农组织的入职培训,其中一半以上是全国10所大学的应届毕业生。最后经过考试考核只有不到70人留下来。其中就包括周加学、谭家德、黄垒荣、彭红润等人。

1999年大北农华南本部第五期新员工入职培训结业典礼

他们像跳跃的火光,燃烧着青春的激情,汇入到大北农创业的大熔炉。这批加盟大北农的人,如今大多成了大北农的大帅、大将或专家、经营资深人士;一些中途离开大北农的,也是农牧行业中的佼佼者。

自 1999 年在湖南农大设立"大北农励志奖学金"起,这里已成为大北农人才的摇篮之一。迄今,有 2000 余名湖南农大学子受到激励,有 100 多位青年才俊成为大北农集团发展的生力军。

破例配股

进入新世纪，一大批青年才俊加盟大北农，一时间人才荟萃。

集团给一名员工"破例配股"，成为大家热议的焦点。那是 2000 年，集团为提升员工的积极性，也为留住人才，给骨干员工赠送股份。破例配股的这名员工，原本到大北农还不到一年，不具备资格。因为按照规定，要在大北农工作满三年才能赠送。

打破规矩给一个人配股，在大北农过去没有先例。当时，我觉得他是一个不可多得的人才，要给予特别激励。于是，我向集团争取，破例给他赠送了 3 万块钱的股份。

这位破例受到赠股的员工，就是谈松林。谈松林是江西瑞昌人，1972 年出生，南昌大学毕业，1999 年加入大北农。

他来大北农，纯粹是一次偶然的机会。谈松林大学毕业后，在广东的一家外资企业工作。他有一个同学柯福林，在大北农长沙分公司工作。1999 年夏天，他从广东到长沙这里玩。那次，恰好邵博士来大北农长沙分公司考察。邵博士给员工开座谈会时，他一起参与了旁听。

"我们卖预混料不是为了赚钱，目的是通过卖预混料建立一个全国的农业技术服务推广网络，锻造一支大北农未来发展的中坚力量。"

"大家不要只想着是到大北农找份工作，而应该想着是为中国的农业发展作贡献。我们只有把握时代脉搏，与时代同频共振，才能把事业做得更大。"

邵博士的一席话，在谈松林心里升腾起波澜。谈松林是个理想主义者，对未来充满憧憬与期待，他心怀报国之志，也想干一番事业。

虽然当时大北农业务员的每月基本工资只有 800 块，远不及他在外资企业的 3000 多块，但他觉得这里更能实现他的抱负。谈松林义无反顾地来到了大北农，从长沙分公司业务员干起。

从 1999 年开始，我的职业生涯迎来了新的挑战，我开始以泰和为基地，谋划和实施大华南的布局。大北农华南事业部成立后，业务逐渐覆盖华南九省：湖南、江西、福建、浙江、广东、广西、云南、贵州、四川。那时开疆拓土正是用人之际，我主政南方事业部，特别留意人才。

有天晚上 10 来点钟，我到营销员住的房间，与谈松林两个在一起聊了一会儿。谈松林不是农业专业毕业的，也不是最先来大北农的。我问了一些他以前的工作情况，以及最近一段的市场开拓。他回答得挺有思路，我当时还是比较满意的。

后来在观察中，我发现他不仅心态好，有定力，而且思路清晰，思维活跃，对任何事情都有自己独到的见地。尤其是销售业绩不错，短短几月，他就实现了从业务员到片区经理的提升。这在当时的营销队伍中，是出类拔萃的。

大北农事业发展，最需要这样的人才啊。刚好有个配股的机会，我想这样的人才就应当激励，也就有了"破例配股"的事情。这种"破例配股"，在大北农尚属首次。

谈松林不负众望，在长沙两年后，调任江西预混料分公司经理。当时他的办公室，还是我出面协调的，在泰和大北农找了临路两间简易门面房。

"谈老师，办公的地方是简陋了一些。"在与谈松林的交谈中，我鼓励他说，"但我们要有大的目标，力争两年内进入江西前列。"

在泰和干了 3 年，使大北农预混料销售在江西做到了前三。谈松林又被调动，奔赴广西开拓，这一干又是 3 年。

"考虑到工作需要，想调你回江西。你来湖南，我们面谈一次。" 2006 年 12 月 25 日，我打电话给谈松林。

第二天，他赶到湖南大北农，我与他进行了面谈。当时集团考虑泰和大北农和江西的运作状况，决定对总经理进行调整。

泰和大北农具有重要战略地位。它作为大北农在华南的战略棋子，既是大北农的标杆，又是大华南的核心基地。在泰和大北农总经理人选上，我们认为一定要着眼大华南来考虑，即高度认同大北农文化、有争创第一的信念和目标，尤其是善于运用和整合资源、能充分激活现有团队、在大北农创业历程中打过胜仗的人，才能够真正胜任总经理一职。

谈松林无疑是最合适的人选。我们决定调谈松林任泰和大北农总经理。从当时大华南的布局来看，泰和大北农、江西比广西更重要，更具战略意义。但又让我犹豫的是，他到广西三年多，各方面工作正稳步推进，此时调动他是否合适？再则他自己又是否愿意变动？

通过面谈，他也没有过多的疑虑，笃定地回复我："我服从安排！"

我与谈松林有过几次交流，觉得他这个人很容易沟通。同他几次的调动谈话，沟通都很简单。他给我的印象是，心态好，不在乎、不计较个人得失，对人与事看得很清楚。

12月28日，我从长沙开车送谈松林赴泰和上任，重新布局江西。

当时有一个说法："泰和大北农不好搞，谁搞都不可能超越！"确实，泰和是大北农的一面旗帜，在历史上创造了辉煌，要想实现新的跨越，真的不是一件容易的事。而且，还有个说法，泰和大北农只认我一个人。

谈松林再次去泰和，他以更高的工作敬业度，去赢得干部职工的认同。他也认为，泰和的员工对大北农有归属感和奉献精神，都认可大北农，有"争做第一"的好作风。

"邱老师给我们打下了好的基础，我们要做得更好！"他新来乍到，不是去否定以前，而是站在前面的基础之上，充分调动发挥大家的积极性，奋力开创崭新局面。这是谈松林智慧聪明之处。

他不喊空话，在企业创新发展上有思路、有图表、有数据，是典型的务实派。他大刀阔斧地对原来的经营思路进行了调整。以前预混料与配合料合在一起做，现在一分为二；砍掉了一年有五六十万销量的鱼料部；原料这块也改变了，鱼粉全部是进口鱼粉，玉米都是用的东北玉米；并且统一公司产品的市场价格。

这一系列的调整变化，一时令人反应不过来。在这个调整过程中，确实有一个阵痛，2008年一季度出现了亏损。在泰和大北农历史上，这是从来未有过的现象。有些人就放出话来："调谈松林去泰和，是邱老师看走眼了！"泰和出现了亏损，又听到这些言论，我心里犯嘀咕，难道我真的用错人了？但我最终仍然不被这些言论所左右，我对相关老师坚定地说："再看看，我对谈松林有信心！"

泰和大北农经历了2008年的艰难一年，从2009年起就开始回升，扭转了困境，看到了曙光。从此，一路凯歌向前。历经十年奋斗，高安大北农、南昌大北农相继建成投产，江西事业部的业绩步入集团先进行列，并刷新了历史纪录，利润做到了集团第一，迈入"亿元俱乐部"。

因为谈松林在江西的战绩表现，集团又对他委以重任。他成了大区域总裁，兼管湖北，又让大北农在湖北的事业发生"翻天覆地"的变化。后来，谈老师还曾兼管过浙江、福建。

2017年，谈松林创建大北农中南养猪平台，任董事长。在他的带领下，这个平台被打造成架构精干、沟通快捷、养猪水平高、单位成本低、对市场节奏把握较好的高效组织。

再后来，谈松林任集团监事会主席、集团财务总监，现在他是集团的CEO。谈老师常说，我们比较投缘。这一点我亦有同感。只要我认定的事情，总是不折不挠地去坚持，直到最终达到目标。而他对待事情也很专注用心，在他的身上体现了"争创第一，永不言败"的大北农精神。

谈松林对我的理念和做法也比较认同，他曾这样做过诠释：

对事情：把好事办得更好，把坏事变成好事。在任何时候，都以一种积极乐观的态度去面对外部环境与事物。即使在感到很失望的时候，也要从好的方面去思考去努力，因为任何事情都是辩证的，有坏的一面，也有好的一面。

对员工：高标准、严要求是对大家最大的关爱。因为只有在高标准、严要求下，员工才能成长，企业才能发展。

对自己：身临其境，心在其中，全身心投入，终会卓有成效。这种全身心投入、忘我工作的精神，就是典型的企业家精神。

一支小分队

2004年2月28日，大北农广东分公司成立了。在深圳召开的成立大会上，受我委托，何长跃到会宣布周业军任广东分公司经理。

广东分公司经理最后选定周业军担任，历经长达4年的时间，经过几任经理的竞赛，是赛马而非相马。

在布局大华南时，我们就认定广东是未来的重要区域，必须在此坐庄。广东饲料市场容量大、养猪规模化程度高，且饲料企业强手如林。鉴于大北农当时的品牌影响、资金及队伍，无法安排"正规军"大规模开发。

我们的战略是，先派一支预混料小分队进入广东，在局部地区重点突破，做深做透做到最好，在当地插上一面红旗。

早在1999年7月31日，首支大北农广东市场预混料开拓小分队被派赴广东。当时在泰和大北农小会议室，召开了广东小分队成员会议，我在会上描绘了广东创业的远景蓝图。我用手指了指墙上的广东省地图，在东莞的位置上画了一个圈："东莞是广东最大的养猪市场。我们在这里安营扎寨！"

当晚11点30分，张敬文带领彭慧平等8人，踏上了南下广东东莞的K87列车，开启了广东创业的征途。9月底，孟宪东被我从大北农北方团队选调过来，接替张敬文担任广东办事处主任。但前期切入效果，远未达到我们的预期。

广东市场成功开发对大北农大华南地区的发展意义重大。广东未来的发展需要一个强大的团队，而重要的是，要有一个有闯劲的将领。广东这个战略市场，必须加快拿下。我们决定临阵换将。于是，周业军进入了视野。

三十出头的周业军，是江苏泗阳人，曾任职于一家知名外企，离职后加入大北农，任华东公司技术合作驻厂经理。后又调任泰和大北农、浏阳饲料厂、长沙分公司，经历很丰富，有实战经验，工作表现和业绩突出，尤其带团队是他的强项。2000年8月16日，华南本部任命周业军为广州办事处经理。他奉命接手"烫手山芋"广东市场。

人生地不熟，语言不通，生活习俗差异大。面对重重艰难险阻，他认定了四个字：自信、勤奋！他们一边卖着产品，一边推销自己、推销大北农，凭着与客户共赢的理念多次使公司转危为安。中途因市场调整，周业军再次回湖南，先后担任华南本部人力资源部经理和郴州大北农总经理。2004年，我们考虑到广东区域在集团发展中的分量，又调周业军去广东，出任广东事业部总经理，重新规划广东的发展蓝图。

开拓广东市场，我们把它作为华南事业布局的重中之重，多次下广东督战。在最初阶段，我曾经"两下三江"，现场破解难题。

最早的是2002年5月，我到广东察看情况时，区域经理对我说："大北农的S412小猪预混料，养殖户普遍反映水土不服、效果不好。"饲料不服水土，是咋回事？我一听也很疑惑，马上说："要下市场，拜访客户，了解具体情况。"彭慧平陪我去三江镇，拜访大北农客户姚景驹。

三江是广州市养肥猪最多的镇之一，存栏育肥猪大约有150万头，养猪户大约有2000户，以湖南、江西、四川、湖北的外来户为主。一直以来，这里是饲料厂的兵家必争之地，竞争异常激烈。拿下了三江，就等于拿下了广东。

一到姚景驹的饲料店，没等他把茶泡好，我就急着询问大北农S412小猪预混料的使用情况。姚老板开始有点拘谨，不敢直接说S412小猪预混料的质量不好。

"我就是来听你们的真话的！"我说，"有什么问题就直接说。有问题不可怕，可怕的是不汇报问题。"

姚老板这才噼里啪啦说了好几个问题。我坐不住了，立即提出要到养殖户、猪场实地去看一看。姚老板带我们去了江西东乡的刘老板的养猪场。这个猪场存栏1000多头育肥猪，用了两年大北农的预混料，是大北农的忠实客户。听了刘老板反映S412小猪预混料的使用情况后，我又让刘老板带我们去看看猪，现场详细询问了一些用料细节。

我们接着又去了湖北潜江的王老板的养猪场。晚上七点了才回去，吃晚饭的时候，我当着姚老板的面，说了出现S412小猪预混料水土不服的原因：主要是工厂离市场太远，技术人员没有贴近市场。我们给他们保证，下一批次的料，一定把这个问题解决。

三天之后，从江西泰和大北农发过来的S412小猪预混料就调整了配方，解决了水土不服的问题，后来使用效果非常好，客户也很满意。过了3个月，又有三江经销商向我们反映，大北农S414大猪预混料，质量没有广东同类厂家的好，主要问题是养的猪屁股不大，肉色不好。

这就有点怪了！用我们的饲料喂养，猪的"屁股不大，肉色不好"，这是为什么？我立即与彭慧平联系，再下广东三江。经过一天的饲料店实地走访，到了几个猪场亲自看猪，特别是到了主要竞争对手的猪场之后，我们发现了问题所在。

"大北农的预混料，不会添加违禁药物，比如瘦肉精之类。"我对几个客户作了解释，并胸有成竹地说，"大北农的预混料喂出来的猪，猪肉质量是最安全的。"

当着客户的面，我也作出承诺，进一步提高品质。一个月后，大北农如期推出了S414强化大猪预混料，客户使用以后，都反映喂出来的猪体型很好，肉色很好。S414强化大猪预混料，后来成了大北农的拳头产品，占领三江市场销量的"半壁江山"。

2002年8月27日，我专程去了广东惠州分公司。当时惠州分公司成立才三个月，公司员工只有十几个人，临时租赁了一个办公的地方。在这个简陋的地方，我分析了广东市场形势，勉励他们只要始终全身心投入，就一定能实现争创第一的目标。

大家向我提了一个请求："能不能在广东投资建一个工厂？"

"三年后，我保证在广东投资建厂！"我顿了顿，突然提高嗓门坚定地说。

我们广东的发展战略是"先市场，后工厂"。当时我给大家解释道："大北农现在还很小。我们要先专注市场，把市场做好了，建工厂是水到渠成的事情。我们总有一天会有自己的工厂的。"

当时我说的"三年建厂"，有的人也是持怀疑观望态度的。三年后的2005年6月，我们筹建了广州大北农预混料生产基地，实现了我在惠州分公司的承诺。这不仅仅是大北农在广东拥有的第一个工厂，也是"大北农广东区的黄埔军校"，为后来广东的跨越发展奠定了坚实基础，也为集团输送了相当一批优秀的管理人才。

几年之后，广东的大北农生产基地，达到了7个之多，成为集团产能过万吨、利润过亿的省区。

"大北农，天下红，未来三年看广东！"周业军曾这样夸下海口。

周业军做到了，广东做到了！一支小分队打进广东，由原来的8个人，变成后来的高峰期1500多人。销量节节攀升，广东大北农预混料已经跻身广东同行的前列。该公司在广东连续三年利润过亿，位居集团第一，发展形势一片大好，向着实现"进军华南猪料王、誓做集团前三强"的目标稳步迈进。

广东的战绩，令我们欣喜！2014年在广东区召开的第一次干部工作会议，我代表邵博士个人奖励每位参会代表6000元。我们寄望广东，再创佳绩，再立奇功！随后，集团决定将更重要的担子交给周业军，让他接手负责大华南。2015年1月20日，大北农华南集团成立。

2016年至2018年，在湖南、广西、肇庆、云南、海南、贵州相继注册成立公司，整个大华南呈现多点突破、全面发力、蹄疾步稳、纵深推进的全新局面。

白袍小将闯八闽

在大北农华南本部召开的2000年度会议上，一个只有23岁的小伙子，代表福建片区与华南本部签订了下一个年度2001年的目标责任状。这个小伙子，就是吴有林。当时也有人提醒我们说："他那么年轻，就让他担此大任，他能不能胜任？"

"用吴有林不是拍脑袋的决策，而是经过一段的观察与考察的。"我坦陈了我们的理由，"再说大北农要发展，必须乐于、善于、敢于大胆起用年轻人，给年轻人做事的机会。"

在这次会议之前，我同周业军沟通过："考虑吴有林的业绩及工作表现，打算让他负责福建的工作。我相信给他独立的空间与舞台，更有利于工作的开展。"周业军原来带着吴有林，周业军也支持我的意见。

早在1998年3月，吴有林来到泰和大北农实习，就给我留下了很好的印象。在那批实习生中，吴有林是江西省畜牧水产学校即将毕业的中专生，在学校是团总支书记，阳光活泼。我们安排泰和大北农销售区域经理刘昌富，带着吴有林跑泰和的中心区。

有一天，我在厂区碰上刘昌富和吴有林，他们骑着自行车，刚从市场回来。我特意叫住刘昌富："吴有林这个小伙子怎么样？"

"上进心强，很能干，和客户沟通过程中会主动做记录。"刘昌富看来也挺喜欢他，但转而又说，"就是他有他自己的主见。"

我对刘昌富说："年轻人有自己的主见是好事，怕就怕没有主见。"

他们实习结束时，我们开了一个座谈会。在会上，我讲到大北农的创业与发展理念，讲到了中国农业的未来发展，还讲到了泰和大北农的创业历程。吴有林听得很认真，也显得非常激动，当场就申请加入大北农。对这次实习新进的员工，公司安排他们在泰和跑市场。

早上，我和他们一起在食堂排队打饭、吃饭；晚上，他们从市场回来，我们一起吃过晚饭，也会一起散步聊天，问问他们最近的工作情况。

我发现，吴有林虽是一个20岁出头的小伙子，但爱动脑筋，善于思考问题。半年后，我们安排周业军、吴有林、彭红润、王东升四人派驻浏阳，在百宜饲料厂搞技术合作，当驻厂代表。当时条件艰苦，工资低，彭红润、王东升到浏阳后没多久就辞职了。

2000年春节过后，吴有林找到我，当面提出了想离开大北农的想法。我没有立即答复他。年轻人的成长中，总会经历挑战与挫折。我坚信他不是因为吃不了苦而打退堂鼓的。

第二天，我请他和几个年轻人在路边店吃了早饭后，和吴有林进行了真诚沟通。我恳切地说："希望你能留下来继续创业。"在我的劝说下，吴有林选择留在大北农。

2000年4月，周业军带着吴有林和另一位同事奔赴福建开拓预混料市场。后来鉴于广东市场的进展不达预期，我对周业军的工作做了调整，以广东为主，协管福建。福建主要是吴有林在运作。吴有林全权负责福建片区之后，我还是有些不放心，毕竟他太年轻。

2001年秋天，我去了一趟福建。当时的情景令我感动。福建办事处办公室就在一栋三层楼的简易民房。一楼是仓库；二楼一半用来办公，一半是女生宿舍；三楼是男生宿舍。一台办公电脑都没有，环境简陋得甚至可以用"家徒四壁"来形容。

中午，我们到附近的一家大排档聚餐。吴有林觉得条件简单，有些寒酸，连忙对我说："不好意思，对不住！"

"你们能在如此艰苦的环境中创业，我不仅感到欣慰，也让我看到了大北农的希望。"我赞赏他们的创业精神。

在认真听了他对福建市场情况汇报后，我对他说："我们处在创业爬坡期，要大胆'铺队伍、铺产品、铺市场'。"

自此福建加大了招人的力度，预混料产品快速推向市场，销量稳步提升。然而，在2002年集团半年度会议上，邵博士看到福建的应收账款数据后，公开对福建创业团队表达了质疑。当时，集团对预混料销售单位的要求是"零欠款"。

存在应收账款的问题，这事我是知道的。吴有林老师提前向我汇报过，并取得了我的支持。这是针对当地市场的特殊性所采取的策略。当时福建市场的特点是，厂家如果不给经销伙伴一点货款账期支持的话，很难取得经销伙伴的认可与支持。只能先行适应市场的特点，才行得通。

实践证明，采取"贷款账期支持"，这种灵活的营销手段是对的。结果其销量和利润都在稳定增长。干出了成绩，却未得表扬，反倒在大会上挨了批评，吴有林心里既紧张又委屈。我一边安慰吴有林，一边向邵博士力陈了福建市场的特点。邵博士加深了对吴有林的了解，也认可了他在福建市场的做法和业绩。

2003年非典期间，在广州白云机场，我把吴有林引荐给邵博士，并告诉他："福建今年可以赚四五百万！"

"是吗？！"邵博士一听很是惊讶。当时整个集团的年利润还只有两三千万。到2003年年底，福建创造了净利润450万元的佳绩，我们安排给吴有林换了辆新的别克车。也在这一年的国庆节，在北京开会时，增加了一些自然人作为注册股东，吴有林、谈松林、扶鹏飞等人在列。

2009年年底，根据集团总部安排，吴有林兼任湖南事业部总经理。他在湖南工作的一年多时间里，我和他的接触更多。湖南大北农的销量保持稳定增长，也取得了不错的绩效。

我始终觉得吴有林是一个有才能、有远大目标的人，所以尽可能地把他们的"成绩单"呈报到总部，让更多集团高层领导看到他的成长。

吴有林为实现他理想的目标，2011年初，在大北农工作12年后，他选择走上职业生涯的第二站——自己创业。那年6月，他和他的团队一起成立了傲农。傲农发展速度几乎创行业之最，仅用7年就成功上市。

2017年8月，傲农上市过会那天，他兴奋地告诉了邵博士和我。听到这个消息，我们都为他感到高兴。第二天，邵博士在北京请吴有林等人吃饭，祝贺傲农顺利成功过会。

在开疆拓土中，大北农有一大批年轻的干将冲锋陷阵，吴有林就是其中的一个。时光悄悄流逝，当年这些为大北农创业打头阵的小将们，他们的身影在我的眼前却愈加清晰。

韶山情结

2003年3月1日，那是个值得纪念的日子。这天，韶山大北农正式成立。在一代伟人毛主席的故乡韶山，大北农把创业的种子撒了进去。这是一件多么令全体大北农人激动和自豪的事情。

从洽谈到成功合作，速度相当快，在大北农的创业史上也是少见的。有的人说："这是毛主席在保佑我们大北农！"

2002年冬天，我们得到一个信息，韶山动物药厂有意出售。听到这个消息后，我们非常兴奋。大北农以饲料产业创业起家，通过近十年的发展，延伸和配套产业链，进军动保正当其时。有这么个机会，我立马同邵博士商量。我们都认为收购韶山动物药厂，是一举两得的事情。如果能收购韶山动物药厂，既可顺利进军动保产业，又可为主席家乡经济发展贡献大北农的力量。邵博士安排我主管此事。我以极大的热情，投入这件事中，积极与韶山市政府接洽，希望能促成合作。

当时正值全国开始推行GMP（即GOOD MANUFACTURING PRACTICE的缩写，中文含义即"良好生产规范企业"）认证的重要时期。药品GMP认证是国家依法对药品生产企业（车间）和药品品种实施GMP监督检查并取得认可的一种制度。

韶山动物药厂是一家市属集体企业。大部分员工持股，股权分散，董事长决策权受到限制，企业处于半停产状态。企业无力再投入资金，又没有相应的人才储备来适应认证要求，韶山市政府无奈只得将企业整体出售。

说实在的，如果简单地类比，韶山同长沙周边比，非占区位交通优势。我们也去厂里看了一下，现有的厂房、设备陈旧，最多只能作为过渡使用，后期要进行升级，还需一大笔资金投入。当然，选择收购这家药厂，有一个最大的买点就是，我们要进军动保产业，当时缺少生产批号。而这个厂有生产批号，多达十几个。我心中窃喜，倘若能成功收购，这为我们快速切入动保产业，节约了多少时间成本啊！

2003年2月18日下午，韶山市政府会议室。我代表大北农与韶山市分管工业的李梦林副市长商谈收购事宜。我详细汇报了大北农进军动保的意愿与决心、未来我们动保的发展目标、做法、企业理念以及大北农文化等。

"我们这代人对毛主席非常敬仰，有深厚的韶山情结。大北农正在进军动保产业，因此收购韶山动物药厂，我们是百分之百的诚意。"我们是真心收购，态度显得十分诚恳。

我接着讲了大北农发展近十年的优势积累和现实能力。我说："收购之后，我们有信心、有条件、有能力对企业重点投入，以最快的速度，高起点、高标准重新起步，把企业做强做大。"

"我们将把韶山作为动保产品生产基地，大北农在全国的销售网络和服务人员，都来销售韶山动保产品。"我们同时也承诺，将尽可能聘用原来的职工，为政府解决难题。

对方一是看到我们诚意十足，二是也想尽快将这家快要关张的药厂卖出去，我们很快达成共识并当场签约。最终大北农以220万收购韶山动物药厂。韶山市政府负责安置人员，一次性买断，给原来的股东按持股数发放补贴。同时明确了大北农享受所得税的优惠政策。

签约非常顺利，可是韶山大北农前期运作，情况很复杂，不尽如人意。大北农选聘了原来团队的一半人员共40人，期望能快速投入生产运营。但是，对大北农的文化、理念与运作方法，员工有理解认同的，有观望的，也有不配合的。针对人事及技术困难等各项问题，我们多次召开管理层会议，与员工进行面对面沟通，并加强企业文化宣传。

我们任用原来的销售经理王彬负责生产。一个多月后，他就离职去了另一家药厂。我们重新从生产团队提拔了谭霞负责，也遇到了诸多问题。直到换上邱海山来负责生产，才逐渐稳定。

那段时间，我长沙韶山两地跑，每月都要去韶山大北农。到了2003年年底，韶山大北农当年创利460万元，上缴国家税收83万元，向集团、当地政府交上了一份漂亮的成绩单。2005年7月1日，韶山大北农以高分首次通过了农业农村部负责的兽药GMP验收，当年更是上缴税收500万元，成为韶山市政府的纳税大户。

韶山市政府为了表彰我们所作的贡献，2007年我获得了市政府纳税贡献奖3万元，我全部捐赠给了公司。韶山大北农的稳定发展，带动当地税收、就业的效果明显，同时作为当地典型的实体企业，带动了韶山开发区的建设。

一个个殊荣接踵而来。韶山大北农获"国家高新技术企业"认证，其新型高效安全消毒剂的研发与应用项目获得了湖南省科学进步三等奖，一跃成为韶山市明星企业、信用企业、纳税十强企业和湘潭市农业产业化龙头企业。

作为大北农动保针剂、消毒剂的生产基地，也是南方唯一的生产基地，韶山大北农迅速崛起，在大北农进军动保的征程中屡建功勋。在抗击新冠疫情、杀灭非洲猪瘟病毒中，韶山大北农的明星产品消毒剂"金卫康"立下了奇功。这个作为中国最早研发，并荣获中国专利优秀奖、省部级科技进步奖的产品，在医院、猪场等环境消毒方面广受好评。

我一直关心关注韶山大北农的发展。直到2017年，在我的一再坚持下，我请辞韶山大北农法人代表一职。

2023年3月8日，适逢韶山大北农创业20周年，我应邀出席庆典。

韶山大北农从收购谈判到组建升级，我们为之付出了大量心血和艰辛工作。

回望20年的创业历历在目，又令人热血澎湃。在庆典讲话中，我无比自豪地说："20年前，怀着对毛主席故乡的深厚感情，韶山大北农诞生了！20

年来，大北农人在改革创新、管理发展中取得了优异成绩。如今的韶山大北农年销售收入近亿元，年纳税超过 1000 多万元，为韶山的发展作出了积极贡献。"

回首过去，可喜又可贺；展望未来，前景更可期。

2023 年是毛主席诞辰 130 周年。9 月 24 日，正是秋风送爽、丹桂飘香的美好季节，我再次受邀来到韶山伟人故里。韶山市委、市政府举行"百家名企进韶山"招商推介活动，我代表集团与韶山市人民政府签订战略合作协议，开启合作发展新篇章。此次合作，集团未来将建设大北农（韶山）科技园，并将推动大北农数字集团湖南区总部项目落户韶山；同时，双方将在冷链物流商业合作与乡村振兴示范乡镇建设等方面开展合作，实现更高水平互利共赢。

"本着把毛主席的家乡建设得更加美好的强烈愿望，集团决定再次投资韶山。"我在签约仪式上表示，以此次签约为契机，韶山大北农将成为集科研、教育培训、生产、服务为一体的韶山标杆性企业，与韶山市在冷链物流商业合作、乡村振兴、农业产业高质量发展上开展更高水平的互利共赢合作。

我们这一代人对一代伟人毛主席无比崇敬，有着浓浓的韶山情结。我真诚祝愿，我们大北农的项目在毛主席的家乡，开出更加绚丽之花，结出更多丰硕之果！

拓展基础产业

2000年8月,天气十分炎热,突然发生了一种"猪附红细胞体病"。这种病流行很快,导致猪大量死亡。这段时间预混料的销售受到严重影响。

从江西传来消息,在这个最困难的时候,江西分公司市场部经理离职。经理助理黄垒荣也有跟着跳槽的想法,而且去的那家公司待遇不低,甚至连名片都给他印制好了。

我觉得这个事情相当严重。那时正值预混料销售推动的关键时期,又逢"猪附红细胞体病"流行,而且江西又是我们饲料拓展的重点区域。市场部的主要骨干不稳住,那么江西的预混料销售可能会一蹶不振。

"预混料刚起步,一遇到困难怎么就退缩了!"黄垒荣对我说了想要离职的想法后,我认真严肃地说,"大北农是一家有远大目标、有文化、有理念并高度重视人才的公司,也有良好的发展机制,暂时的困难不可怕。预混料处于起步阶段,需要时间一步步突破。只要坚定信心,就一定能够克服困难,稳住发展预混料市场。"

我要他好好思考一下,并希望他留下来。这个时候,黄垒荣还是有些犹豫。过了两天,前面跳槽的领导,又给他打来电话,要他尽快过去,说了那边发展的愿景与好处。

黄垒荣1999年6月加入大北农,并分配到江西从事预混料推广工作。此时此刻,心乱如麻、不知道该去该留的黄垒荣,在思考了几天后,又找到我说了他的困惑。

"江西分公司是组建'预混料+大学生'探索创新,也是当下大北农拓展饲料业务的战略。"我语重心长地对他说,"虽然预混料业务目前不大,但从长期来看一定是有市场的,因为用预混料配料成本更低,且能灵活使用当地农副产品。只要有耐心、有信心并持之以恒,我相信通过预混料建网络,我们这些专业的大学毕业生进行技术服务,让养殖户受益满意,大北农的预混料销量一定会稳步上升。"

尽管我的这番话,对黄垒荣有些触动,但他还在犹犹豫豫。见此状况,我也有了点情绪,大声地对他说:"你也是江西农大毕业的。我跟你讲了这么多,基本的分辨能力你是有的。今后不要再跟我讲离职这件事,把精力全部投入工作中去。"

经过两次交流,他最后决定留下来,从事预混料销售推广工作。经过半年的努力,他成功开发了一个大经销商、三个自配浓缩料的网点、三个大猪场,一个月预混料上了60吨。

之后,预混料销量呈现大幅度增长之势。江西分公司预混料从2000年月销量不到100吨到2006年月销量突破1000吨,成为江西预混料销量的第一名。黄垒荣也成为江西分公司预混料负责人。到2015年江西分公司预混料月销量突破6000吨。

从技术合作起步,后来发展预混料、配合料,从饲料生产到动保,大北农开疆拓土中,始终坚持突出主业,提升改造品质,走拓展以饲料生产为主、配套动保产业之路。

2003年6月,集团实施"三网合一"策略,华南总部召开了专题干部大会,很多干部面临着重新选择工作地。

"你怎么选择?"那时,我是华南本部总经理,第一次找范伟谈话,"是留在湖南,还是回四川发展?还是跟随何长跃老师去江西?"

范伟是四川凉山人,2002年3月加盟大北农。第一站他到的长沙分公司。一年多时间,他就将汨罗市场预混料销量从几吨跃升至60多吨。随后,他随何长跃调至泰和大北农,又主动请缨迎接挑战,任抚州区域经理,在空白区域插上了大北农的旗帜。

江西"三网合一"的工作面临多重挑战:配合料只图销量,一味以"低质低价"策略迎合市场,预混料上量缓慢,动保的发展也面临激烈竞争。

"优先动保,发展预混料,有效经营配合料。"这期间,我们对江西团队提出,必须实施坚定有效的市场策略。范伟带领的新干县团队,缔结了三位非常有影响力的预混料标杆事业伙伴,成功召开新干千人大会。江西预混料发展两年间再上新台阶。

江西配合料的发展,始于谈松林主政之时。以执行高端、高档、简单、价值、组合的策略,配合料呈现出取代预混料市场的趋势。在这种大趋势下,范伟受命调至樟树地区负责配合料销售。

"能不能实行'先市场,后工厂'的模式?"范伟转战配合料,我鼓励他积极探索,"小范,我们大北农人从来都不走寻常路。如果樟树地区率先突破,做到月销量上3000吨,我们就在樟树建厂。"

按照传统的套路,先有工厂才能上销量,很显然跟不上配合料快速发展的需要,也极容易为企业背上沉重的包袱。"先市场,后工厂"的模式一下铺开,范伟果然不负所望,樟树地区的销量快速上了规模。

樟树大北农建设很快提上议事日程,并顺利开业营运。它占地7亩、投资近百万,由租赁的一个鸭料厂改建而来。开业当天,我受邀参加了剪彩赋能。我被他们的创业精神感动:"等你们销量增长、供不应求时,集团一定给你们建一个高大上的标准工厂!"

樟树大北农2008年7月组建,当年盈利200多万,月销量也一度突破万吨大关,迅速成为集团的标杆。"先市场,后工厂"在樟树的成功实践,是大北农饲料发展中的重要成果。虽然后来樟树大北农已不复存在,但"先市场后工厂"的经营理念,永远留在了大北农人的记忆里。

"因樟树工厂产能受限、供不应求,请求在高安寻找合适地块建厂。"2013

年，我接到一份来自江西要求上项目的报告。从内心讲，我十分赞成上这个项目。我当即在报告上批示同意。

在高安大北农项目上，从立项、批准、看地，到与政府洽谈，自始至终我都亲自参与。为了这个项目早日落地，我时常奔波于湖南、江西两地，有时错过吃饭时间，就以方便面充饥。一年之后，高安大北农建成投产。高安大北农当时在集团配合料生产、经营、业绩排名中名列前茅。2015 年高安大北农单厂盈利 2500 万，向集团交上了漂亮的成绩单。

浙江金华，是邵博士的故乡。邵博士常说，浙江大北农的业绩不出色，徘徊不前，他本人都不好意思回家乡。

"派能干的人去主政，才有可能破浙江之局。"邵博士和我都如此认为。2016 年新年伊始，范伟转战浙江。我代表集团送范伟赴浙江上任。在干部见面会上，范伟雄心壮志，提出"奋斗三年，控股浙江"。

"邱老师，加华合作事宜，请您亲自出面。"范伟在浙江时，给我打来电话。我赴浙江代表集团考察了加华在徐州投资的种猪场，并与加华董事长面议战略合作之事。加华董事长华总是浙江金华人，也是浙江养猪协会会长，他在徐州投资的种猪场是当时国内单体最大的种猪场。

"欢迎邱总指导！"面对我的到访，华总盛情接待并与我进行了真诚沟通。

我笑着对华总说："你们先大胆使用我们大北农的产品和服务。这是我们今后战略合作的重要切入点和基础，也能充分体现优势互补、合作双赢。"

"你们有产品，我们有猪场，一起合作多好啊！"华总与我一拍即合。自此，大北农产品和服务开始真正切入加华。

2017 年 12 月，在漳州科技园，200 余人参加的干部会上，我代表集团宣布了对范伟的任命。范伟被委以重任，兼管福建省区。那天晚上，在漳州宾馆院子里，我和范伟一边散步一边交流近两小时，对他给予坚定支持。

后来范伟负责疫苗产业，任副董事长、总裁。大北农的疫苗产业已经走过了 20 年，已经有北京、福州、南京三个基地；我们也期待了 20 年，但是目标一直未能实现。

"我们对你有信心！你全力以赴、大胆开展工作就是，我是绝对坚信并全力支持你范伟的。"我在电话里与范伟作了深入沟通，坚定他发展疫苗产业的信心。

2021年金秋时节，大佑吉工作会议在南京召开。天公作美，蓝天白云，那天我和大北农一众将帅，参观兆丰华（南京）科技园。

这些年来，我以实际行动个人增资投资，全力支持兆丰华。看到兆丰华这一国产疫苗品牌迅速崛起，我的心情无比激动。

作者在兆丰华（南京）科技园参观

30年来，大北农从小到大、从弱到强，一直坚守和深耕饲料和动保产业，它成为大北农的基础产业和压舱石，也将为大北农早日建成世界级农业科技企业提供不竭的动力！

把握趋势上猪配合料

2005年6月16日,湖南大北农农业科技发展有限公司正式成立。这是把握饲料行业大趋势、水到渠成"呼之而来"的一件大好事。

作为集团副董事长坐镇于此,我心里格外高兴,因为湖南终于有了真正属于自己的大本营。

不仅如此,在筹建大北农的过程中,我们以湖南大北农为切入点,把握行业趋势,大干快上配合料,建设现代化的饲料加工厂。

我国饲料行业发展,最先是从卖小包添加剂开始的,后面卖浓缩料、预混料,再又发展到卖配合料。纵观大北农的发展史,也经历了三个阶段。第一阶段是搞技术合作;第二个阶段在全国建分公司、办事处卖预混料;第三

作者在湖南大北农"盛装启航"仪式上致辞

个阶段建工厂上配合料。在预混料、配合料发展中间，开始搞动保，也是配套的。大北农就是这么一步一步扎实走过来的。

筹建湖南大北农，正处于关键的第三阶段。我们要"坚定信念，咬死目标，搞准方法，强化执行"。

为什么要筹建湖南大北农？自从大北农进驻湖南以来，湖南的市场从无到有，正逐渐向全省扩展开来。如果我们不进军配合料，必然被市场边缘化，甚至会被市场抛弃。我们认为，决定建湖南大北农，尽管在大北农是一个很大的投资，但必须从战略的高度来认识大北农在湖南的发展。后来的事实，也证明了我们的决策是对的。现在，配合料几乎占据了饲料市场的十之八九。

"湖南大北农必须把握行业趋势，抓住机遇上规模，建设现代化饲料工厂。"那时，我们认为筹建湖南大北农正逢其时，而且有条件和能力把它建设好。

湖南作为生猪大省，饲料市场容量非常之大。特别是我们所在的望城区位优势明显。这里在省城周边，湘江从此流过，旁边有一个铁路货场。交通便利，运输物流极为方便。毫不夸张地说，湖南大北农所处的区域位置在整个行业都是最好的。

湖南大北农建设，第一期设计年产能力18万吨，第二期36万吨。首期投入4000万元，而且选用的是国内最先进的设备牧羊品牌，现在叫丰尚。这在当时的大北农，称得上是"大手笔""大投入"。高标准、现代化的建厂，鼓舞了湖南大北农全体员工，极大地提振了士气。

"'企业高形象、产品高科技、人员高素质、服务高价值'，这是我们的战略。"我们明确提出了湖南大北农的目标，"通过三年的努力，成为湖南猪饲料行业中猪配合料的标杆企业，销量力争前三名。"

"先市场，后工厂"，这是我们的发展思路。工厂还在规划建设，就要考虑怎么进入市场了。工厂一建成，产品就能尽快投入市场。这样的投资，思路才是对的。

应该说，我们是最重视市场这一块的。我不习惯坐办公室，经常下去跑，与客户在一起，心里就很踏实。有一次，我们去走访捞刀河的一个新客户。他叫魏建佳，当时刚起步，饲料生意做得比较艰难，有打退堂鼓的想法。在他家的小黑板上，我画了一张曲线图。我指着这张图对他比画说："人生的成功都是波浪式螺旋上升的，没有人是一条直线向上升的。做生意也一样，也是由小到大，而且也不是一帆风顺的。"

作者在长沙市开福区捞刀河镇考察并作市场指导（右一是大北农合作伙伴魏建佳）

"邱总，谢谢您给我鼓劲！"魏建佳被我的真诚所打动。后来，他奋力做到了当地销量第一，且一直专营专销大北农饲料至今。

在湖南大北农筹建之时，我们成立专门的队伍来拓展市场，考虑未来湖南大北农的辐射范围具体在猪配合饲料和鱼配合饲料，所以创建了猪料部和鱼料部。我把这种做法称之为：前期撒下种子，确立市场区域布局。工厂投产，产品销量就要突破。

我们一边加快推进建厂，一边组织销售队伍。鱼料部以原长沙大北农鱼料部为基础，由周加学带头。猪料部挑选最优秀的带头，实行招聘总经理。在招聘会上，我宣布了招聘竞选方案。为了做到公开公正，我们还成立了评委会，由评委现场打分。这次招聘，暨茂辉竞选为猪料部总经理。暨茂辉搞了半年，后来由黎明虎接任总经理。

"集团在湖南重点投入兴建工厂，市场这块儿要走在前面，就看你的了！"我同黎明虎谈话，对他委以重任，希望他不负所托。

黎明虎走马上任后，没有辜负期望。他们全力以赴开发长沙及周边的株洲、岳阳、益阳、湘潭市场。以望城工厂为圆心，50—80公里为核心区域，主要做长沙、望城；100公里左右为重点市场，主做湘潭、浏阳。核心区要最大限度提高市场占有率，全面绝对坐庄；重点市场要重点相对坐庄；形成直销、经销经纬网络覆盖和特殊区域（客户）定制的网络模式。

从改变客户的观念入手，以宣传大北农"争创第一"的文化为第一产品，加上示范实证数据，他们从被动满足客户的需求变为主动引导和创造客户价值，聚焦产品推广模式，促进销量稳步增长。那段时间，宣传造势轰轰烈烈，产品推销风生水起。

湖南大北农迅速成为长株潭地区新建9家饲料厂中发展速度最快、最有品牌和服务价值的饲料企业，投产第二年（2008年）月销量突破4500吨，年创利突破500万元。

水产版图形成

湖南大北农水产料从无到有，从小到大，到 2008 年做到接近 3 万吨。这个具有开创性的养殖饲料，打开了一片新天地。我们既高兴，又充满着更大期待。

鱼米之乡的湖南，是著名的水产大省，盛产"青鱼、草鱼、鲢鱼、鳙鱼"四大家鱼。湖南出了一门两院士，刘筠、刘少军父子以研究"鱼"而闻名。

以猪饲料技术起家的大北农，涉足水产饲料始于 4 年前的 2004 年。其实，水产料这一块，在湖南已渐成气候。到 2004 年，湖南水产料大有蓬勃之势。我们认为水产料非常有潜力，于是萌生了一个大胆的想法：成立一支水产料特种部队，先在湖南布下棋局。

谁来带领这支特种部队呢？我掰着手指头数了数，在湖南大北农有 18 位大区经理。谁是最合适人选，我一个一个进行比较。忽然有一件事情，让我想起一个人来。

2003 年开始，大北农开始三网合一，即预混料、配合料、动保产品合而为一。在三网合一的过程中发生了一件事，给我的印象极为深刻。

"有人抢了我的客户！"有一天，湖南一个大区经理找到我，开口就告状。

"是谁呀？"我问道。

"永州经理周加学。"他一边回答，一边气愤地说了事情经过。

周加学是三网合一提拔的永州地区经理，也是湖南大北农 18 位大区经理中的一个。我不能只听一面之词，立即把周加学叫到长沙："有人说，你抢别人的客户。到底是怎么回事？"

"邱老师，他说我抢了他的客户，请问是我的价格比他的高，还是我的价格比他的低？是我的预混料销量大，还是他的预混料销量大？"

我问他，他反倒质问起我来。周加学感到委屈地与我理论："如果我存在恶性竞争的情况，我甘愿接受公司惩罚。但我没有啊，我不能接受！"

从他的语气中，我强烈感觉到，这是个性格倔强的年轻人。而且，他说的也似乎在理。周加学是在1999年湖南农大"大北农励志奖学金"的颁奖仪式上，怀着满腔"报国兴农"的志气投身到大北农的。

开始我并没有过多关注他。这次成立水产料特种部队时，他刚任岳阳地区三网合一大区经理。

"抢客户事件"让我对他有了更深入的了解，看到他有一股敢于打破陈规的闯劲儿。我想，建立特种部队，挺进水产料市场，是一次全新的尝试，领队的干将必须具有很强的开拓精神。在大区经理中，周加学也是唯一一个学水产养殖专业的。于是，我就选定了他。

周加学二话没说，接过了重任，开始组建水产料特种部队。后来事实证明，周加学这个人选对了。周加学带领的特种部队，进军水产料市场，积极探索运作方式。两年后，他成为湖南鱼料销售总经理，正式从猪料转向专攻鱼料。

我用身边的故事引导他对事业深入思考，又在日常运作中给予他充分的授权。无论是团队组建、配方技术，还是产品定位、市场操作，我们都给予了他足够的信任。在遇到阻碍和困难时，我也总是与他们并肩作战，排除困难，创造条件让他和他的队伍勇往直前。

湖南大北农水产料的局面一打开，生意越做越火。2008年销量做到接近3万吨。于是周加学向公司提出，在湖南临澧县合口镇租赁水产工厂，但集团当时的战略没有计划发展水产料，因此没有同意。

"邱老师，我觉得这个事很有必要，也是可行的。奈何总部没同意。"周加学有些失落地对我说。

"把你的想法具体跟我说说。"我放下手中的工作,认真听了他陈述的理由。

"嗯,你思考得很充分,想法也很成熟。"我首先对他进行了肯定,接着说道,"这样,你先不着急,我再去跟邵博士说说,争取他和集团的支持。"

周加学前脚走出门,我就关起门与邵博士进行了电话汇报。我知道,已被总部否定的事,要纠过来不是那么容易的。但我觉得,租赁水产工厂,不仅是为支持周加学的工作,更重要的是攸关大北农水产料的发展前途。

经过沟通,我最终说服了邵博士。然而,工厂租赁又遇到难题,谈判过程并不顺利。在他们久谈不下时,我又亲自参与3次谈判,最终推动了合口工厂的租赁。

2008年8月,湖南大北农农业科技有限公司临澧分公司正式成立。2012年,临澧分公司生产销量突破2万吨。

实践成果是最好的检验,我们坚持租赁工厂的做法是对的。随着市场订单的增加,临澧分公司产销已不能满足市场需要。周加学又一鼓作气,向公司申请在常德建设专业的水产料工厂。这一次,他顺利得到了集团的大力支持,常德大北农建设项目被快速推进。

当年10月完成公司注册,第二年7月,湘西北地区最大、最专业的水产料工厂——常德大北农生产出第一包饲料。这是大北农集团20年来建设速度最快的饲料厂项目。2015年,常德大北农年产销量达到9万吨,实现满产。湖南大北农水产料的特种部队,从第一个水产料销售公司,到第一个专业水产饲料工厂,仅花短短几年时间。

以大北农湖南水产事业为原点,后来扩张到武汉、九江,大华中水产事业成为大北农的重要版图,也成就了大北农一大支柱产业。

攻城略地

在开疆拓土中，我们大举调兵遣将，攻下一个个省区，大北农南方事业不断向前推进。

在这场大北农史无前例的战斗中，攻下城池不易，守城更为艰难。2002年3月，根据战略需要，我们决定对浙江分公司的负责人进行调整。当了多年区域经理的曾庆山，这时正准备跳槽。得知这一消息，他便参加了华南本部组织的近20人的选拔考评。经过三天的考核评估，包括企业文化与专业知识考试、体能测试、演讲比赛、心理测评等多项内容，公司最终决定由曾庆山负责浙江分公司。

在北京参加集团干部培训后，曾庆山即赴杭州上任。我们安排华南本部暨茂辉、梁世仁，到杭州办理了交接手续。曾庆山是湖南华容人，个头不高，但上进心强，综合素质高，办事干脆利落。他毕业于湖南农大，投奔大北农之前，曾在湖南华容一家饲料厂工作。

我认识他，是在华南本部的一次招聘活动上。他刚好面试完准备离去，我叫住了他。他那时在一家饲料公司，担任销售部经理，但他觉得看不到希望与未来。当时我们的华南本部成立不久，办公场地简陋，工作人员也不多，所以他有打算放弃的想法。

我知道，这是因为他对大北农还没有深入的了解。我跟他说："要看一个公司有没有发展潜力，不能完全看表面现象，更不能只看创业初期的办公设施。"我还谈及大北农人的"产业报国""科教兴农"的理念与抱负，谈到投身中国农业的巨大潜力与美好的未来。

"如果大北农真有这样的理想和抱负，我就愿意加入！"见我说得很对他的心思，他当面表明了态度，"在湖南农大毕业典礼上，我与同学们曾经宣誓，要'产业报国、情系三湘'"。

"你可以进来感受一下。我相信你一定会被这里的创业激情所感动的！"我说。

就这样，曾庆山加入了大北农长沙分公司。在长沙分公司的半年，他的市场业绩显著，也引起我的关注。在后续他参加的培训中，我还曾以自己做示范，讲述了四个文弱书生如何创造"泰和模式"、个人因公负伤导致右胳膊留下后遗症等故事，并传授他们"看、听、问、学、思、做、说、写"的八字诀窍，要求他们"身临其境，心在其中，全身心投入，终会卓有成效"。

1999年9月，因为与长沙分公司负责人在工作上存在分歧，曾庆山辞职了。我觉得人才难得，与他作了一番推心置腹的沟通后，曾庆山愿意回归大北农。于是，后又派遣他去江西。

曾庆山在2003年4月被选拔到浙江分公司。2003年5月，我专程去了一次，不仅是支持他的工作，也想实地去看看他干得怎么样。结果一到那里，我见到的是，部分业务人员随处抽烟、纪律散漫等违背企业文化的现象。我提出了严厉批评。曾庆山表态，一定下决心改变这种现象。

后来事实证明，曾庆山做到了。我也多次在华南本部的干部会议上，对他在为营造文化氛围中付出的努力给予了肯定。有一天，曾庆山从浙江打来电话："邱老师，我每月的工资只有2500元，还低于原来在江西任职区域经理的水平，能否酌情考虑给我增加年终奖？"

对于曾庆山的这个要求，虽然从情理上我能接受，但这也折射出他对大北农事业理解得不够深刻。

"整个浙江市场都交给你了，你还担心自己的收入？"对于他的要求，我有些不解，甚至有点生气。

而事实上，随着浙江分公司与大北农集团的快速发展，2003年到2007年，集团给他们这些创业者按工作绩效等指标配送了股份。大北农集团在2010年成功上市时，他作为大北农198名原始股东之一，成了大北农集团"十百千工程"中的千万元员工。

再说广西市场，我们是1999年打入进去的，前后更换了好几任负责人。2012年初，占书华任广西分公司总经理。说起占书华，当年他耍了一次小聪明，被我狠狠批评了一次。那时他在广东，我要把广东的韶关市场划归湖南郴州大北农，几次电话与他沟通。几天后，他专门写了一个报告给我，列举了许多不宜划分的理由，并递交了一个申请，要求给广州公司配一辆小车。

我一眼就看出了他打的主意：从大局上看韶关划归郴州大北农是有必要的，他极力反对也可能不会有效果，不如借机提点要求，他可能认为领导一般是不好拒绝的。

一通电话打过去，我口气十分严厉："韶关划归郴州，从市场整体上考虑，这是必须的。工作安排不是利益交换，不会因为这事给广州公司配车。"其实，华南本部给广州公司配车之事，我们早就有了安排，只是还没有告知下面。

2013年，占书华想在钦州买地建厂。当时广西土地交易不是很规范，需要中介，没有指标的话，依上市公司的规范要求不可能干成，他们都准备放弃了。于是我去了南宁，占书华向我汇报了具体情况。我反复求证后，认为决策正确，但操作起来确实困难。于是我说："认为是正确的，就一定要想办法去办成。"随即我们开展现场办公，疏通各个环节，降低、规避各种风险，终于顺利购得这块土地。

云贵高原以种植业为主。虽然畜牧业不是重点，但那里也有大北农人艰难跋涉的足迹。在大北农事业的开创中，我们把目光聚焦到了西部这片神奇的土地。为落实邵博士开发西部的指示，我们安排刘寒冰远赴贵州，与当地饲料厂开展技术合作。刘寒冰是四川眉山人，兽医专业出身。1999年初夏，加入大北农。派他去贵州，考虑到他有饲料厂工作经验。

经过初步筛选、谈判沟通，我们最后决定选择与贵州遵义县畜牧局饲料厂、兴义市粮食局饲料厂两个单位开展技术合作。刘寒冰任大北农驻遵义县畜牧局饲料厂驻厂代表，代表大北农集团与对方开展技术合作。

刘寒冰带领几名应届毕业生进驻该厂，负责配方、技术、销售等具体工作，很快扭转了该厂的落后局面，企业产销两旺，效益稳步提升。

半年后，集团决定开辟云南市场，组建云南分公司，推广预混料。派谁呢？我们还是将目光投向已经来到云贵高原的几位干将，比来比去，还是觉得刘寒冰较为合适。他在云南一待就是8年。开初，他一人身兼多职，既是负责跑市场的销售员，也是管理货物收发的仓管员，还是收款汇款的出纳员。

刘寒冰在云南期间，我与他有过两次会面。一次是刘寒冰来华南总部汇报工作。中午用餐时间，我对刘寒冰说："中午就请你到公司食堂吃个工作餐。平时用餐是两菜一汤。今天你来，特意加了菜，是三菜一汤。"对于当时的情形，刘寒冰后来回忆说："那时是冬天，长沙的气温较低，天也是灰蒙蒙的，但喝着滚烫的萝卜排骨汤，听着邱老师热情的话语，我的内心却充满了温暖。"

另一次是，2007年刘寒冰申请从云南调回湖南工作。考虑到他原来在云南是当总经理，但来湖南后一时没有与他相匹配的岗位。"你在云南是当总经理，到了湖南只能先干区域经理，有些委屈你了。"我便跟他说，"但也是一件好事，你原来可以挑120斤的担子，现在先让你挑100斤，这样要做得更好！"让我感动的是，刘寒冰没有讲任何条件，坚决服从，愉快地接受了工作安排。

开疆拓土，大批大北农干将南征北战，我在送他们出征时常说："男儿对使命负责，就会对家庭负责！"以长沙为大本营，以泰和大北农为基地，以广东市场为重点，东南赣浙桂，西去云贵川，大北农在长江以南的大格局至此形成。

第六章

顶天立地

坦然自从容

2004年端午时节，正在长沙大北农门口公路上晒玉米的我，接到了邵博士的电话。

"老邱，集团有个事要征求你的意见。"邵博士对我说。邵博士接着说出了这个事，尽管来得有点突然，我一时没有思想准备，但我能理解他的战略考虑。

打完电话后，我内心很平静，依然带着大家晒玉米。先说在公路上晒玉米是怎么回事。

这年的端午节前夕，我来到位于宁乡的长沙大北农察看生产情况。看到原料仓库门口晒满了玉米，我感觉到事情不妙，便问管工厂的甘瑞华。

"这批玉米是从东北发过来的。"甘瑞华说，"可能受积雪影响，在储存过程中出现发热迹象，所以就把20来包发热的玉米拿出来晒一晒。"

这批玉米有近3000吨，肯定不止这些发热。我立即意识到事情的严重性。我与甘瑞华及品管部人员一起，急忙去原料仓库查看。果然，何止20包发热？打开每包玉米一摸，绝大多数是湿的。

原来这些玉米从东北发货时，东北还在下雪。由于供应商管理不到位，忽视了玉米里面的雪。玉米在路上走了个把星期。雪化了，玉米也就湿了。玉米一湿，遇上南方高温，就开始发热了。

这令我受惊不小！

"将这批次玉米全部翻晒一遍，避免霉变损失！"我果断作出决策。

一下子，公司周围、附近非主要公路上全是我们晒的玉米，只要是能晒的地方，都被我们占领了。长沙大北农被金灿灿的玉米包围。

这些天，打了一场"晒玉米"的激战。我们轮番将这批玉米用拖拉机和板车拉到水泥坪和公路上去晾晒。玉米翻晒量太大，附近能晒的地方都晒了，仍然有许多晒不下。听说宁乡一中新建了操场，我马上联系好，用拖拉机把玉米从公司运去那里晒。

大家装车的装车，推车的推车，翻晒的翻晒。我们除了当班生产人员外，包括后勤管理人员的其他员工全部出动。早上将玉米推出去，全部晾晒开来已经上午十点多了，下午四点多又开始收，打包时检查玉米水分情况，确定该袋玉米第二天是否继续晒。由于晾晒量大，有时候要到晚上八九点才能全部收完。

当时负责贵州市场的暨茂辉，回长沙汇报工作。我同他交流不到 20 分钟，又赶往晒玉米的现场。他见我忙成这样，劝我说："让他们去干就行了！"

我对他说："不行，我必须与大家一起干！"

在晒玉米的行动中，我们迎着烈日搬包推车翻晒。中午太阳当头，我戴着一顶草帽去翻晒，晚上要忙到最后一包玉米上车运回公司。在高温酷暑下，我挥动着一个大耙子，一遍一遍地翻晒玉米，汗水湿透了全身。历经连续半月的战斗，大家将库存的问题玉米终于全部晒了个遍。霉变的隐患消除了，我也终于放下心来。

这次出现的玉米问题，也像一座漂浮在水面上的巨大冰山，能够被外界看到的只是露在水面上很小的一部分，而更多的则深藏在水底。如果不深入现场及时查看，玉米问题就会酿成大事，造成不可避免的重大损失。

对于晒玉米之事，我们进行了认真反思，深刻汲取教训，杜绝此类事情再度发生。在企业管理中，既要见树又要见林，由点及面全盘考虑才能快速、准确掌握第一手情况。特别是遇到突发或重大问题，一把手一定要高度重视、快速应对、率先垂范、亲自到场，才能迅速有效处置，避免危机的发生，最大限度地降低损失。

"成功者，咬死目标找方法；平庸者，忘记目标找理由！"在实际工作中，要始终保持高标准、严要求，根除个别干部"标准太低，熟视无睹，对出现的问题不能自主创新解决"的现象。

在晒玉米当口，邵博士打电话说的那件事，对我来说确实有点突然。邵博士说："集团决定取消南方总部，原来南方总部管辖的江西、广东、福建、浙江、四川、重庆等几个大省（市）剥离开来，直接由集团统一管理，原来的南方总部改为华南事业部，湖南、云南、贵州、广西等省和自治区的市场还由你协调管理。"

"这是集团的统筹安排。"邵博士特别强调，"不光南方总部取消，北方总部也取消。"集团撤销这两大总部，是为了整合资源，扁平管理。这是从战略大局出发。我能理解集团的决策，也要适应这种调整。

邵博士之后又给我打电话说："老邱，华南事业部也撤销算了。你就只兼管湖南事业部的业务。"

我对邵博士说："我一切听从集团的安排。在国有企业时，我对工作忠心耿耿、认真负责；在大北农，我对事业的热情一如既往、执着不变。"

邵博士对我的表态，表示感谢与赞扬。我不只是这么说，也从行动上支持集团的决定。取消南方总部，当时有相当一部分人不理解，甚至有的产生了抱怨情绪。我都是从正面去引导，去做他们的工作。大华南的一些协调工作，我都积极配合去帮助对接。

有一天，厦门办事处吴有林，火急火燎地打来电话说，泰和不发料，影响了他们的销售。大北农饲料生产销售是一盘棋。当时厦门办事处的预混料是由泰和大北农生产发货。

"厦门预混料销售在快速上升，增长在全集团是最快的。倘若因为发料影响了他们的销售，是不应该的！"我立即找到泰和大北农负责人何长跃，请他予以大力支持，"都是大北农的兄弟单位，大北农实行区域分工，有义务去帮一帮。"

我一出面，何长跃还是非常买账的，泰和的发料随即跟了上来，厦门办事处的销售不再受到影响。

南方总部、华南事业部都取消了，当初一些人对我始终如一的工作态度，还是有些不理解，但我的心里很坦然。因为我亲历了大北农创业奋斗，见证了大北农的成长发展，我对大北农有特别深厚的感情。无论在什么岗位，我认为都要像爱护自己的生命一样爱护大北农。

接连两次的职务调整，我认为应该胸怀坦荡，从容面对。大北农事业的开创，不可能一蹴而就，我们必须有大格局、大胸怀，以"我将无我"的气概迎接风雨。

三区会战

在推进大北农的事业中,湖南坚定执行集团推行的"三网合一"的市场策略,这很快促成了"三区会战"的局面。三大战区,你追我赶,比学赶帮超,竞争十分激烈。

湖南市场容量大。大北农对湖南的投入早,也是投入大的。大北农在湖南发展有了基础。那么,如何实现重点突破、跨越发展?这是久久萦绕在我脑海里的问题。

那时我是集团副董事长兼湖南事业部总裁。作为大北农湖南地区的主帅,我在心里苦苦思考着、谋划着。国家有国家的重点区域战略。大北农在湖南的发展处于关键时期,在这个重要的历史阶段,必须有大目标、出重招,实现区域市场的集中突破、局域坐庄战略。

"三区战略"就这样形成了!

所谓"三区",就是将湖南划分为北区、南区和特区三个区。我们当时的考虑是,从大北农在湖南工厂和资源布局看,宁乡和郴州的工厂分别设置北区、南区,北区辖湘北广大地区;南区辖郴州、衡阳、永州、邵阳。湘潭虽没工厂,但区域位置特殊,市场容量也很大,设置为特区。三大区域设立三个总经理。我们迅速调兵遣将选派总经理,分别是北区邓云武、南区柯福林、特区黎明虎。

"三大区域好比三支部队!"我作为总指挥,主要负责制订战略目标,为他们鼓劲加油,并提供必要的资源配备保障。在统一部署下,三大战区经理

2009年7月6日作者在湖南事业部营销培训会赋能

领令而行，奋力比拼。"以战绩论英雄！"在作战部署图上，我依据他们的战绩，经常轮换排序。"轮换排序"这一招很灵，激励三大战区展开竞争。

北区经理邓云武是湖南安化人，1999年加入大北农，先在长沙分公司工作，后到广东惠州办事处，负责粤东区域的预混料销售工作。在湖南实行"三网合一"之前，邓云武向我表达了回湖南工作的愿望。这次设立三大区域，任命他担任湖南事业部北区总经理。把邓云武从广东调回湖南，除了战略上的工作需要，也有照顾他家庭困难的考虑。

三大战区总经理"轮换排序"，就是要打破一成不变的模式，既体现公平公正，又鼓励竞争取胜。从广东回湖南的邓云武，抱着一颗感恩的心全力拼搏，最开始排到最前头。谁料"轮换排序"人人奋勇，后来三区的排序是黎明虎、邓云武、柯福林，也排过柯福林、黎明虎、邓云武的次序。

邓云武之后说起这段经历，无比感叹："谁都想排第一，但要占据第一位，真是件不容易的事，要靠实力和业绩说话。"通过这种"轮换排序"，在三大战区营造浓厚的竞赛氛围。

2004年4月，湘潭特区成立不久，我专程去考察，并参加了他们的季度工作会。湘潭市养殖量大、市场集中。湘潭县和湘乡市是当时著名的养猪大县。湘潭特区主要辐射市场包括湘潭县、湘乡市、韶山市和株洲县的部分市场，生猪总市场容量逾200万头，其中湘潭县年出栏生猪过百万头。

"特区的特，就是特别能吃苦、特别能战斗、特别能奉献、特别能胜利。"在考察座谈会上，我对湘潭特区的内涵作了阐述，并寄予希望，"特区坐庄湘潭，要出模式、出人才、出业绩。"

之后，湘潭特区提出"1131"市场开发模式，快速复制实现坐庄。所谓"1131"模式就是指：

1：就是一个县（一个小区域）首先选择一个乡（市场容量大、养殖集中度高）。

1：一个乡先做一个村（这个乡养殖量最大、最集中的村）。

3：一个村先开发3个示范户（当地的养猪大户和能手）。

1：以这3个示范户为标杆，用他们的养殖和用料数据开一场科普推广会。

湘潭特区不负所望，其市场占有率、市场知名度、市场美誉度月月攀升，业绩月月创新高。当年实现"三网"市场占有率第一的骄人业绩，当年创利660多万元，超过集团很多省区的盈利能力。大北农集团年会在湖南召开，全集团开始学习和推广"湘潭模式"，复制湘潭的"1131"市场开发模式。

三区会战历时三年之久，重点突破战果辉煌。大北农预混料、动保产业在湖南的销量和市场占有率，稳居第一位。大北农的配合料迅即跟上，呈现快速发展的趋势。这一役布点扩面，迅速抢占市场。可以说，为之后筹建湖南大北农唱响了序曲。

临危不惧

2004年秋天，长沙一个姓刘的经销商，带着几个帮手，闯进长沙大北农的办公楼闹事。一连几天，这伙人坐在办公室，怒气冲冲地说："不赔几十万元钱，我们就天天来闹！"他们甚至扬言威胁说："不赔钱，就要你们的命！"这事弄得很大，长沙大北农已经无法正常办公了。长沙大北农销售经理邓云武，害怕得躲着不敢现身。

我得知此事后，立即出面去处理。邓云武仍心有余悸，对我说话的时候声音都变了："邱总，他就是个牢里出来的，太凶了！"

"怕他要什么横！难道我们有理的还怕他无理的？！"我口气十分坚定地说，心里对这个事情的处理，其实也没多少底数。

两年前，这个姓刘的经销商，因为家庭矛盾跟老婆打了一架，最后诉诸司法把他抓进了监狱。当时他是长沙大北农一个大的经销商，饲料生意做得比较大，销量占了整个宁乡的三分之一，一年有近1000吨。他坐牢去了，公司还有很多账没结清。两年后，他从监狱出来，那些经办的人走的走了，长沙大北农的销售经理也换成了邓云武。这个经销商就带着人天天上门闹，按他的算法要给他几十万元钱。

通过仔细了解，我才知道事情为什么会发展到这一步。因为这事时间太久了，长沙大北农销售经理邓云武又不是当事人，情况不是太清楚，也不知怎么处理，加之对方要价太高，以至于此事越闹越大、愈演愈烈。

"邱总，我是没得办法了。"邓云武心里害怕又束手无策。见此状况，我气不打一处来:"我去跟他谈,他还能把我吃了?"

我同那个经销商前后沟通了两次,开始他口气硬得很,甚至威胁我说:"不达到我的要求,我就跟你拼命!"

"事情明摆在那里。你狮子大开口,我们是不可能答应你的无理要求的。"我跟他摆事实,讲道理,并表明按照实际该赔多少就赔多少,从而打掉他嚣张的气焰和不切实际的想法。

发生了这么大的事,仅凭我们当事双方协商,我想是很难达成一致的,也不具备法律效果。于是,我们又找来了宁乡县委政法委的领导,包括派出所一起来协调解决这个事情。

在长沙大北农,那几天我们翻箱倒柜,把他被抓前那些详细的历史账务资料全部找出来。财务人员认认真真,一笔笔核对算清楚。最终,按照我们双方都能接受的赔款数额给予赔付。这起两年多前沉积的纠纷终于得到解决,将可能演变成恶性的闹事彻底平息了。

从这件事上,我非常深刻地认识到,只要行得正,就无所畏惧。邪不压正,正义总是能战胜邪恶。在这件事的处理上,长沙大北农销售经理邓云武,觉得有点不好面对我,怕我说他们没有担当,不敢作为。

"只要我们行得正,没有什么好怕的!"我安慰他们说,"今后遇到这样的事就有经验了。但不论何时,作为一个负责人,都要临危不惧,敢于担当,敢于面对,绝不能逃避。哪怕是面对险恶与风险,甚至生命危险,也绝不能让公司的利益受损。"这件事后,邓云武也深刻认识到:在重大事情面前,瞻前顾后、畏首畏尾,只能使情况变得更加被动。

2006年,邓云武转岗湖南事业部总经办主任。在市场上跑了6年,突然要天天坐办公室,他感觉有些压抑、憋屈,便滋生了离职去另外一家公司做销售的想法。他给我写了一封长长的辞职信。

我找他谈了两次。一次是在办公室,另外一次是在厂区。当时工厂在捞刀河,走在茂密的小樟树林,我对他聊起自己在泰和历经的磨难,也谈到人生的目标和理想。我问他，人生成功靠什么？他一时没有回答上来。我说："归纳总结起来就是五要素：目标、胸怀、勇气、坚持、聪明。"

我告诉邓云武，人生不可能一帆风顺，不可能永远是坦途，不能遇到一点困难，或者受到一丝诱惑，就改变目标，改变人生方向，所谓有志者立长志，无志者常立志。

"一般人可能觉得，聪明才是成功的关键。"我特别强调，"从绝大多数成功人士来看，坚定的目标、宽广的胸怀、超乎常人的勇气和对目标执着的坚持，是排在聪明（不断学习知识）前的成功要素。"

邓云武为自己的一些肤浅想法感到愧疚，下定了坚决跟着大北农创业的决心。2008年3月，市场上出现了"黄膘肉"，反馈是用的大北农饲料喂养的猪肉。随之，公司出现大量投诉、退货、索赔等情况，饲料销量骤降。因一直没找准原因，这时已任长沙大北农总经理的邓云武，被这事困扰得寝食不安，公司上下人心惶惶。

"任何伟大的事业都不是一蹴而就的，困难也是磨砺人意志的最好机会。公司虽然面临暂时困难，但只要我们正视困难，解决问题，阳光就在风雨后。"我又专门去长沙大北农为他们鼓劲。

这次公司出现重大情况时，邓云武比以前胆子大了，沉稳了不少，临阵不慌乱。他们对客户出现的损失进行了兜底补偿。经过近五个月的努力，问题得到解决。之后，邓云武又转战郴州，半年时间让郴州大北农走出困境，重新焕发生机。2018年12月13日，集团正式宣布由邓云武担任湖南区总经理。听到这个消息，我非常欣慰，也很激动。经过多年的磨炼，他终于成长起来了。

工厂保卫战

2008年1月的这场冰雪,已经下了三天三夜了,库房被堆起的雪压得承受不住了。早上起来,只见成品库、原料库房顶上的积雪,在昨晚的暴雪之后,又码高了许多,已超过了20厘米。

雪花疯狂地飞舞着,丝毫没有停下来的意思。库房屋顶是钢结构的,承重力有限,有变形垮塌的危险。成品库有几百吨的库存,原料库更是满满当当,一旦屋顶被暴雪压垮,后果不堪设想。

望着漫天纷飞的雪花,我的心里万分焦急。1月28日,我同工厂经理彭跃等几个干部,在厂区巡视检查冰雪情况。我们路过立筒仓附近时,一个卸货处简易棚被冰雪压倒了!

"库房屋顶开始变形了!"当走进两个原料仓库一看,我们惊呆了!

5000多万元的货物放在里面啊!一旦屋顶垮塌,不光我们的直接损失惨重,正常的供货无法满足,养殖户的猪也会断粮……情况十万火急!

发生在2008年的这场特大冰雪灾害,从1月下旬开始,猛烈地席卷而来。更出人意料的是,这场持续数天的冰雪灾害,主要发生在历来少雪的南方。中部地区湖南,受灾最为严重,京珠高速湖南段被大雪封堵,过往车辆堵成了几百公里的白色长龙。

当时我还兼任湖南事业部的总经理,在位于望城经开区的湖南大北农办公。记得从1月25日起,湖南开始下雪。这场雪下得特别,既下雪,又下雨,因为温度低,雨雪落地成冰。屋上的雨雪冻住了,屋檐上结成的冰柱,好长好长,闪着亮光。

刚开始，大家并没有太把雨雪当回事，对于罕见的冰雪景致，还觉得挺新奇。结果雨夹雪连天袭击，厂区办公楼、生产车间、原料仓库房顶上都积了雪，结了冰。

头两天，我还特意嘱咐工厂经理彭跃，安排人把厂区内桂花树叶上的冰敲掉，把雪抖下来。因为我觉得碗口大的桂花树压坏了真可惜。令人没有想到的是，这场罕见的冰雪越下越大。两个库房面临严重垮塌危险，5000多万元库存货物将惨遭损失！

怎么办？在这紧急关头，我与一起巡查的工厂经理彭跃等主要骨干商量对策。

"能否在库房里面打'撑子'？"我问。

彭跃往屋顶上一看，说："高度太高，不太好操作。"

屋顶离地有8米高，打"撑子"的确困难。

"赶紧找望城消防部门！"我安排彭跃马上联系咨询，"看能否用高压水枪协助我们去除屋顶的积雪？"

不久消防回复说，这个办法不行。理由有三：一是冰雪混合物的面积大、厚度高，水枪的力量有限；二是温度太低，水枪的水喷洒出来，短时间也会结冰，反而加重屋顶负担；三是水有可能从屋顶个别地方漏进仓库。

这咋办？但无论如何，也要保住工厂，人在工厂在！

"上屋顶铲雪！"突然，人群中有人提议。

"我看行！"听到这个提议，我的眼前一亮，但我担心屋上厚厚的雪，我们人手不够，来不及铲干净，就压垮了屋顶，还是觉得必须内外联保，双管齐下，想办法在仓库里面打"撑子"。仓库离地太高，直接从地上打"撑子"上去，是不可能的。当我看到原料堆垛高的地方有近5米，离库顶只有3米多时，一下子兴奋起来："我们就选择在这些地方打撑！"

在原料堆垛高的地方打撑，这样"撑子"就很短了，操作起来方便，安全也有了保障。仓库里面打"撑子"，后来进行得比较顺利。

"同志们，我们到了生死攸关的危急时刻，我们要克服一切困难，保护好我们的工厂和货物。"面对冰雪挑战，我们迅速作出战斗命令，全体员工紧急投入抗冰保厂。

在望城基地的所有干部员工和部分已回基地的销售人员（外地的销售人员因冰雪交通中断无法返回）都被组织起来，纷纷参与铲雪、扫雪之战。一场"抗击冰雪"的工厂保卫战打响了！我负责总指挥，彭跃协助我的工作，具体组织实施。谁料，刚开始他就在办公楼一楼过道摔了一跤，出师不利受伤了。我既当总指挥，又负责具体实施。

作者在湖南大北农抗冰雪救灾中沟通解决方案

战斗打响后，我们兵分三路。一路是青壮男工，利用现有工具爬上屋顶铲雪，以及在仓库里打撑；二路是行政部人员就近紧急采购铲雪除冰工具和物资；三路是食堂人员增量提质准备早中晚餐，保证大家都吃饱吃好，并熬制驱寒的姜汤给大家暖身。

一边在厂区四处检查，一边调度人员，我一边喊"加油"，一边提醒大家务必注意安全。稍一有空，我就拿起铁锹，爬上库顶，一锹一锹地铲雪除冰。当天晚上，吃完宵夜后，我们又干了一会儿，直到凌晨一点。考虑到通宵作战，身体会受不了，所以就只留了几个人值守。

我回宿舍睡觉时已近凌晨两点，上床前脱下雨靴才发现，穿的两双袜子都湿透了，右脚跟还被划了一道近三厘米长的口子。因为担心仓库屋顶被压垮，我清晨五多点醒来就打电话去问。还好，我担心的事情并未发生。

这场工厂保卫战，员工不论男女、不分年龄参战，从第一天上午10点，一直持续到第二天下午6点。

在仓库屋顶铲雪，要从主车间二楼，经过离地高达1.2米的小窗口，上到仓库的屋顶。近80人分批通过那个小窗口爬上屋顶，一铲一铲破冰除雪。那是冰天雪地里一道别样的风景！

屋顶的冰雪慢慢地清理干净了。清理下来的冰雪堆成了一座一座小山，在雨雪过后的阳光下熠熠生辉。历经激烈的昼夜奋战，我们的工厂保住了，主原料库货物没有受到损失。在这场罕见的特大冰雪灾害中，湖南大北农是长沙地区受损失最小的企业之一。

战斗之中，在原料库保管员的工作间，我关上门，给邵博士打电话报告情况。湖南的冰雪灾害很严重，特别是望城下起了暴雪。我们已经有两个简易仓库被雪压垮了，主车间配套的原料库和成品库的屋顶也被压得变形了。面对这么大的冰雪灾害，在与邵博士通话中，我依然充满必胜的信心："我们正在组织干部员工奋力施救。请您放心，我们一定会全力以赴，保住工厂。"

然而，说着说着，我的眼泪就不自觉地流了下来，声音也哽咽了。这也是我在大北农的第二次流泪。电话那头，邵博士静静地听着。我们抗冰救灾、保卫工厂的激烈战斗，深深地感动了邵博士，他无比动情地说："老邱，大北农感谢你们，大北农更相信你们！"

我至今不会忘记，屋顶上铲雪人，一铲一铲接力除冰铲雪的风景；不会忘记那个离地有点高的小窗口，奋力一跃闪动的身影；不会忘记抗冰保厂中，员工们投向我饱含信任的眼光。

这场工厂保卫战役的胜利，是大北农创业精神的胜利，极大地鼓舞着大北农人坚定信念，奋勇开拓！

文化长征

在大北农创业史上,曾经有过一次艰难跋涉的"文化长征"。那是2009年4月,大北农"小华南"的大队人马,浩浩荡荡,从望城出发,徒步到韶山,走了两天,行程83公里。

为什么称之为"文化长征"?这是根据集团拓展训练要求进行的。我们提出对"小华南"范围内湖南、广西、云南、贵州的部门经理和营销骨干,进行一次"文化长征"——从望城徒步到韶山,中途露营花明楼,整个行军路线,沿着革命红色之地进行。

当时,我们是这么考虑的。这次文化长征想让大家感悟革命精神,不忘初心使命,传承红色文化;学习红色文化,磨炼坚强意志,激发大家士气;面对困难敢于担当,勇于突破自我;增加团队凝聚力,提高有效执行力。

这次文化长征,为确保大部队按时安全顺利到达目的地,我们准备非常充分,做了一套完整的方案。我们提前去踩了点;组建了先导车、总指挥车、后勤保障车、医疗救护车,还请集团发展学院派来了三位教官,并明确规定了奖罚制度。如果中途有人违规坐车,不仅要取消其资格,还将受到罚款处分。

出发前的头天晚上,我给大家作了动员讲话。

"红军长征历时两年,爬雪山,过草地,平均每天行军74里。更为艰辛的是,途中遭遇重要战役战斗600场以上。二万五千里长征,堪称人类历史上的伟大壮举,给我们留下了宝贵的精神文化财富。"我为大队伍壮行鼓劲儿说,"这次长途拉练,就是一次文化长征。心力大于体力。只要大家坚定信心,都能走下来,最终达到我们的目的地。"

那晚,我们搭起了帐篷,在湖南大北农篮球场安营扎寨。我睡在附近租住的房子里,可怎么也睡不着,心想倘若同大家一起睡帐篷,还安心一点。毕竟这么大的队伍拉出去,心里总是放心不下。

"准备出发了,准备出发了!"没睡几个小时,我就早早起床,来到露营地催着打招呼。

清晨五点半,天刚蒙蒙亮。80多人组成的队伍,高举战旗,整齐列队。

"出发!"我一声令下,大部队从湖南大北农操场开拔。

我跟随队伍一起出发。司机叫我坐总指挥车,我没有答应。我是来拓展大家的,也是拓展自己的,我不能坐车,要与大家同甘共苦,也要与大家"一争高低"。

刚出发时,大家你追我赶,队伍整齐,歌声嘹亮。开始半个小时,大家感到轻松愉快,但一个小时之后,就不那么舒服了。走着走着,就有人体力不支了。有的临时找了一根棍子做拐杖,有的走到抽筋,有的脚磨出了水泡,中途还有人被送到附近乡镇卫生所打吊针,就像红军长征一样,开始出现残兵伤员。

"要不要让队伍停下来休息一下?"教官问我。

"绝对不行,不然大家都起不来了!"我口气非常坚定,"坐下来休息,思想上就松懈了,那股冲劲儿就没有了,会更加走不动。"

"邱老师走到最前面了!"队伍里有人传话,一些年轻人都觉得不好意思。但这对我是压力,也是动力。我暗下决心,要与年轻人比一比体力和意志。最开始,我走在最前面。看到大队伍距离拉远了,我又倒回去,挥动着手势给大家打气鼓劲:"加油!加油!"

午餐是一个咸蛋、一个面包、一盒牛奶。我本想蹲在路边休息一下,但蹲不下去,因为大腿硬邦邦的。我就靠着路边的树干,三两口吃完午餐,继续前行。

按要求，大部队只需要下午 5 点前，赶到宁乡花明楼的刘少奇故居广场，但我却在中午 12 点 50 分第一个到达，比第二个到达的快了 20 分钟。听说我到了目的地，他们都说，不走不行了，必须走。虽然有的晚到，但大家最终都到达了目的地。

然后大家搭帐篷，埋锅造饭。下面条，煮盐蛋，喝谷酒。大家一起干杯，我们笑道："这'六粮液'真香！"野外晚餐虽然简单，但大家吃得津津有味。可能太累了，晚上八九点，大家就进入了梦乡。事后过了很久，听说也有开小差的，有的在农家吃土鸡，有的车上睡觉，还有个别干部没有睡帐篷，睡在了附近的农家。

第二天三点左右，我就起来督导。我们起床集合出发，目标是中午 12 点前赶到韶山毛主席铜像广场。

在韶山毛泽东广场的合影

天还没亮，露水很大，雾也很大，队伍又出发了。由于过于劳累疲倦，大家困得不行。我也困，也很累，但我在心里告诫自己：必须坚持，不能松懈，更不能掉队。

沿着国道行走，一百米一个小标志桩，一公里一个路碑。走着走着，我又走到了由四人组成的第一梯队。一路上，我是越走越轻松，把其他人渐渐甩得远远的。在离韶山3公里处，只有我一个人走在最前面了，很多人掉队了。

上午8点50分，我第一个到达韶山。大概11点，队伍基本到齐，但真正全程徒步走到的只有8人。在毛主席铜像前，我们怀着无比崇敬的心情，向毛主席铜像敬献花篮。之后，大家一起合影留念。下午，两个大巴车把队伍从韶山拉回望城，邵博士早就在那里等着大家了。

这次文化长征，邵博士高度重视，专程从北京赶了过来。邵博士总结说，二万五千里长征在战争史上创造了奇迹，为中国革命的胜利树立了无与伦比的里程碑，"长征精神"激励着一代一代中国人民从胜利走向胜利。长征之所以在艰苦的环境下仍能完成，就是因为所有人都有一种不怕牺牲、坚决执行任务的精神。当大北农的员工把坚决执行当成一种习惯，大北农将成为一支无往而不胜的"红军队伍"。

"大家只有身体力行，只有拿出红军长征的意志出来，才能取得更大的成功。"邵博士说，"邱老师年纪比你们都大，为什么行？因为他有坚强的意志，他心力超越了，真正做到了心力大于体力。"

这次文化长征很有意义。不同的人对同一件事情有不同的态度，就有不同的状态，也会有不同的结果。我们相信，这次文化长征，对大家都有很大的触动。

在总结会上，我问大家："你们谁真正用步子丈量了全程，而没有搭乘一步交通工具，请起立！"只见队伍中一个人，昂首挺胸站立起来，他自豪感、成就感满满。我向他竖起了大拇指。这么长距离的跋涉，不乘坐任何交通工具，坚持徒步走完了全程，确实不易，但就是有那么一些人做到了！

文化长征活动，令广大员工对大北农文化有了更多的理解和认同感，增强了团队凝聚力、战斗力。这无疑也是一次了解、考察干部的好机会。尽管两天的长途跋涉非常艰难,但少数同志勇于克服困难,超常规地发挥出了耐力、脚力,胜利完成了拓展任务。从文化长征中,我们看到了他们的韧性和不服输的精神。之后,在大北农,我每每提到文化长征,就会说他们是长征干部,是经过历练的、经得住考验的干部。

徒步韶山的文化长征,让我感受更为深刻。我开始走得轻松自如,一路遥遥领先,一个人率先到达目的地。尽管走完之后,腿脚真的不行了,到医院一看,得了急性胫骨骨膜炎,但我也有了更深一层的认知。

文化长征是一场比体力和心力、耐力的竞赛。它犹如跑马拉松一样,1个小时之内往往很轻松,3个小时就有点困难了,6个小时之后,更是天壤之别。搞拓展如此,办企业又何尝不是如此?!这次两天徒步行走83公里,对一般人而言还是很有难度的。我年纪比他们大,能跑到最前面,而一些年轻人竟然掉队了。

这次活动中,我穿的是一双灰色的阿迪达斯运动鞋。他们装备不行,很多人穿的是几块钱的解放鞋。但我始终认为,心力比体力重要,信念永远是第一位。设定远大目标,要顺利实现,第一是有信心,第二是有方法,第三才是有装备。

文化长征的两天时间,我和为数不多的同事之所以达到,是因为我们抱着必胜的信念,用意志与毅力坚持往前走,在规定的时间内,最终走完全程,到达韶山。

"我在做,看我的,跟我来,超越我!"我经常这样说。我带领的一部分人超出文化长征第一天和第二天设定的目标。这是对我而言的收获。对于一个企业管理者来说,只要你有必胜的信念、坚定的目标,一步一个脚印、锲而不舍地去做,最终的结果肯定比想象的好。

这次文化长征对我来说,是生命旅途一笔无比宝贵的财富。文化长征本是要拓展华南的干部,又不自觉地拓展了自己。在整个过程中,我感觉到处在超然的状态,所以才能行稳致远。好比坐飞机起飞和降落,上下都是颠簸摇晃。一飞冲天之后，在万米高空又是比较平稳舒缓，但速度又是最快的，能以上千公里的时速飞翔。

人是可以超越自己的。当达到超然的状态，就会越来越轻松自如，像小燕子飞翔一样，轻松快乐。

上市敲钟的前夕

大北农创业发展，历经 17 年的奋斗拼搏，终于迎来了我们期盼已久、为之四处奔波的集团在深交所上市。

进入 21 世纪第二个 10 年，大大小小的企业都往上市这条路上挤，争相在资本市场捞金。中央也出台政策鼓励支持企业上市。农业产业化的龙头企业，对此更为迫切。然而，能上市的农业企业却是屈指可数。企业上市之路也是痛并快乐着。

大北农要上市了，无疑是一件天大的喜事。就大北农而言，这意味着企业要筹资扩大规模，增强产品的竞争力和市场占有率，实现新的更大飞跃。可是，在上市的关键时刻，我们却损失了一员大帅。真的是祸福相倚，悲喜交加。

2010 年 3 月，大北农上市过会前夕，突然传来消息，大北农另一位联合创始人徐胜斌，在山东青岛工作途中发生脑梗陷入昏迷。38 岁的徐胜斌，正是年富力强的时候，是大北农的顶梁柱。

徐胜斌 20 岁刚出头加入大北农。他善于学习钻研，进步很快，并成为大北农三大板块之一——京津冀区域的主要创建者，后来他又兼管山东。当时面临集团上市，工作任务繁重，他既劳累又兴奋，到山东工作不到一个月，不料就发生了脑梗。

他一昏迷，大家的心都揪了起来，特别是邵博士。跟随自己多年的得力干将倒下，邵博士情绪非常低落。大家都很担心邵博士路演中的状态。我是在去深圳进行上市前第一站路演的途中，听说此事的，当时徐胜斌被送往青岛的医院救治。

那时我刚担任集团副董事长不久，不再兼管湖南，就赶上集团在深交所上市。作为上市路演第一站的主持人，我在心里不断告诫自己，现在是大北农最关键的时候，路演的成败对能否成功上市、发行价的确定、融资额的多少至关重要。我不能因为担心徐胜斌这事儿乱了方寸。

"一定要镇定，一定要冷静，一定要理性！"我默默地对自己说。

路演开始了，我走上台，慷慨激昂、条理清楚地发言，并负责了部分答疑。随后，其他几位主要高管发言，邵博士的主题发言都很顺利。大家都控制住了情绪，克制住了对徐胜斌病情的担忧，全心投入了活动。

深圳活动取得了圆满成功！我们又马不停蹄地赶赴上海、北京，接连完成了实地路演和全景网的网上路演。

路演一结束，我和邵博士就准备直奔青岛，看望正在抢救的徐胜斌。这时，青岛那边打来电话说，人已经不行了，准备后事吧。于是，我们连夜安排救护车将徐胜斌送往北京怀柔。

徐胜斌追悼会于 2010 年 3 月 27 日在怀柔殡仪馆举行。那天，我代表集团致悼词。徐胜斌的亲属、大北农在全国各个区域的负责人都去了。虽然稿子头天就写好了，但一到现场，一开始讲话，我的心情就无比沉重，喉咙也有些嘶哑，眼泪就像断了线的珍珠，不自觉地流了出来。这是我在大北农第三次流泪。第一次流泪是为了捍卫大北农的利益。第二次流泪是面对自然灾害。这次流泪是为大北农痛失一位好战友、一员大帅。

致悼词的这 10 分钟里，每一句话，我不是念出来的，是从心底里哭出来的。我能不流泪吗？徐胜斌太年轻，当时他才 38 岁。他是大北农的功臣，我们深感惋惜。

我与徐胜斌共同创业 17 年，结下了深厚的战友情。大北农早期，我负责技术合作，只要不出差，总会约上徐胜斌小聚，一起吃饭，一起散步聊天。

我们聊工作，聊生活，也聊理想和未来。徐胜斌虽年轻，但懂事儿，能吃苦，任劳任怨。有时，他还骑着山地自行车，从怀柔到北京城买原料。他心里有什么事儿，也喜欢讲给我听，让我出主意帮忙解决。

我手头有一张照片，那是 2003 年 12 月，第三届大北农科技奖励颁奖大会期间，与杨胜先生，甄国振、徐胜斌二位老师的合影。看着慈祥的杨胜先生，年轻英俊的徐胜斌老师，我心中五味杂陈。尽管徐胜斌没有见证大北农上市的那一刻，但他为大北农上市作出了卓越贡献。

作者（右一）与杨胜先生（右二）、甄国振（左二）、徐胜斌（左一）合影

第七章

诚信之道

走沧州，下武汉

2015年8月，在我申请辞去集团常务副董事长前不久，尚有一个重要的洽谈项目，我仍然放心不下。这天，我们急急赶往河北沧州。

沧州东临渤海，北靠天津，与山东半岛及辽东半岛隔海相望。这一湾海峡，在开放大潮中显山露水。沧州地位十分重要。它是国务院确定的经济开放区、沿海开放城市之一，也是环渤海经济区和京津冀都市圈的重要组成部分。

沧州经济开发区有着得天独厚的三大优势：第一就在京津冀，第二靠海，第三通铁路。而且，迄今为止这里是综合条件很好的国家化工园区。地理区位、资源优势不用说，当时这个开发区的五通一平基础设施也是齐全的。可以说，在这里建农化产业基地，对大北农的发展是一个重大战略选择。

在此之前，我去过一次沧州，对沧州的印象极好。那时春和景明，令人生出"遥看沧海城，杨柳郁青青"的感慨。这次夏秋之交走沧州，来不及欣赏无边的美景。

沧州项目是大北农的重大洽谈项目。投资建设部总经理徐胜台他们事先去沧州看过地，也与对方相关部门负责人交流过，同我做了汇报。我非常关注这个项目，到沧州开发区与刘强主任见面后，立马坐下来进行洽谈。

"大北农要打造成世界一流的农业科技企业，将在农药、化肥领域规划发展蓝图。"我直截了当地把大北农的情况和愿景跟他们做了汇报，也讲了我们的想法，"你们是国家级化工园区，我们非常看好，我们要在这里大投入大发展，加快建设科技创新型农化企业。"

"非常欢迎！我们求之不得啊！"刘主任听我说后，一下兴奋了，对大北农落户沧州，产生了极大兴趣。他接着又把他们的那些优势讲了一通。

"邱董事长，我们这个园区还差一个中关村的牌子。"刘主任当着我们的面，说出了真心话，"你们来了，正好补了这个缺。"中关村号称中国的硅谷。中关村的企业是科技创新的代名词。大北农是中关村经济20强企业。大北农作为中关村科技创新的领头羊，正是他们期盼的企业。大北农进驻，既是他们盼望之事，也是我们的发展需要。

双方有意，事情好办。我们马上一起到现场，看了五通一平的地块。现场看后，对这个项目是满意的，但对方能否给出最优惠的条件，我们心里没有多少把握。

"这个项目很好，我们会把大北农的资源汇聚到这里。你们能不能给予最大的优惠？"回京之后，我又与刘主任打了几个电话，向他摊了牌。刘主任也很爽快："你们愿投，政策价格方面，一切好说！"电话里几个来回，就把价格基本谈妥了。

那时的沧州开发区，招商引资热情很高，非常渴盼优秀企业入驻。沧州方面将这个项目作为重中之重，特事特办。几天后，新上任的张书记和刘主任，带着园区财政、工商、税务等几个相关部门的一把手，来北京中关村大北农总部考察，进一步洽谈对接落实项目。

大北农沧州项目迅速谈成。他们同意卖给我们五百亩地，分两期交付。这个地块价格谈到了每亩10万元以下，这在沧州经济开发区是破天荒的。尤其是速度之快令人难以置信，在不到一个月时间里，开发区把各方面的手续全部办好，项目快速落地启动。

再说武汉汉南买地，它真的是一个巧遇。那天一早，我和谈松林、陈红心等人，应约前往汉南区委、区政府，与分管招商投资的李区长进行洽谈，地块所属的邓南街街道吕书记同行。

"涂书记，这是大北农的邱总。"在一楼大厅，刚好碰到汉南区委书记涂山峰，吕书记把我介绍给他。

"您好，涂书记！"我上前一步，与涂书记握了手，并说明了我们的来意。

"是这个事呀，很好！"涂书记是个博士，显得很是热情，"邱总，欢迎你们来汉南投资！"

"我们一起聊聊！"他非常客气地将我们领进会客厅。正面摆了两个沙发椅子，我和涂书记坐下后，就开始聊了起来。我给他们介绍了大北农是一个怎样的农业科技企业，讲了我们的理念、使命和抱负，尤其是大北农的企业文化。

"涂书记，您请看看。"我将随身带来的《大北农文化》手册和《大北农技术与服务》报递给他。他一页页认真地翻看，差不多看了10分钟。我当时的考虑是，一定要让当地领导了解我们大北农先进的理念和优秀的企业文化。这也是我们投资找合作伙伴的一个卖点。

"你们这个企业有文化、有理想，老板是'儒商'啊！"人家是博士毕业的，又是地方党政领导，一看就懂。

"原则上就这样定下来了。"他当场就表态拍板，并嘱咐在场相关领导抓紧落实。这次去汉南区洽谈，本来是约好去找分管的副区长，谁承想在办公楼巧遇区委书记，而且谈得这么顺利。涂山峰书记也是我见过的明智、爽快的地方一把手领导。不久后，涂山峰书记在北京参会期间，应邀到中关村大北农总部参观。我和邵博士还与他一起餐叙交流。

武汉历为华中重镇，素有"九省通衢"之盛誉。然而，大北农在这里投入还不够，前面也走了一些弯路，后来才慢慢地加大投入。那时湖南都建了几个厂，湖北却没有一个自己的厂。这次我去洽谈，谈松林已经兼管湖北，大概有一年左右了，也已看到了曙光。

2013年集团提出"加快王者之师建设，以辉煌战绩迎接大北农创业二十周年"，掀起百厂建设的大幕。大北农武汉科技园建设也是在这个背景下展开的。5月中旬，在武汉十一届畜牧博览会召开之际，经过前期与地方政府接触，集团董事会批准了武汉科技园建设。武汉科技园项目，设计年产60万吨饲料，其中36万吨猪料，24万吨水产料。

5月16日，中南区干部在武汉开会，邵博士亲临会场。我和谈松林老师在邓南街招商办谭主任、李耀家书记的陪同下，到临港工业园区看地，确定武汉科技园的选址。它在长江边上，物流运输方便，旁边的中海粮油还有一个专用码头。

"就选这儿！"我当场敲定了地块。武汉科技园选址此地，比我们想象的地段更好，价格也实惠。

2013年9月2日下午，项目签约仪式举行，区委涂山峰书记、区政府陈平区长都来了，场面盛大而热烈。

在武汉汉南区政府会议室举行60万吨饲料生产项目签约仪式

经过大量的前期工作，这个项目于2015年3月31日动工建设。2017年4月12日迎来了武汉科技园的盛大开业，我出席庆典并宣布开业。当年9月，月销量突破了1万吨饲料，助推湖北区当年完成全年8000万元的集团利润。

那段时间，我以联合创始人的身份协助邵博士分管发展与投资，频繁地往来全国各地，在谈项目、拿地块、解纠纷中奔忙。在分管发展与投资期间，我作为副董事长，提出了"积极、审慎、精准"的六字方针。

"积极"就是以积极的态度求发展、往前看，制订目标、规划项目，要从战略上藐视困难；"审慎"就是论证项目，要充分调研，了解市场内外情况，要考虑风险，定性定量，战术上要重视困难；"精准"就是实施精准战略，数字化全方位考量，计算投入与产出。

从实践中，我认真总结出可供操作的流程，绘制了发展投资与管理坐标图，实施项目管理"三条线"：即发展规划、市场推进、工程进度。在推进项目的过程中，这画上的"三条线"基本重合，项目投资就成功了。

在这过程中，我也深刻地感悟到，其实挂什么头衔、任什么职务是次要的，关键是要有一个好的心态来对待工作，对待事业。

"这也是个江湖"

有着"中国百载商埠，世界潮人之都"之称的广东汕头，是我国开放最早的经济特区之一。大北农在汕头有一个项目，我辞去常务副董事长之前就在谈，但一直没谈下来。辞职后，我总觉得，这个项目一定要把它达成。于是，第一时间给这家企业的副总经理姚燕青打了电话。姚燕青是一位英国留学的海归、颇具国际视野的少壮派，她负责对接与大北农的合作项目。

"姚总，我已经辞去大北农常务副董事长的职务了。"在电话里，我首先告知了对方我辞职的事情，接着说了我的想法，"你们这个项目，我一直看好，我们也谈得很好，还达成了一些共识。我最近想去你们德兴一趟，虽然我不是常务副董事长了，但我还是想把这个事情做成。"

姚燕青见我态度诚恳，颇为感动："邱总，您说哪里话！我们都是老朋友了。您当不当职，我们都非常欢迎您啊！"

广东德兴食品有限公司是一家养猪综合性企业。早在2015年，大北农在广东的一次活动上，姚燕青副总经理分享了德兴的养殖理念。我和邵博士对德兴模式有了初步了解。这次接触后，我一直想要进一步深入了解，德兴如何优化猪的生长环境；如何有效使用自动化、智能化设备来解放劳动力，还能优化成本。在这期间，吴文与中国农业大学副校长鲁艺老师，也与他们做了线上线下的学习交流。

2015年7月9日，我带队第一次去德兴，吴文也参加了此次实地参观考察。负责接待的是德兴董事长姚辉德先生和副总经理姚燕青女士。

作者在广东德兴食品有限公司的猪场考察交流。德兴食品副总姚燕青（右一）、德兴食品生产总监姚志翔（左一）

"董事长、小姚总，对你们早有耳闻。我们特意向你们学习来了！"我们热情地握了手。

到了工厂，姚总父女，以潮汕人的隆重礼仪接待了我们一行。短暂的茶会后，我就赶紧说："我们到现场实地看看。"

位于海门镇的德兴核心种猪场引进了第一代群养系统。我们一行换上防疫服，消毒后进入场内，首先来到配种区域。

负责讲解的是技术经理，是小姚总的弟弟姚志翔。我一边聆听，一边提出了我的疑问："栏内地板非常干净是怎么做到的？"

"邱总，您是怎么发现的？"这是一个很前瞻的技术性问题，他们当时感到诧异。其实，我了解什么是干净的标准。我笑而作答："我到过很多猪场呢！"

姚志翔很专业地介绍道，他们经常与海外养殖企业做沟通，了解到当漏缝地板的间隙设计在 2.5cm 的宽度是最好的。当然在现在这是非常基础的技术指标，但在那时还未受关注。

"我们在实验中做了微调，现在是最适合的宽度。"姚志翔说，"这样，母猪的粪便能够顺畅地流到漏粪池，有效防止细菌滋生感染、控制氨气水平。

也不会因漏缝宽度太大而肢蹄受损，导致母猪的淘汰，因为这一点大大降低了母猪因肢蹄受损的淘汰率。"

德兴的配种分娩率，在2015年就已经超过82%。这也让我们惊讶不已。

"这是中国第一次从国外引进群养系统。"走近群养系统，姚志翔介绍他们为行业的升级转型打了头阵，在养殖规模化、数据化、制度化方面走在前列。在德兴养殖场，每个群养系统里有大约40头猪，有的在休息，有的在排队采食，怡然自得，舒适放松，对于我们的到来，它们无动于衷，连眼皮都不抬一下。

"猪也排队？"这个排队采食的画面，令大家感到不可思议。

"是的！"姚志翔说，"我们的管理人员还能找出这区域里的猪老大。瞧，横着走的那头就是。"

大家哈哈大笑："这也是个江湖啊！"

姚志翔讲解了猪排队采食是怎么训练出来的。他接着比画着说，如何扫描猪的耳标，判断猪的身份，给出合理的采食量，并自动记录实际采食量，来保证母猪在怀孕期间的体况维持在标准体况，即达到不胖也不瘦。因为太胖了易难产，太瘦了产后易缺母乳，影响后续繁殖。这也是德兴的一大理念，做好前期计划管理工作，预防胜于治疗。

"你们对猪是如此的了解，也是如此的尊重与爱护！"参观完产房、种猪运动场等，我发出感叹。

德兴以猪为本，对环控系统精控，重视清洁水源、清洁饲料，引进群养、运动场与现代化人才培养的模式，对环境的爱护，让我深感养殖行业大有可为！德兴的人令我敬佩，特别是他们对行业、对猪场现代化自动化升级管理及数据分析看得如此透彻，且先人一步的实践了。而姚志翔更让人不由感叹后生可畏啊！

第一次德兴之行，我受到了震撼。在交流会上，我说："我非常震撼，一是德兴的管理如此细致且在流程上行之有效，清晰明了；二是你们如此无私地把核心技术管理经验跟我们分享，让我看到你们的知识体系如此全面！我也非常感谢你们的信任。"

晚餐席间，姚董事长不曾想到，我对德兴模式有如此深刻的了解。他顿时赞叹地说："邱总不愧是阅历深厚、经验丰富的企业家！"

德兴方面，与我的第一次接触，也感受到惊喜与踏实。他们说，因为我不是高高在上、指点江山，而是本着实事求是的实战思路，这一点与德兴非常切合。德兴回来，我向邵博士与董事会作了详尽汇报，坚定了大北农与德兴合作的意愿，也进一步推进了双方的战略合作蓝图实现。

我再次去跟进落实这个项目，是与融拓资本北京融拓科技投资管理有限公司董事长齐政一同去的德兴。我们就具体的投资条件细节进行了洽谈。而正在此时，还有一个知名外企也在寻求参股德兴，德兴一时感到非常难以抉择，因为这也是一个非常优秀的企业。但他们说："邱总，再次见到您，我们非常开心。您的责任心打动了我们！"

临走时，姚燕青副总经理十分客气，他们派车送我，又拿了茶叶相赠，我婉拒了。"邱总，您务实的作风，值得我们学习！"姚燕青副总经理对此感叹，又心有歉意地说，"这点小意思您也不肯收。你们大北农跟别的企业不一样！"后来，我与姚总一家人都成了好朋友。

在大北农考察德兴的同时，他们也在考察大北农。他们认为，在德兴引进战略投资者上，最核心的点在于真诚，管理理念上达成共识，以助推德兴的发展。他们说，大北农与其理念切合，非常愿意以双赢推进合作。德兴最终选择了与大北农合作。德兴合作项目给了我们惊喜，为大北农带来了50%以上的投资回报收益。

三条共勉

"邱总，您这么早？身体好些了吗？"

2017年12月初的一天上午，我早早来到了培训现场，丰沃新农董事长兼总经理张帆老师见到我仍有些担心。

"好多了，谢谢你的关心！"我一边说着，一边走了几个正步，表明身体已经没什么问题了。

这是丰沃新农在北京怀柔参加的文化专场培训，请我作《大北农企业文化概述》的文化课程分享。

头天下午在集团总部开会，一直开到晚上7点，会议一结束，我就匆匆往怀柔商会会馆赶。坐上车没多久，我就感觉有点不舒服，但不是晕车的感觉，并且后来症状越来越明显。走了一个多小时才到怀柔，我就对送我的邵博士司机说："先去医院看一下吧。"

车子直接开到怀柔人民医院。我当时怀疑可能心脏出了毛病。急诊室的医生给我做了心电图，查我的脉搏，又抽了血，折腾了差不多两个小时，也没检查出什么问题，我这才去了会馆。

"老邱，都快60岁的人了，还是要注意身体。"在去会馆的路上，邵博士给我发来了信息。可能是司机在我做检查时，发信息将此事告知了邵博士。

我回复说："谢谢邵博士关心！我的身体应该没啥问题。"

晚上10点半，我到达会馆。张帆老师在门口接待了我，并送我到了房间。听到我的身体状况出了点问题，他建议我第二天上午先休息，将课程调整到下午。

"临时调课不好！"我坚持按议程安排进行授课。

翌日上午，当我一走进会场，开始培训授课，我的状况一下好多了，完全进入激情状态，说话的语气铿锵有力。张帆老师他们一直担心我的身体会吃不消，但我的这种状态完全打消了他们的顾虑。

在培训现场，我不喜欢坐着讲课，而是来回地走动，与学员进行互动，并通过讲述在大北农的奋斗故事，将大北农文化淋漓尽致地展现出来。原本一个半小时的课程，我足足讲了两个半小时。

丰沃新农是大北农的联创企业。大北农对联创企业高度重视、寄望颇大。

2015年春天，在北京杏林山庄，集团召开联创企业负责人座谈会。会议结束那天晚上，大家相聚一起，在一个包厢吃饭。我同邵博士坐在一桌。

席间，我即兴说了三条，与大家共勉。

第一，要有感恩的心态。行业的机遇、大北农提供的舞台，以及邵博士个人的帮助，都非常重要。大家要倍加珍惜，要有一颗感恩的心，心存感激，不要以为所得理所应当。

第二，要有企业家的精神：创业、创新、奉献、牺牲。企业家是创出来的，不是天上掉下来的。大北农从1993年创办到2010年上市成功，也不是一蹴而就的，它凝结了大北农人17年的艰苦创业。即使成功上市，也只是过去辉煌的一个小结，表明这是公司在前进路上的一次"加油"。我们不能躺在功劳簿上睡大觉，甚或一上市就套现走人，而是要风物长宜放眼量，算大账、长远账、发展账。

第三，要有与时俱进的定位。昨天、今天与明天不一样。联创企业不能因循守旧，必须把握时代和行业的趋势，要不断创新，站在新的起点，开创更加美好的未来。

"三条共勉"，可谓有感而发。大北农上市之后，有了雄厚的资本，站上了更大的发展平台，联创企业也随之而生。经过4年的发展，联创企业已有六七家，但与我们当初的预期尚有差距。这次会议之后，对这些企业有所触动和启发。后来，联创企业做得最好的是陕西"正能"、四川驰阳。

2015年2月6日，驰阳首家公司在成都成功注册，第一车猪饲料在这个春天就送达了客户。大北农对四川驰阳非常关注。在驰阳集团开业庆典上，邵博士亲临大会现场，并做"结成事业伙伴 创造辉煌未来"的主题演讲。

我多次去四川驰阳。2017年5月18日，驰阳（成都）科技园举行开业庆典。我在庆典仪式上致辞，肯定了驰阳取得的成绩，同时希望驰阳在"养猪大创业"战略中发挥自身优势，为大北农集团（2020年"两个千亿"和2025年"两个六千万"）战略目标作出突出贡献。

驰阳（成都）科技园开业仪式现场

过了一个月，邵博士与我等总裁办成员一行22人，又赴驰阳集团（成都）科技园考察。我们寄望于驰阳集团："集团坚信并支持，驰阳集团三年一定会成为成长最快的区域集团军。"驰阳果然不负所望。三年磨一剑，驰阳集团猪料纯外销月销量一举突破3万吨！

驰阳集团曾以"学习泰和创业精神，践行创业者宣言"为主题组织各分公司学习交流。杨阳老师阐述了泰和创业精神的内核:"坚定信念、勇往直前、艰苦创业、争创第一、锻造团队、开疆拓土。"我在四川驰阳也看到,这里的业务氛围、文化氛围很浓。大北农的文化理念,贴在了公司墙上。驰阳人说:"'三条共勉'是经营、做人的指南针。"

因为信念，选择投资

"东北会议有何感悟？"邵博士在微信中问我。

我回复邵博士：1. 立忠有领袖思维，战略布局，前置安排；2. 已初步打造出年轻、专业、认同文化、学习成长快、战斗绩效好的团队；3. 正在建立体系和标准；4. 初步形成新的大创业氛围；5. 三年来的创业拓展及绩效为未来养猪大创业奠定了基础，坚定了信心。我认为东北养猪是目前集团养猪大创业的先锋、标杆，很值得集团其他区域学习！

最后，我在给邵博士的回复里加上一句："集团应坚定支持东北勇当先锋和标杆。"

这段微信聊天对话，是 2016 年的事了。那年 11 月 9 日至 11 日，我应邀参加黑龙江大北农食品养猪规划会。会上，大家的报告和发言，以及会场的氛围令我无比振奋，又深感欣慰！

短短三年，张立忠带领一大批骨干创业养猪，起点高，各方面工作做得很好，成为东北的养猪"黑马"。

回复邵博士微信的五点感悟，我认为自己对东北养猪团队的评价是比较全面、客观的。我也相信，像张立忠这样的大帅带队伍，干什么都能打胜仗。

这段微信聊天对话，后来我还把它制作成 PPT 图卡，多次在东北养猪团队会议上引用，给他们赋能鼓劲。张立忠坦言："邱老师的评价，鼓舞了东北养猪团队，对集团养猪事业也起到了推动作用。"

也就是在这一年，东北养猪平台打算增资，我和赵雁青、吴文、徐胜台等受邀参股，更是基于对张立忠及其团队充满信心，我二话不说表示同意。后来，我又于2017年、2018年两次增投。特别是2017年，正处于养猪困难时期，东北养猪平台增资扩股。邵博士问我增资的意见："老邱，你增不增投？"

"当然增投！我对东北养猪平台有信心。"我这次一下投资7000多万元，也是三次投资东北养猪平台最多的一次，以实际行动支持东北养猪事业的发展。这对邵博士、集团加大对东北养猪的投资，无疑起到了推波助澜的作用。

三次坚定地投资东北养猪平台，我是出于对大北农、对养猪事业的信念，也是我的投资理念与选择。

大北农进入养猪产业、助推集团成功转型上，张立忠功不可没。

张立忠本科毕业于南京农大，硕士研究生毕业于东北农大，是大北农大帅中为数不多的"专业、高知"人才。

早些年，我与张立忠交往不多。我以大南方为中心，他长年奋斗在北方。他入职公司时先是从事技术工作，我是在与赵雁青老师沟通中，对他略有了一些了解。后来张立忠调入市场体系，缔造了"北有张立忠，南有吴有林"的创业英雄佳话。

真正认识张立忠，是在2009年。那时，我兼任湖南事业部总经理，邀请他来湖南，给营销战将授课。张老师是个守信的人。他来长沙的那天，因为在哈尔滨先要处理须办的工作而耽误了时间，为了赶上飞机，在哈尔滨去机场途中一路飞奔。

授课结束后，张老师和我就市场相关问题进行了深入探讨。张立忠带领的东北团队，特别是在浓缩料销量、利润方面创造了骄人的战绩。但他仍然谦虚地问我："现在湖南市场的配合料趋势已经很明显了，未来东北地区也肯定会是这样。面对大势，我们如何顺势而为？"

这既是饲料行业趋势战略问题，又是市场营销策略问题。"猪头倒推，价值导向！"我略一沉思，就提出了这个营销策略，"这是化繁为简，抓本质。

大北农服务的猪头，如果比其他同行服务的猪头价值更高，我们就能赢得市场，赢得客户。"我还提出"数字化、显现化、大家认同"的经营概念。我的这些从实践中感悟到的理念与方法，也得到了张立忠的高度认同。

返回黑龙江后，张立忠马上就行动了起来，加快布局黑龙江的配合料战略。他对市场、环境极其敏锐，而且应变迅速，执行力强。随着饲料行业的发展，我们越来越认识到，参与养猪是必要的选择。因为它市场容量大，发展有空间，队伍可以不断壮大。

愿景最能感召人，事业最能成就人。张立忠把他养猪的想法、思路、目标一提出，邵博士马上同意在东北率先养猪，先行一步。2015年10月，张立忠带领东北团队，从原来的饲料业务转型，主动切入了养猪产业，成立了由员工控股的黑龙江大北农食品科技集团有限公司。这标志着大北农在东北开始养猪！这也是集团首次尝试进入养猪产业，比后来集团的其他养猪平台要早两年之久。

时至今日，尽管养猪业整体来讲遇到了困难与挑战，但是相对同行来讲，我们取得了骄人的成绩。这些年，互联网拉近彼此间距离。我与张立忠的交往，微信互动较多。我总是鼓励加赞美。他也总是那么夸赞地说我是正能量的化身、大北农文化的化身。

2023年2月21日，他们举行年度颁奖晚会，特邀我去参加。我因事走不开，随即发了一条微信："祝贺你们取得好成绩！"他在回复微信时深情依旧地说："感谢邱老师！您的鼓励总是那么让人倍感温暖！您的祝贺我一定传达给大家！"

信念是一个人的追求，也是选择投资的关键。大北农早期，资智股份化也可以说是最原始的投资，是大北农制胜的法宝。那时许多人不懂股份这个东西是什么，更不知道原始股份是什么。这里面既有投资的概念，更包含了一种对大北农的信念。

记得是2000年1月，广州办事处年终考评，有两人评上了华南本部优秀员工。经广州办事处经理孟宪东推荐，我特批每人奖励一万元股份。这下砸锅了！有的说："一万元钱，公司都奖不了，还干什么干？"有的说："一万元股份，那是一张纸，肯定是骗人的。"过了年之后，有一位获得股份奖励者愤然离职走了。

我觉得奖励股份的事，还得给大家讲清楚。于是，我和何长跃一起去了广州。在天河区元岗社区的一栋民房里，当时广州办事处的办公室在七楼，小会议室里坐满了十五六个人。我作了一个讲话，首先讲的是大北农企业文化，重点说到资智股份化是大北农制胜的三大法宝。

"公司年终奖不发钱，而是发一张纸，是不是骗人的？"突然有一个员工站了起来，打断了我的讲话。

"那不是一张纸，是原始股份！"我听后摆了摆手，示意他坐下，并提高了嗓门说，"我今天十分肯定地告诉大家，大北农的一万元原始股份比一万元现金未来的价值至少高100倍。如果未来有一天公司上市了，一万元钱原始股份至少就是100万元钱。"

这番说话，真正打开大家的思维，对原始股有了认知。从此之后，广州办事处掀起了新的创业高潮，部分员工有了原始股份。集团上市以后，广州办事处成了广东事业部，一下子拥有了八位"千万员工"的原始股东，同时有近三十名员工成了"百万员工"。

回头想想这些年，从大北农科技集团原始股到后来大北农上市后的各发展投资平台，都是我的投资去处。这些发展投资平台包括黑龙江大北农食品、武汉巨龙、广西昌农、安徽昌农等养猪平台，以及北京农信互联、南京兆丰华等。邵博士曾风趣地说："老邱是大北农的'小巴'（巴菲特）！"

我们这一代人满怀强农报国的理想情怀，对大北农的远大目标坚信不疑，对大北农必胜的信念坚定不移。我不会因为眼前的一些困难和折腾而放弃，而是坚守初心、矢志不渝。因为有信念，所以选择投资。以信念选择投资，也获得丰厚的回报。沿着这条信念之路投资，看来是走对了，我也将坚定地走下去。

强强联合

2010年，大北农上市后，市场美誉度应声而涨。以漳州大北农工厂建设为契机，大北农掀起百厂建设的热潮。当年，集团饲料机械招投标会议在厦门财税宾馆召开。正昌、布勒、牧羊等国内大型的饲料机械厂商纷纷前来参会。

牧羊集团范天铭总裁带队，成套设备公司总经理刘春海等一起参会。吴文、徐胜台以及分管发展与投资的我都参加了会议。从这次参会企业的规格来看，我们真正拥有了成为战略合作伙伴关系的实力。我在会上阐述了大北农遴选战略合作伙伴的原则："强强联合、优势互补、长期友好、真诚合作、互利互惠、共同发展。"这一原则也获得了高度认同。

"大北农令我们刮目相看！"范总这次见到我，就热情地夸赞我们，且十分诚恳地说，"邱总，请您多多关照牧羊。"

过去是他们挑选我们。我们找他们订设备，数量不多，就是一两套，资金量很小，他们根本没有在意。孰料没过几年，伴随饲料行业发展的大趋势，大北农上市后跨越式大步前行，"百厂工程"加速推进，现在的形势又反过来了。这次我在厦门主持坐庄招投标，到会的都是全国行业厂商大咖，由我们来挑选他们。真是三十年河西，三十年河东！

记得第一次与范天铭总裁打交道时，我向他要优惠："范总，能否把大北农作为战略伙伴对待？"他却反问我："你们怎么会提出这样的要求？"那时，大北农实力还太弱，实体工厂规模小，在全国只有零星几个饲料厂。他们根本没把大北农放在眼里，没有给我们战略客户的待遇。

"你们要给我大客户的待遇才是对的！"我自信地对范总说，"请相信大北农，一定是值得你们信赖的战略合作客户。"

我对行业趋势和大北农前景，作了充分分析陈述。经过几番沟通，范总终于被说服了："邱总，您的议价能力太强了！"

可能是我的自信令范总印象深刻，那次见面的几年后，在2008年唐人神集团二十周年庆典现场，我们再次相遇时，范总还拉着我，笑着说："我倒要看看您的手相，是什么神奇的人物，砍价如此狠？"不知这是夸我，还是贬我。我没有表露出情绪，但当时感受很复杂。我把对大北农美好前景的信心融入合作谈判过程中，为发展初期的公司争取更多优惠，这于我而言责无旁贷。我一直坚信大北农的弱小只在当时，强大是必然趋势。

从最早怀柔基地的一台预混料生产设备选用，到遍布全国的饲料生产基地中，绝大部分用的是牧羊的成套设备，大北农与牧羊的战略合作关系从建立到深化，铿锵之行的每一步，回望无不令人心生感慨。

牧羊后来改名丰尚，是国内饲料机械的头部企业，年销售收入60多亿元。丰尚与大北农的合作，是共赢的典型案例。

"大北农是一家有情怀、敢担当的优质企业。"刘春海总经理，后来回忆大北农与丰尚的合作过程时说，"邱总，'大北农的事业是我们大家的事业'这句话我到现在还铭记于心。当时您提出的那些看似不合理、不可能实现的要求，通过我们的共同努力都一一实现了。这些要求帮助丰尚打开了格局，提升了应对客户要求的服务能力，这对丰尚的发展也是极有帮助的。"

当时，漳州大北农开业典礼临近，相关会务工作进入了倒计时。但机器设备发货出了一点问题。漳州大北农选用的是丰尚生产的主机、膨化机机械、筒仓。恰逢丰尚集团要上SAP，在做切线，筒仓发货耽误了，从而影响了工程进度。

"开业典礼筒仓不能顺利交付，这不是开玩笑？"我急得火气都上来了，牙龈、喉咙肿痛得厉害，喝水都难受。我打电话和刘春海总经理反复沟通，后又给范总打去电话求助。范总马上召集交付团队开会，通过协调把别家的订单产品，先供应给了漳州大北农，确保了漳州工厂的按期交付。

猪料、水产料、反刍料生产线，一个又一个的生产基地在全国遍地开花，丰尚作为战略合作伙伴，与大北农的合作不断深化。但合作并非一帆风顺。昭安水产厂的设计规模之大、工艺要求之高、时间之紧迫，在大北农与丰尚合作项目中前所未有。

"春节十天假期，耽误不起！"我和刘春海总经理电话沟通时，控制不住地提高了嗓门。当时已是元月底，眼看就要过春节，设备安装还刚起了个头，工人们却个个归心似箭，盼早日回家过年。刘春海心里也是着急得不行。

众所周知，水产料有着明显的销售淡旺季之分。每年年底至第二年第一季度，开启第二年鱼料销售，客户提前支付部分预付款，锁定一年的部分客户和部分行情，也是当时行业的通行规则。客户没确认厂家的生产能力前，不可能冒险选择供应商。也就是说，如果到一季度都没有抓住预订，那一年的销售就基本泡汤了。

范总在接到我的电话后，再一次对大北农这个战略合作伙伴的诉求表达了支持！通过处理这次事件，也创造了丰尚集团发展史上的服务新标准：在丰尚工厂完成控制系统的预安装，降低施工现场的工作难度；全面盘点工期，把春节前后要用到的设备提前发货至昭安工厂，克服物流受春节假期的影响；整合区域工人，落实加班及补贴费用，保留了23人春节无休赶工期进度；在设备未抵达现场实行下来，确保了现场同步进行。

几条硬措施实施下来，确保了昭安工厂顺利实现按期交付。这种全面思考、系统安排，也使"成就客户就是丰尚最大的成功"的用户思维得到充分体现。

"因为用户的更高要求，逼着自己提高。"此时的丰尚对我们已是非常认同。"与大北农这样的集团化公司合作，解决了看似不可能解决的问题，对我们最大的好处就是，提升了我们解决问题的思路与方法。"刘春海这样总结与昭安工厂的合作，"与强者合作会带动我们往前跑，逼着我们往前跑。这就是强强联合，遇强更强！"

你们是我的贵人

2021年7月底,大北农与湖南鑫广安签署协议,进行全面战略合作。鑫广安是较早从饲料生产转型养猪的企业之一。经过十多年探索出的"1+27"养殖模式,适应了大规模猪场快速发展的需要,所以鑫广安在业界小有名气。

选择与大北农全面战略合作,是鑫广安对大北农的认可和信任。大北农与鑫广安几乎是同时期创立起来的农牧企业,都在生猪和饲料行业耕耘多年。我与其董事长刘满秋都是湖南人,也较为熟悉。

年届六旬的刘满秋,毕业于湖南农业大学畜牧兽医系,最开始在政府机关当公务员,后来下海到北京的一家饲料公司当业务经理,再后来自己创办了湖南鑫广安农牧股份有限公司。2014年秋天,刘满秋董事长和他们公司联合创始人陈立祥,约我在长沙商谈。

"现在养猪真的是难!"刘满秋董事长介绍了鑫广安的经营情况以及面临的实际困难,并正式向我提出寻求帮助的请求,"邱总,请您出手帮我们一把。"

与其他农牧业一样,养猪行业也有大小年之分。特别是市场价格波动很大。头年行情好,第二年养殖的积极性高涨,市场供大于求,价格一路下滑,行情必然走低。"价高伤民,价贱伤农"的周期性猪肉价格变化的怪圈,循环往复,这就是很难走出的"猪周期"。

2014年是生猪行情处于极为低迷的时期,大部分养猪企业业绩不理想,亏损情况比比皆是。鑫广安遭遇了现金流极度紧张的困难局面，加之正是公司首次申报IPO材料的关键时期，企业能否正常运营极为关键。

听了他的讲述，我觉得情况较为严重，应该想办法帮助他们，与他们同舟共济、共克时艰。我郑重向他们表示，将向邵博士汇报此事，并一再叮嘱他们："企业困难的时候，最是考验大家的时候。我们必须坚定信心，迎难而上，办法总比困难多。"

12月上旬，刘满秋带着他们公司几个高管再赴北京，与邵博士和我进行了最后的沟通汇报。因为大北农与鑫广安长期以来的诚信合作，邵博士最终确定帮助鑫广安办理委贷1亿元，不久后便分两笔通过招商银行下发到了鑫广安。这笔委贷似雪中送炭，不但解决了鑫广安当时的经营困局，更重要的是提振了全体鑫广安人的信心。

"大北农是靠得住的真朋友！"2015年元月，在鑫广安年会上，刘满秋感叹地说，在鑫广安最困难的时候，大北农给了他们最大的信心和及时的帮助。这是多么珍贵、值得铭记的情谊啊！

2015年7月，鑫广安首次公开募股以一票之差遗憾未获通过，其后公司重整旗鼓，一边增资扩股引进战略投资者，一边谋求新建生猪产能，苦练内功。第二年开春，刘满秋才跟我说了鑫广安这事儿。听到他们不气馁、不懈怠，在逆境中斗志昂扬，我也非常欣慰。

"强化生猪现场管理至关重要。"我想再帮他一把，真心地对刘满秋说，"你们可以借用大北农新开发的猪管网猪场信息系统，来提升公司猪场管理的精细度和科学现代化程度。"

"那我们求之不得啊！"刘满秋异常兴奋。

我把他们的事当作自己的事办，帮他们与集团对接协调。在2016年第三季度，鑫广安正式启动了猪管网的全公司覆盖和培训使用。几年的实践证明，我的这一建议，大大提高了鑫广安的猪场管理水平，解决了养猪企业财务信息不够精准、透明、清晰的困难，从而提升了他们生猪管理的实际指标和业绩。现在，他们的猪场财务信息系统科学快捷，猪场 PSY 指标最高超过了 30 头，处于国内前列。

2018 年初，在邵博士的支持下，大北农增资鑫广安 1 亿元，成为鑫广安第二大股东，我也成为鑫广安的董事之一。8 月，非洲猪瘟袭来，给行业带来了巨大的负面影响，哀叹之声不绝于耳。为了给大家鼓舞士气，重拾信心，在年底鑫广安年会，我作为董事给员工做现场演讲。

"非洲猪瘟来势汹汹，但一切困难都是纸老虎！"

"唯有信心和不忘初心的斗志，才是我们战胜困难的不变法宝和精神明灯！"

"我们要像爱护自己的眼睛一样珍惜这份信心。它能让我们坚持到胜利的最后一刻！"

这些慷慨激昂的话语，是我在他们危困之际给大家打气鼓劲，也是我当时最真实的感悟和想法。演讲不断被掌声打断，似一团熊熊燃烧的火焰，点燃了他们心中的激情和战胜困难的决心。随后几年，鑫广安没有被非洲猪瘟吓倒，业绩稳定提升，2020 年净利润达到近 5 亿元。

自从担任鑫广安董事以来，即便我身体不适，依旧准时出席董事会和股东大会，并且每次都非常认真严谨地审阅议案，对鑫广安的发展和战略提出专业合理的建议，对鑫广安的治理和三会制度等细节也及时予以提醒和纠正。

2019 年 2 月，我颈椎手术后不久，鑫广安因为一次融资董事会决议需要找我审签。刘满秋他们走进病房时，我正被护理帮助从平躺姿势坐起来，头部到背部都被颈托包得严严实实。

由于文件内容较多，那次我审阅的时间较长，旁边的护士也不停地催促，一次坐姿或站立又不能超过 5 分钟。为了看完这个文件，我反复坐卧了几次。

"知悉你们要来找我签文件后，我都反复练习起床好多次了。"我笑对他们说。

"您太令我感动了!"见此情状,刘满秋眼眶里泛着泪光,无比动情地说,"邱总,你们是我的贵人。没有大北农,就没有鑫广安的今天。大北农对鑫广安,对我本人的这份真挚情谊,天高地厚,我不知如何报答感恩!"

第八章

一往情深

递交辞呈

"老邱，干吗要辞职？"邵博士感到有些意外。

2015年7月底，集团在北京怀柔召开半年工作总结会。散会的那天下午，我向邵博士递交了书面辞职申请。那年我55岁，还没有年过六十。对我递交辞呈，邵博士感到有点突然，许多人听说后也未料想到。

我当时对邵博士是这么说的："邵博士，对于职业规划我有自己的约定。再则，我也想推荐有能力有才华的年轻人上来。"

"老邱，有必要吗？"邵博士既对我的辞职不理解，又想尽力挽留我，"你还是好好想想，希望你收回辞呈。"

自到大北农创业，一晃已是22年了。当年我和邵博士等，在北京近郊极其简陋的两间房里，白手起家，克服困难，拼命打拼，闯出了大北农一片新天地。

此时此刻，大北农历经创业上市、改革发展，已成为一家享誉全国的农业高科技企业。大北农的"大北农猪圆环病毒疫苗技术"荣获国家科学技术进步奖一等奖，金色农华参与的"两系法杂交水稻技术研究与应用"项目荣获国家科学技术进步奖特等奖，集团被评为首批"国家农业科技创新与集成示范基地"。这些是农业生物前沿技术与大北农的最新科技创新成果，见证着大北农创业发展的辉煌成就。

在大北农事业走向辉煌灿烂之际，我萌生辞去集团常务副董事长一职的念头，大家确实没有料到，也无法理解。然而，我决定向邵博士递交辞职申请，并不是一时冲动，而是经过深思熟虑的。

"在大北农奋斗二十多年，虽然没有多大贡献，也谈不上有什么成就，但我还是想坚持自己对于职业生涯的打算，兑现自己的承诺。不是自己干不好，更不是干得不愉快，而是内心一种自然、平静而理性的选择。"辞职申请里，我这样写道。

在辞呈中，我说出了自己的想法，也给出了三个理由：

其一，我的职业规划是满50岁不具体管理业务，满55岁退出董监高。2009年年底，即将50岁时，不再兼湖南事业部总经理，不再具体管理经营。到2015年，虽然我离干满第三届副董事长还差了一年，但我已经年满55岁。

其二，大北农未来还有更远的路要走，必须要有核心团队的梯队，必须更早地安排年轻人进入董监高。年轻人进入高层，输入新鲜血液、输入新的思维和理念，才能更加促进集团未来的发展。

其三，我辞去常务副董事长一职，不是我干得不愉快，更不是我不热爱，而是因为太热爱、太深情，而作出的有利于大北农发展的决定。

8月7日，集团召开董事会。

"老邱，你收回辞呈，继续干满这一届。"开会前半小时，在进入会场前，邵博士把我拉到一旁，还找我谈话，情真意切地挽留。

"我去意已决！"我态度坚定，并向邵博士表示，"辞去常务副董事长职务，并不影响我关心和支持大北农的工作，因为大北农已经融入了我的血液中、生命里。"

见我态度鲜明，邵博士表示同意我的辞职。他有点不舍地说："老邱留与走，都是对大北农的深情。"在董事会上，大家同意我辞去常务副董事长的职务。

辞去职务早已是心里想明之事，但真正到了这一刻，我的内心还是比较复杂的。似乎有很多的话要说，然而，我只作了个简短的发言，总结过去，我与大北农同事22年是：奋斗、收获、感恩。面对未来，我热爱大北农，更多是对同事们：欣赏、赞美、宣扬。

　　无论是不管经营也罢，还是辞去董监高职务也好，我永远都是大北农人。二十多年来，我参与、经历、见证了大北农从无到有、从小到大发展的全过程，我与将士们一起奋斗拼搏、流汗奉献，也收获了人生事业的成功与喜悦。作为大北农的联合创始人，我为自己是大北农的一员而骄傲自豪，对大北农的感情、祝福与期待，始终一如既往，真挚永恒不变。

风雨同舟

2018年春节前夕，我住院做了一个颈椎手术。这是我20年前在江西遭遇车祸之后，第二次住院手术。手术后的第二天，司机把我扶起身，我坐在病床上拍了个照片发给邵博士。

"老邱，手术做得怎样？"邵博士看到我手术住院的照片后，仍非常担心，很关切地问道。

"邵博士，谢谢您的关心！"我告诉他说，"手术比较顺利。"

我是不想让他为我的病情过分担心。事实上，这次手术中，我的脊髓受到了损伤，也留下了后遗症。

在发病住院前，我就给邵博士打了个电话："找医生看了，可能是头部细小血管堵塞。"邵博士一听，深感担忧，连忙对我说："老邱，身体第一啊！一定要作进一步检查。"这殷切嘱托之语，令我深感邵博士一片关切之情。

早年去北京拜访杨胜教授，有幸与邵博士相遇相识，我们从此结下了一生的情缘。我们一起奋斗创业，开创大北农事业，走过风雨、共担荣辱，是战友，更是兄弟，是一辈子的至交。

曾记得，我车祸住院手术，邵博士专程去江西樟树看我。这一次颈椎手术后，他又深情问候。我内心无比感激。躺在病床上，还有什么比这一声问候，来得珍贵，更令人感动？

这次手术住院前，正处岁末年初，是大北农人最繁忙的时候。2018年1月，我接连跑了几个地方。我先到广州参加广东省饲料行业协会年会，并代表集团发言致辞；又马不停蹄地去福州，受邵博士委托参加福州大北农创业15周年纪念大会，给他们的创始人颁发荣誉奖。

之后，我先回了长沙家中。原本，我还要去哈尔滨参加黑龙江大北农食品年会，随后再到北京，参加大北农华北事业部在怀柔的年会。谁料，第二天早上一起床，我的两个脚不知咋的，走起路来像踩棉花一样。我马上意识到，可能是神经系统出了问题。我赶紧跟妻子和司机说了这事。

"是不是最近会多，高度紧张导致的呀？"妻子唠叨道，"马上到医院去看一看。"

"邱老师，你这段时间装修房子，不是过敏吧。"司机也生出疑问。

他们的说法，我先放在一边。我对司机说："我们赶快一起去望城经济开发区，华南养猪平台要进行工商变更。"

变更手续完成后，我们直奔湘雅医院，看了神经内科。医生初诊是头部细小血管堵塞，后来做了头部核磁共振，报告显示头部没什么问题。但我的情况却越来越严重了，走路走不稳，脚不听使唤。于是我觉得，可能是颈椎出了问题。

"情形严重，手术越快越好！"颈椎核磁共振一查，发现颈椎的第三四节压迫比较严重，脊柱外科医生说，如果不动手术，就像一块石头压了草一样，草是很难生存的。只要把石头搬开，草就活了。

2018年2月8日，我在长沙湘雅医院做了颈椎脊髓减压手术。手术之后，我分别在长沙和广州的康复医院进行康复治疗，一直住到2018年8月下旬。

俗话说，福无双至，祸不单行！2018年部分上市公司实控人大量质押股票融资，用于投资公司发展。因股市持续走低，导致个人质押率不断攀升，实控人的质押风险引起了各方高度关注和反应。大北农此时也遇到了同样的困难。当时，我个人投资了大北农养猪产业的四个平台和农信互联，其资金也是用持有的大北农股票质押融资的，因股价持续低迷，质押已达警戒线。证券公司多次提醒我，要准备归还部分贷款或增加质押物。

大北农股价正持续走低，甚至还有更低的可能。悲观情绪在不断蔓延！但我坚信困难是暂时的，大北农一定能渡过难关。

那时大北农的股价已跌破3元。我与老婆、女儿、女婿马晓等家人商量，大北农此时是困难的时候，我绝对不能抛售大北农的股票套现。只能想办法找亲友借部分资金和变卖家产！后来，在我亲家马孝武先生的帮助下，筹集了部分资金。困难面前见真情，迎难而上显担当。令我感动的是，在这种困境之中，我们大北农人没有气馁，而是克难而进，特别是董监高成员更是团结一致。

"老邱，要好好康复！" 2018年4月，我在广州住院康复期间，邵博士特地来看望我。我住院期间，邵博士频繁地发微信问询。这次虽然他身处困境，但只字未提，却一直在嘱咐我，关心我的康复。我内心莫名感动，有一股暖流在上涌。

2018年6月19日，集团总裁张立忠、监事会主席谈松林、副总裁周业军三位老师来到广州，一是慰问住院的我，二是一起沟通商量集团的工作，想办法克服眼前困境。

"在这个困难时期，你们作为董监高，体现出的责任感和使命感，令我十分感动。"我不断给他们助威，给他们壮胆，让他们更有定力："要坚定信心，解放思想、勇于开拓、敢于担当，依靠用大北农文化武装好了的全体大北农人，共克时艰！"

在我康复住院期间，有许多大北农的同事，以电话、微信的方式关心我，也有一些同事到医院看望我。我感谢大家的关心："没有什么事，只是康复需要时间。"我只是简单地说了一些病情，更多的是了解和交流大北农面临的困难，以及如何坚定信心，从困难中发现机遇，更加团结一心、脚踏实地、化危为机，走出困境。那段时间，每当听到和聊到大家有克服了困难，或是某个举措取得了成效，我的心情就会好起来。

"邱总，是不是又听到大北农好消息了？"很多次，医护人员看到我的状态，都会说，"今天康复都有劲儿了，走起路来也带风一样！"

在大北农的 30 年，也是与邵博士一同奋斗的 30 年。作为大北农的灵魂人物，邵博士的人格魅力、渊博学识，都深深地感染和影响我。他为人低调简朴，又抱负远大、智慧超群。这是一种修炼，更是一种境界。

其实我平时也简朴，但他比我更简朴。记得在泰和大北农工作时，我经常去北京开会，他偶尔会请我到外面吃个饭。两个人，就点一个菜，一个汤。有次，我同他到厦门出差，他提议住普通宾馆，于是我们就在简陋的厦门财税宾馆住了下来。一天下午，我陪他到宾馆边上的商铺买衣服，买了一件上衣、一条裤子、一双鞋子，加起来不到一千块钱。谁会想到，买这种地摊货衣服的，竟是当时身家百亿的他！

在各个场合，我总是表露出对邵博士发自内心的认同。我们都胸怀强农报国之志，不想让自己碌碌无为、虚度年华，对大北农事业的追求执着而坚定。

我的命运与大北农、邵博士的命运是紧密相连的。我们患难与共、风雨同舟，一起奋斗几十年。我们的情谊比海深比天高。

阳光使者

2018年年底,大北农集团年会隆重而热烈。当我拄着拐杖出现在会场的那一刻,邵博士和各位老师都异常惊讶:"老邱,你来了!"

很长时间没有见面了,大家格外地亲切。手术尚未完全康复,我就拄着拐杖来参会,也是因为很想念大家。这是我手术后第一次正式参加集团的活动。

"好久不见!"在与邵博士握手时,我们惺惺相惜,不禁异口同声地说道。

回到温暖的大家庭,我有一种久别情怯的感觉,有一种发自内心的激动。拄着拐杖参会的画面,给大家留下了难忘的印象,也深深地刻在我的记忆深处。直到现在,仍不时有同事说起这档子事。

手术康复治疗的一年间,我感觉自己几乎与外界隔绝了。在去北京参会途中,突然发现自己好久没有坐飞机,原来南航的金卡变成了银卡;由于一直在做康复,我的手机24小时没关过机,结果导致密码都忘记了,多年来存储在手机里的珍贵照片和信息也都找不到了。这是我一个很大的遗憾。

在康复治疗期间,我总认为,有使命心的工作就是最好的养生,使命在心也是最好的康复。尽管不能像以前那样上班,参加各种活动,但在顽强锻炼和康复的同时,我始终关注关心大北农事业的发展。我主要通过手机了解国内外行业和集团的相关信息,对宏观和微观情况与形势作出基本判断;通过与大北农同事的电话沟通、微信互动,或是见面交流,了解大北农的动态。

2020年国庆节后,邵博士的秘书发信息告诉我:"邵博士去张家界参加熔炼营,会后来长沙看您。"第二天,邵博士秘书把熔炼营日程安排发给了我,并转达了邵博士的意思，如果我身体情况允许的话，建议我参加这次会议。

已经近两年没有外出参加大北农的活动了，当时收到邵博士秘书的信息后，我有点犹豫了，没有马上决定是否去张家界参加活动。之所以举棋不定，还是因为自己有心理障碍，担心身体大不如从前，要突破心理落差难度大。再则，也有身体的问题，手术后身体被僵硬疼痛感困扰，不能久坐久站。

看到我犹豫不决，妻子、女儿，还有康复师都建议我去参加，鼓励我走出去："不要有顾虑，更不要担心。"

集团"领袖之道熔炼营"活动在张家界如期举行。我乘坐动车到张家界，邵博士特意安排我讲了话。三千秀峰夺翠来，四面层峦摆将台。在这万仞壁立、风光绝美的张家界，我以"在大变局中决战决胜"为题，发表了赋能演讲。

"我们大北农人要勇当先锋和标杆。这是我们的初心、使命，也是我们的信念、目标，更是我们为人处事的准则。"

"要做到三个'越好'：标准越高越好，要求越严越好，速度越快越好。"

"在大变局中决战决胜。当今世界正经历百年未有之大变局，只有抓住机遇，以时不我待的劲头，乘势而上，将生产规模扩张向生产经营提质转变，实现成本领先，才能全面穿越猪周期，在疯狂投资、竞争惨烈的市场中实现决战决胜。"

这是在我手术之后参加集团活动的第一次公开演讲，我开始有点担心自己的身体状况，没想到一登台我就进入了状态，台下掌声不断。

"老邱，讲得好！"发言结束，邵博士就和我握手，为我点赞。邵博士说："虽然你的手术不成功，还在做康复，但你能与时俱进。你的发言非常好，很有高度，也非常精准，对公司的发展具有指导性的建议。"

一个月后，大佑吉预算发布会在长沙召开，邵博士又邀我参会。在会上，企划部安排专题采访我，制作我与邵博士30年的视频。我事先虽没准备，但随口就来。与邵博士的30年，已深藏于我心中，像过电影一样一幕幕浮现。

"我与邵博士相识相知有30年。1990年的春天，我们去了北京，找到了北京农业大学的杨胜教授，请他给我们当技术顾问。第一次我与邵博士见面，是在农大的比较陈旧的实验室。他身穿一身牛仔、运动鞋，当时还在读博士二年级。

"我们处在一个伟大的时代，又在一个伟大的中国，从事一个最有前景的伟大产业，更重要的是在一个必定要走向辉煌的公司工作，太骄傲、太自豪、太幸福！与1993年创立大北农的初期相比，现在和未来的大北农的创业者们，有了更好的时机，更好的外在环境。大北农的舞台、文化、组织和机制绝对有竞争力，只要我们当下的创业者们真正牢记初心使命，把'争创第一'真正作为自己的人生观和价值观，也就是用成功的方法来践行实践。只要大家一步一个脚印、全身心地忘我工作，我坚信，未来的人生，无论是事业、财富，还是幸福快乐指数，比我们想象的还会要好得多。我衷心祝愿，大北农创业者们取得一个又一个的辉煌成绩！作为联合创始人，这就是我最大的心愿，也是我最真诚的祝福。"

这些年，我时常被邀请去各地大北农，参加作赋能讲话的活动，我心之所愿、乐此不疲。我把它称之为"阳光使者"。我都是以欣赏、赞美、宣扬的话语，寄望大北农的明天更加美好。

回望30年来的风雨兼程，我们一同经历奋斗创业的辉煌岁月，也曾渡过前所未有的艰难困苦。我们一起走了过来，看到大北农正在困境中崛起，未来前景无限、充盈希望。对此，我既感慨万千、思绪纷飞，又充满期待、心存祝福。

回报乡梓

南县武圣宫太白洲村的第一条水泥路，经过近两年的建设，在2004年夏天通车了。通车那天，公路两旁新插上的彩旗迎风飘扬；一幅巨大的红色横联，"科教兴农，回报乡梓"的几个大字十分醒目。

周边垸子的乡亲们纷纷赶来看热闹，把新修的公路围了个水泄不通。村里有了水泥路，当时还很稀奇。村里请来了镇上领导，找来小学的腰鼓队，热热闹闹办了一个通车仪式。

在这之前，父老乡亲对我投资修路的义举，非常感动。村里领导对我说："修路造福全村，你做了件功德无量的事。我们要给你立块碑！"

"这坚决不行！"我当即拒绝了。他们又说："那就以你们夫妻的名字命名为'文君路'吧。""文君路"，是从我的名字"邱玉文"和我妻子名字"龚丽君"中各取一个字。我一听也没同意，他们只好作罢，便将这条路命名为"幸福路"。

这条路的修建，是我第一次为老家捐资。说真心话，我不是为了扬名乡里，而是回报乡亲，为家乡建设尽一点力。我的老家地处洞庭湖平原，以前都是狭窄的泥巴路，晴天尘土飞扬，雨天泥泞不堪，通不了大车，老百姓苦不堪言。

我母亲是一个朴实的农村妇女，在世时一直过着勤俭节约的生活，舍不得吃穿。但每次回去，她老人家总跟我念叨着："要多做好事，修路架桥是积德。"我更忘不了年轻求学时，从益阳到老家，车船只能坐到武圣宫，每次都要从镇上走路回家。那份艰辛令我刻骨铭心。从那时起，我心里就有一个梦想，今后我有能力了，一定要把家乡的路修好，让父老乡亲有一脚好路走。

在修路的过程中，我也倾注了不少精力。因为修路必然会牵涉一些人的少量田土。由于大家的思想没统一，开始路基修建推进很慢，甚至停滞不前。修路原本是做好事，却不承想会遇到这么大的阻力。

"这样拖下去，这条路要修到猴年马月？"我非常着急，找到牵头修路的村支书，也是我堂弟——邱海山，劈头盖脸地一顿批评："为什么这么久了，路基还修不好？就是不敢担当，不敢奉献。"

这一顿"骂"还是有些用处，路基修建迅速加快。路基修好后，进入了道路硬化阶段。那天我去南县考察鱼饲料市场，借机来到太白洲村的修路现场。当时正值盛夏，天气十分炎热。头顶烈日，我在工地一路检查，看路基修得是否扎实，混凝土铺得厚不厚。当发现已经捣制好的混凝土，用于养护的洒水设备不够时，我立即吩咐他们增加一台抽水机。

徒步巡察使我大汗淋漓，汗水湿透了我的衣服，因为没有及时更换，原本有点感冒的我病情又加重了。随后，我随"中国饲料行业赴美国玉米考察团"外出考察，那时正值"非典"，因为我一直感冒发烧，差一点去不了。

在通车仪式上，我致了一个辞。我满怀深情地对父老乡亲说："我两岁随父母回到太白洲村，在这里度过了美好的童年时光，儿时的记忆还深深印在我心中。在这里，我步入小学、中学，最后考上大学，离不开这片质朴土地的养育。我今天捐资修建这条路，既是我对父老乡亲的一点感恩，也是对这片土地的真情回报。"

如雷般的掌声响起，打断了我的话语，久久地回荡在洞庭湖畔。听到这掌声，望着那一张张的笑脸，我忽然觉得父老乡亲是多么淳朴、多么可爱啊！我这个游子的点滴回馈，他们却是那么的高兴和欢欣！

"我希望太白洲村的父老乡亲家庭和睦、妻贤子孝，特别是要教育好子女，让他们好好读书，今后成为对国家有用、为国家所需的人才，到时再来回报家乡。"我还对他们说，"我相信你们，你们的子女，将来比我做得更好。"

通车仪式后,我在镇上饭店摆了三桌饭,热情招待父老乡亲,还发了《大北农技术服务》的报纸。

武圣宫镇位于湖区,田地里种的不是水稻就是棉花,没有其他特色与优势。落后的传统农业没有出路。我只想给他们传播先进的农业科学技术,带动这里的现代农业产业,让村民走上致富路,过上好日子。后来,我又捐资在家乡修了第二条路、第三条路、第四条路。2021年,我继续捐资将太白洲村路面升级改造为柏油路面,加装太阳能路灯、石凳,接着又对太白洲八组进行农网改造。

我还先后为武圣宫镇养老院、太白村老年慈善基金捐款。亲戚、朋友、乡邻若是遇到困难,或是特殊突发情况,我都会伸出援手,但也有原则:救急不救穷,帮困不帮懒,传递一份温暖和力量。

大学生是祖国的未来,是民族的希望。我是从农村走出来的,深知农村培养一个大学生多么不易,也深信知识改变命运,人民富裕、祖国强大都离不开知识。资助大学生,是我在做公益中一直的坚守。但我有自己的标准,必须品学兼优、家庭困难、勤工俭学。我也不是简单地捐钱,不仅从物质上资助,更从精神上引导他们。从2014年到2018年,我共资助学生近50名。其中,有家庭贫寒的,也有因父母生病困难的,都是需要帮助的优秀学子。

对于资助大学生,我是非常认真的。"品学兼优、家庭困难、勤工俭学"是资助必备的要求。学校说学生品学兼优,学校要提供相关证明,我还会实地走访调查;家庭贫困的学生,也需要乡村出具证明。对于被资助的学生,我还要求他们假期勤工俭学,要让他们明白挣钱的不易,锻炼他们的生存能力,为以后步入社会打基础。

有时还被人误解,说我捐个款搞得那么麻烦。但我不怕别人怎么说,这不是我多管事,不仅要助贫困学子一臂之力,还要让他们懂得用知识改变命运,学有所成、报效国家。

这些年来,公益事业已融入我的工作生活。但我依然觉得,公益事业不是形式主义,更不是面子工程,不需多么伟大,但要深入实际,真真切切、踏踏实实，真正能够帮助人家。这是我做公益的出发点，也是我的心愿。

作为大北农联合创始人，在大北农爱心基金和集团公益活动中，我都是积极参与者和捐赠者。能力不分大小，捐款不分多少，善举不分先后，贵在有份爱心。我相信，大家的仁爱之心，将重燃一个新的生命之星火；大家的点滴之恩，将托起一个家庭生存的希望。正像歌词所唱的一样："只要人人都献出一点爱，世界将变成美好的人间。"

遗憾亦美好

在我的人生历程中,我永远也忘不了抱着父母遗像,开车走遍了长沙好几条大街的情景。

2003年元旦过后,母亲离世,我从南县奔丧回来。那天长沙街头昏天暗地,我们先走湘江路,再走芙蓉路,接着走五一大道,最后才回到我在长沙的家。

我是抱着父母的遗像,"带"着他们逛了长沙几条大道。我满含愧疚的泪水对着母亲的遗像说:"妈妈,您儿子把您带来长沙了。您要好好看一看啊!"

母亲从来没有来过长沙,皆因为母亲身体不太好、出远门不便以及我们工作太忙等种种原因,留下了永久的遗憾。自古忠孝难两全,我这一生遗憾不少。

父亲是土改干部,中共党员,新中国成立前参加工作,当过农协会主席,1979年退休,退休六年后,因为肺癌去世。他去世时才63岁,那时我才大学毕业不久,父亲没有享过我的福。不过,父亲临终时刻,我和姐姐、两个弟弟都来到了他的身边,陪他走过了最后的日子。

自1993年加入大北农,由于工作繁忙,我经常在全国各地跑,对老母亲和岳父母照顾得越来越少。我几个月难回一趟家,在家待上两三天又离开了,没有时间,也没有精力来照顾陪伴老人。

1998年特大洪水,百年一遇。地处洞庭腹地的南县,浊浪滔天。

"家里发大洪水了,房子快要淹了!"听到这消息,当时我在泰和大北农忙得不可开交，我姐姐又在岳阳，两个弟弟下海在昆明做生意。

母亲一个人在老家，我万分着急，担心她的安危。但洪水远隔，何以去相救？我只得请我爱人的表妹夫袁正泉，帮着把我母亲转移到安全的地方。转移后，虽然我每天都会打电话回老家，询问洪灾情况，但也只能干着急。

母亲的身体一直不是很好，后来又患上了糖尿病。我很担忧，可是鞭长莫及，也只得请堂姐和堂嫂照顾。我一两个月回去看她一次，心有歉意地对母亲说："妈呀，大北农的事业做得大，我也很忙，没有照顾好您。"

"儿啊，娘不怪你，知道你工作很忙呢！"母子连心，娘懂我心。母亲虽是农村妇女，但她懂世事、明道理。每次回去，我总会买一些吃的用的。母亲总是说："娘吃不了多少，也用不了多少，你有点儿余钱，多行点善事。"

在母亲离世前近一年的某天，我回老家看望她，并把决定给村里修路的事告诉了老人家。娘顿时笑得很开心："玉文，你给村里捐款修路，很好，很好！"

有一次，我回老家看母亲，那时母亲已是糖尿病晚期。她拉着我的手，说出了她最后的担心："你们工作干得不错，我一点儿也不操心，但我只怕没你爹爹的命好。你爹爹走的时候，你们四姊妹都送了终。如今，你们都不在家，只怕我走的时候没有儿女送终。"听到这里，泪水模糊了我的双眼，内心无比愧疚。

2003年元旦，我带着妻子和女儿回到老家过节，大弟弟和侄儿回来了，姐姐也回来了。母亲病危，眼睛都睁不开了。"妈妈，您睁开眼看一下我们呀。您的儿女，还有孙儿、孙女都回来了！"面对临终前只有微弱呼吸的妈妈，我们呼天抢地地喊着。可是，我们再也没有听到妈妈的声音。

我是计划1月3日回长沙上班的，内心想，忠孝不能两全，工作耽误不得。当时真没准备在家等着给母亲送终。可母亲1月2日晚上七点左右离世。母亲总是担心儿女不能送终，但我们都回来送了终。母亲选择在元旦假期离开我们，或许是她灵魂的选择，这也是她一心行善的回报。

母亲去世时,天寒地冻。我是孝子,在寒风中跪了三天。再也没有妈妈了,平时看望照顾她太少太少,我无法按捺心里的愧疚抱憾。按老家风俗,下葬当天,如果孝子要在老家过夜,就必须过了头七才能离开。可是我们离开老家多年,已经没有房子住了,但我的心里无法安宁,于是决定抱着父母的遗像回到长沙。

怀着无比悲痛的心情,从武圣宫镇太白洲村出发,我坐在前排副驾驶座位,两手紧紧地捧着父母遗像。那时,从南县到长沙,坐汽车要经过两个渡口,又没有高速公路,要走很长时间。在赶往长沙途中的当晚,我们就在南县政府招待所住了下来。我一个人单独开了一间房。房间里有两个铺,将父母遗像放在一个铺上,我自己睡另一个铺,总感觉父母在自己身边一样,没有离开。

后来这许多年,无论走南闯北,也无论工作多忙,清明我都要赶回老家给父母扫墓,每年农历春节正月初二给父母拜年。这既是对父母的怀念与祝福,也是向他们"汇报"家事。

在大北农30年,四处奔波,对家庭有一种深沉的负疚感。特别对于女儿,我深感没有尽到为父之职。女儿在南县上的小学,开始每年春节回家,我还会找老师了解一下她的学习情况。后来大北农发展得越来越快,我也越来越忙,到学校去得越来越少。

女儿小学毕业后,我把她和老婆一起接到泰和。她在泰和中学上学,寄住同事的亲戚家。她一下从湖南跑到江西,人生地不熟,非常不习惯,觉得孤单寂寞,晚上总是躲在被子里偷偷地哭。现在想来,作为父亲的我心里仍十分难受。

有一次,女儿的"随身听"在学校丢了,她很委屈,回来向我倾诉。我不但没有安慰她,反而批评她:"你太优越了,太矫情了!"女儿觉得我不可思议。那时,我的精力放在工作上,哪有时间去考虑女儿的感受。

在泰和读不下去了,我只得将她转到长沙读书,又从初中一年级重新读起,委托大舅子看管。后来,我工作的重心到了长沙,在长沙买了房子,但生活仍跟打游击一样,几易办公地点,几次搬家租住,我都是租住在办公地点附近。尽管住在一个城市，我也没能好好照顾女儿。开家长会，我也没有去过一次，都是大舅子代劳。每次提起此事，我都有一种在心中压抑很久的愧疚感。

女儿高中住校，我对她的学习也不是完全不管，她每次回来，我也会找她交流沟通。可能是我的沟通方法存在问题，也有可能是她正在青春期，她对我有些抵触情绪。这种状况持续了很长一段时间。

我们60年代的这辈人，孩子大多是独生子女。许多的家庭都是围着孩子转，陪玩、陪读，甚至有的陪着上大学。邱杰是我们夫妻唯一的女儿，也是我们的"心肝宝贝""掌上明珠"。她却没有像别人一样，得到父亲的特别宠爱。我一直深深地感到自责。直到后来她上大学，我们父女俩的关系才开始融洽，在一起说话也变得轻松愉快了。

我也有一部分亲属在大北农工作，但他们没有因为是我的亲戚而得到特殊照顾，相反我对他们更加高标准、严要求。看到大北农发展得越来越好，我的两个弟弟也一度想到大北农来工作，都被我拒绝了。我对他们说："这对我没好处，对你们好处也不多。"后来他们没有再找过我，而是安安心心在昆明做橡胶生意，发展得也不错。

在大北农的30年，也是我人生事业学习成长发展的30年，尽管忙于工作、奔波劳顿，在孝敬父母、友爱家人、关心同事上，留下许多遗憾，但那也是美好时光中心灵泛起的阵阵歉疚，永远铭刻在人生的记忆里，值得我深深地思索与回味。

这世上，人生哪有十全十美，不完美才是真实的，也是永恒的。

快步行，乒乓情

回望人生几十载，我热衷于走动式管理。我的大部分时间不是在市场调研，就是在工厂现场。工作是我最大的热爱，每天都充满着激情和斗志。

我这个人也没有太多的爱好，即使在年轻时也不酗酒泡吧。如果要说特别爱好，快步走、打乒乓球也算得上吧。快步走和打乒乓球，都是在我遭遇车祸之后，为了康复锻炼才开始的。这"两大爱好"也是我最喜欢的。

在泰和大北农的那些年，正是我人生事业走向巅峰之际，也是经历磨难淬炼的关键时期。人生几十年，最关键的只有几步，泰和是重中之重的一步。在泰和历经改革艰难之时，又不幸遭遇车祸，是我人生中最大的磨砺和最大的精神财富。我在快步走、打乒乓球的活动中，锻炼了身体，体现了我的特质，令我与同事们都有受益。

泰和大北农当年，也像现在的"厂BA"，篮球场经常灯火通明，打球的、看球的人声鼎沸。

我喜欢下午下班后，和三两同事来到乒乓球室，打上几场乒乓球，常常打得酣畅淋漓。他们说我："打乒乓球，气势大，韧劲十足，有一种不服输的精神。"确实，我不到最后绝不放弃，打球也随了我一贯的作风。

从泰和回到湖南，刚开始湖南还没有自建工厂，在捞刀河租赁的仓库比较简陋，唯一的娱乐设施就是一张乒乓球台。后来办公地点搬到望城科技园，公司提倡以厂为家，打乒乓球也是大家工作之余的一项热门体育活动。下班后一有时间，我会约大家一起打球。杨晓群等几个打球水平不错的同事，经常同我"过招",一比高下。

我是右手直拍,因在泰和右胳膊受伤,不能挥臂,所以打球也就不存在正手拉球,台内弹、拨、挑打、反手拧拉等动作一概没有。

"邱总,您这怎么打得赢?"开初,大家见状,对我这种打法疑惑不已。

"那就比试一下啦!"我十分自信地上场挥拍。

"砰、砰、砰……"我就用一个动作——正手推球,以不变应万变,将几个年轻人纷纷拿下。

几个人吃了败仗,被打得目瞪口呆:"这怎么可能?!"令他们难以置信的是,我的正手推挡可以吃掉他的任意来球。长球也好,短球也罢,我总能应对自如,将球直推至对方台内。当对方加大力量时,我的正手推以暴制暴,会以更大的力量将球推过去;台内短球时,我的正手推又能以很快的速度和较大力量推出斜度,让人措手不及。

单凭正手推球,能够打赢他们,也给了我一个深刻的启示。常言道:"一招鲜,吃遍天。"我的正手推球,可谓"一招硬,赢满贯"。打球如此,创办企业、打造品牌何尝不是如此!

打乒乓球实行 21 分制,一般都是打五局或七局,决出最终胜负。有一次,谭家德同我对打。前三局,他体力还算跟得上,失分不多;三局过后,他气喘吁吁,大比例失分。这场球我以压倒性优势获胜。我对在场的同事说:"打球跟工作一样,不但要赢,而且要大赢!"

大赢的感觉真好!也正如大北农文化的坐庄管理,争创第一,第一名的业绩是第二到第五名的总和还多。这就是大赢!打球是快乐的,特别是将其精要领悟并运用到工作实践中,那种获得感与愉悦感是无法形容的。

打球时将任意来球如何推挡应对,我总结出一条规律,那就是"简单、重复、聚焦",而且我把它上升运用到管理理念中。譬如,大北农与合作单位的洽谈,一个一个单子拿下来,都是从大北农先进理念说到人才技术、品牌文化优势,然后再聚焦到"强农报国",无非亦是一种"简单、重复、聚焦"。

早些年在泰和，我每天锻炼，坚持快步走。从泰和大北农快走到泰和火车站，再又快走回来，往返有六公里，只要在泰和，基本上是风雨无阻。在快步走中，我深刻体会到，工作就和快步走一样，不仅要快，而且贵在坚持！也只有坚持，才能最终达到目标。

那时，我走得很快，许多年轻人跟着我，小跑才能跟上我的步伐。我的快步走，可能同别人不太一样，也不仅仅是为了锻炼身体。与他人一起走，边走边聊，常是我与同事沟通的一种方式；我自己独自走，有时还可边走边打电话，与同事进行交流。我觉得这样沟通起来自然轻松，比在办公室放得开一些。在快步走中沟通交流，不失为一个好方式，同事也把我当作走路的伙伴，将工作生活中遇到的事与心里的想法，无拘无束地表露出来。

快步走对我的工作启发很大，我从中受益匪浅。以致后来，早上走，晚上走，我乐在其中。到外地出差，同事知道我有散步的习惯，一般都安排宾馆有院子或者附近有公园的地方住宿。随着年龄的增长，我的"快步走"变成了"慢步行"。

在运动中，身体放松了，思路清晰了，心情愉悦了。无论是走路，或者打乒乓球，这两大爱好给了我身心上无尽的快乐。

尾　声

2023年7月7日傍晚，云天之上霞光绚烂。

我似乎有心灵感应，吃过晚饭没有像往常一样外出散步，正在自家院子里健身。突然接到一个电话："邱老师，大北农集团半年创业工作会——王者啤酒晚宴正在北京举行，请您远程连线视频赋能讲话。"

这对我来说，是一个惊喜。我非常开心地与邵博士及各位大帅、将士们，进行了视频连线。

"今天集团的特殊活动，我虽没有在现场，但是我今天有心灵的感应，并没有外出散步，刚好在自家花园，与大家一起来畅饮、来干杯。"我难掩内心的喜悦，非常动情地说。

"有了伟大的事业，才会有伟大的人生。我始终坚信大北农有邵博士的引领，有卓越的大北农文化的指导，更有今天在座的大帅、大将和将士们的带领和奋斗，大北农几万员工始终不渝地抱着我们志创世界一流农业科技企业的梦想。"

"最近几年，世界变化、行业变化，包括我们大北农适应环境的变革，越来越快，越来越激烈！我虽然人是退休了，但是，我的心永远关注着国家、行业，尤其是大北农的发展。我的心永远和战友们在一起！"

"我十分坚信，大家齐心协力、共同奋斗，大北农的梦想一定能够如愿地实现。我也真诚地希望，通过这次活动，我们把创业的高峰推向更高，以辉煌的战绩迎接大北农创业30周年。"

最后，我请范伟老师代表我敬大家三杯酒，并满怀深情举杯祝愿：

"第一杯，祝愿我们伟大的事业必定成功！"

"第二杯，祝愿大家身体健康，状态越来越好！"

"第三杯，祝愿全体大北农人及家属、大北农的合作伙伴、一切关心大北农的友好人士，万事如意，家庭幸福！"

后　记

2023年，适逢大北农成立30周年。在阔步迈向建设中国式现代化的新征程上，而立之年的大北农活力蓬勃、生机盎然。

30年弹指一挥间。从风华正茂、意气风发的青春时代走来，岁月的痕迹已不可磨灭，深深地印刻在了大北农初创者——我们这一代人的容颜。回首往事，我们怎能忘记那激情迸发、如火如荼的艰难创业日子，怎能忘记那栉风沐雨、挥洒汗水时的辛勤与快乐，怎能忘记那憧憬远大理想、共同奋斗拼搏沉甸甸的师生谊、战友情？

我们与大北农一同成长，经历见证了改革开放伟大的时代。我感恩这个时代，感恩一路走来相伴的同事、领导、合作伙伴以及家人们，是你们的无私奉献、关心支持和大力帮助，给予了我在事业与生活上前行的无穷力量，从而在人生事业中收获了成长、快乐与喜悦。30年与你们相遇相识相知，是我一生中最大的荣幸和财富！

在大北农30周年即将到来之际，邵博士嘱咐我写一写"我与大北农30年"的故事。30年在人类历史的长河中，不过一瞬之间，可对于我们大北农人来说，又是那么的久远与心中永恒的记忆。是啊！与大北农的30年，难忘的故事太多太多，有多少个"一千零一夜"，真是道不完叙不清！

大北农30年的历程，是一部恢宏的创业奋斗史，是中国民企创业发展的一个缩影。本书展现的是"我与大北农30年"，摘录的只是壮阔30年里小小的片段与瞬间。写作这本书的出发点，是以我的视角，讲述我与大北农的创业者们一起，在时代大潮中激越奋进的创业历程。大北农由最初从事饲料技术合作到如今的农业科技集团公司，在一步步的蝶变过程中，我作为亲历者以过来人的角度，将我们几十年的部分创业故事和自己在实践中的部分感悟，如："坚定信念、咬死目标、搞准方法、强化执行"，"身临其境、心在其中、全身心投入、终会卓有成效"等记录下来，展现我们始终坚定投身中国的农业事业，胸怀报国之志、践行初心使命的抱负理想。希望这些故事能够让我们的同行者回忆起曾经的岁月，产生共鸣，也让未曾经历过的人明白我们的艰辛历程，发扬"创业、创新、奉献、牺牲"的企业家精神，肩负强农报国伟大使命，融入全新时代，融入全球竞争，融入民族复兴，为实现伟大的中国梦作出更大贡献！

写作此书，我深感力不从心、笔墨笨拙，始终战战兢兢，担心写不好，有愧于大北农事业，无颜与大家相见。我真诚感谢邵博士的高度重视和大家以及家人们给予的鼓励支持。在写作过程中，大家提供了各种无私的帮助和写作素材。特别感谢以下各位：

（按姓氏笔画排序）

王卫忠	文　波	邓云武	邓志斌	邓莉萍
甘瑞华	石光武	龙雪辉	占书华	田　鹏
付学平	伏　静	匡翠培	邢泽光	朱开椿
朱传德	刘万福	刘世忠	刘安洪	刘安勇
刘昌富	刘忠明	刘育龙	刘寒冰	刘满秋
孙灿华	李天华	李　卉	李宁华	李钢锰
李铁明	杨　阳	杨建宝	杨晓群	杨德胜
肖正才	肖建明	吴　文	吴有林	邱玉武
邱玉国	邱思琪	邱俊隆	邱宪苗	何长跃
何　萍	宋洪芦	张立忠	张光辉	张　帆
张安新	陈文光	陈红心	陈忠恒	陈金华
陈　斌	范　伟	罗太珠	罗嗣灯	周业军
周加学	周　晔	周　斌	赵三元	赵晓丽
赵爱平	赵雁青	胡友仁	胡文辉	胡金华
钟　毅	姚燕青	袁根平	袁善文	徐胜台

徐集贤	谈松林	黄志勇	黄祖尧	黄垒荣
黄振威	龚建辉	梁世仁	彭　艺	彭永照（彭明）
彭克锋	彭　杰	彭　跃	彭慧平	韩忠伟
韩瑞玲	傅建辉	傅培政	曾小梦	曾庆山
赖　军	赖雯梅	甄国振	詹晓春	谭家德
暨茂辉	熊志辉	黎明虎	黎景阳	潘启红
薛素文	薛莉辰	戴安云	戴端华	

在这里，我还要特别感谢《湖南日报》原编委、高级编辑金中基，大北农湖南人力总监谢求，助理黄小宇三位老师，在编撰此书中的付出与努力；感谢东方出版社编辑同志，力求精美呈现所做的编审工作。

岁月似唱不尽的一首歌，当年创业往事浩如烟海，但这部作品中所写的人物和故事，也只能是挂一漏万而已，难免有疏漏差错之处，敬请读者批评指正。

2023 年 12 月于长沙

图书在版编目（CIP）数据

笃行：我与大北农三十年 / 邱玉文 著 . —北京：东方出版社，2024.7
ISBN 978-7-5207-2771-6

Ⅰ.①笃⋯　Ⅱ.①邱⋯　Ⅲ.①纪实文学—中国—当代　Ⅳ.①I25

中国国家版本馆 CIP 数据核字（2024）第 013185 号

笃行：我与大北农三十年
（DUXING: WO YU DABEINONG SANSHINIAN）

作　　　者：邱玉文
责任编辑：贺　方
出　　　版：东方出版社
发　　　行：人民东方出版传媒有限公司
地　　　址：北京市东城区朝阳门内大街 166 号
邮　　　编：100010
印　　　刷：鸿博昊天科技有限公司
版　　　次：2024 年 7 月第 1 版
印　　　次：2024 年 7 月第 1 次印刷
开　　　本：710 毫米 ×1000 毫米　1/16
印　　　张：19
字　　　数：279 千字
书　　　号：ISBN 978-7-5207-2771-6
定　　　价：68.00 元
发行电话：（010）85924663　85924644　85924641

版权所有，违者必究
如有印装质量问题，我社负责调换，请拨打电话：（010）85924602　85924603